BESTSELLERBOY

Mano Bouzamour

BEST SELLER BOY

2018 Prometheus Amsterdam

Eerste druk april 2018
Tweede druk april 2018
Derde druk april 2018

De auteur ontving voor het schrijven van dit boek een projectsubsidie van het Nederlands Letterenfonds.

Nederlands letterenfonds
dutch foundation
for literature

Omslagontwerp Moker Ontwerp
Foto omslag Fien Visser
Foto auteur Rahi Rezvani
Zetwerk Mat-Zet bv, Soest
www.uitgeverijprometheus.nl
ISBN 978 90 446 3704 5

Voor mijn ouders, die niet kunnen lezen – godzijdank

‘Als de goden ons willen straffen, verhoren ze onze gebeden.’

– OSCAR WILDE

Proloog

Wanneer ik naar de bibliotheek vertrok en mijn moeder vroeg waar ik naartoe ging, zei ik: 'Naar de hemel.'

De bieb zat in de Tolstraat, een zijstraatje van de Van Woustraat, in het gedeelte van de Diamantbuurt. Het gebouw had iets excentrieks, vanbinnen leek het een kapel. Het was ooit een theosofische tempel. Toen werd het een bioscoop, daarna een homobioscoop en nu is het een bibliotheek. Het was vaak een verzamelplaats van rare snuiters. In zichzelf pratende figuren met roos op de schouders van hun vlekkerige vodden. Ze roken sterk. Een walgelijke walm van opgehoopte huidcellen en zuur zweet.

In een film, ik weet niet meer precies welke, hoorde ik voor het eerst een uitspraak van Francis Bacon: 'Kennis is macht.'

Ik raakte gefascineerd door die drie woordjes.

Thuis werd er maar één boek gelezen, een schitterend sprookjesboek, pure fictie.

Mijn vader was laatst aan het morrelen aan de knopjes van de nieuwe wasmachine. Hij zat met zijn handen in zijn baard.

Moedeloos gaf hij mij de gebruiksaanwijzing.

'Vertaal het voor mij, zoon.'

Ik vroeg: 'Wat is het eerste woord van de Koran?'

Hij keek me verbaasd aan en zei: '*Iqra*.'

'Inderdaad, pa. Iqra. Lees! Leer de Nederlandse taal nou eens. Moet van Allah!'

Waarna we allebei in lachen uitbarstten.

Toen ik later door de regen naar de bibliotheek wandelde, overpeinsde ik wat voor boeken ik wilde lezen. Ik begon met biografieën van dictators. Hitler, Idi Amin, Saddam Hussein, Stalin, Pol Pot. Maar ook van menselijke machthebbers: Churchill, Roosevelt, Kennedy. Als het buiten aan het plenzen was, zat ik meestal op de vensterbank met mijn snufferd in de boeken terwijl ik zo nu en dan van mijn theetje slurpte. Dan stopte ik even als mijn moeder boos blikte, om verder te slurpen als ze wegkeek.

Ik liep langs het armoedige speeltuintje voor de bieb dat uit twee speelapparaten bestond, sprong het trappetje met vier treden op en voilà. Ik stond onder het afdakje voor de loodzware donkerblauwe deur met gifgroene accentjes.

Op het moment dat ik de deurklink wilde vastpakken, vloog de deur ineens vlak langs mijn neus open en knalde keihard tegen de muur. Een jongen vloog in één sprong van het trapje en rende gillend en lachend weg. Hij had net als ik stekelig en van de zijkanten opgeschoren haar, zijn gezicht had ik niet gezien en ik vermoedde dat hij Nikes aanhad. Normaal gesproken spotte ik het merk meteen maar hij was zo snel voorbijgeflitst dat ik zijn schoenen amper had opgemerkt. Voorzichtig liep ik de hal in, stampte met mijn schoenen op de zwart rubberen ringmatten en zag iets wat je niet snel bij een bibliotheek zou verwachten.

Pandemonium.

Marokkaanse jongens die rennend en schreeuwend boeken uit de boekenkasten trokken terwijl ze door het hysterische personeel achterna werden gezeten. Sommige gooiden de boeken naar wegduikende bibliothecaressen, misten en raakten de muren. Andere gristen de boeken in hun vlucht, scheurden er bladzijden uit en gooiden die joelend in de lucht, zoals pocherige rappers dat met biljetten doen in videoclips – literatoren zouden een hartverzakking krijgen bij het zien van deze klucht.

Pagina's van Cremer, Wolkers, Brouwers, Hermans, Reve, tuimelend door de lucht tot ze als dode herfstbladeren op de grond lagen. Alsof dat nog niet genoeg was, schopten de jongens tegen de kapotte boeken alsof ze aan het voetballen waren. De resten van de draagbare schatten vertrapten ze met hun sportschoenen. In de leeshoek keek een man met een leesbrilletje op uit *de Volkskrant* en schudde zijn hoofd. De rest van de bibliotheekgangers stond net als ik aan de grond genageld. De vredigste plek in de buurt, waar bij het minste of geringste geluidje de bibliothecaressen meteen tot stilte maanden – 'shhhhht!' – was veranderd in een circus.

De jongens raasden één voor één langs mij de deur uit, tot de laatste met een hele roedel aan personeel achter zich gepakt werd, zich met een oerkreet toch los wist te rukken en ook verdween, zijn zwarte Hugo Boss-petje op de grond achterlatend. Op dat moment streken de hijgende en bezwete bibliothecaressen vloekend naast mij neer. Een oudere mevrouw met een onbescheiden bos witte krullen schreeuwde de oren van mijn hoofd. Ze beval iemand om op te hoepelen.

Ik draaide me om.

Er stond niemand achter me.

Ik kon het niet geloven.

Ik vertelde haar dat ik he-le-maal niets had gedaan.

Ze beval voor de tweede keer, nu ernstiger.

'Ik kom net van buiten. Kijk dan, mevrouw, ik ben kletsnat!' zei ik terwijl ik op mijn jas wees.

'Het interesseert me geen dwarsfluit, ik ben het helemaal spuugzat met jullie.'

Ik vertelde heel kalm: 'Mevrouw, het enige wat ik graag wil, is boeken lenen, over dictators.'

'Ja, zo begint al die terreur!'

Haar collega's keken elkaar aan, zij leken te denken dat ik misschien wel de waarheid sprak.

Maar de bibliothecaresse pakte het petje van de grond, verfomfaaide het, duwde het in mijn handen en brieste: 'Neem je vieze pet mee. Je dondert nu op en o wee als ik jullie ooit weer zie!'

Haar wijsvinger zo dicht bij mijn gezicht dat ik twee wijsvingers zag.

Ze duwde de zware deur gemakkelijk met haar voet open, wees naar buiten en zei: 'Opsodemieteren, nú.'

Ik sjokte het trappetje af. Het was nog harder gaan regenen. Had ik haar nog beleefder moeten aanspreken?

De jongens waren verderop in een portiekje aan het bijkomen terwijl ze elkaar high fives gaven en in een deuk lagen. De laatste der Marokkanen keek even op en zag dat ik zijn petje vasthield.

Ik gaf het hem.

Hij bleef me aankijken en vroeg: 'Nee, hebben ze je weggestuurd?' Hij draaide zich naar zijn vrienden: 'Ze hebben hem gewoon weggestuurd!'

Ze barstten weer in lachen uit, wezen naar mij en begonnen in koor: '*Zwimpi, zwimpi, zwimpi!*'

De jongen bracht zijn vrienden met een gebaar tot zwijgen. Met moeite hield hij zijn lach in. 'Wilde je echt boeken lezen?'

Ik knikte.

'Wel goed, man. Nee, echt, wollah. Ik kan die shit niet, ben dyslectisch.'

'*Faya*, man.'

'Maar wil je dan boeken schrijven later?'

Die vraag was mij nog nooit eerder gesteld.

Ik zei: 'Nooit over nagedacht.'

'Waarom zou je anders boeken lezen, *bro*?' Hij blikte richting de bieb. 'Sorry dat ik het voor je heb verneukt maar die bitch met d'r witte krullen vroeg er zelf om.' Hij deed zijn petje op. 'Ze moet weten wie we zijn. Dit is ónze fucking buurt, vriend. *Thanks* dat je mijn petje voor me hebt gepakt, strijder. Ik heet Moesi, laat me weten als ik ooit iets voor je kan betekenen.'

Het waren Nikes. De schoenen van het schoffie dat als eerste wegsjeesde. Nike Air Max Fury van 120 euro, verkrijgbaar bij de betere sportschoenenwinkel. Als ik er niet was uit gegooid, zou ik er nooit zijn achter gekomen. Ik zette het op een lopen terug naar huis op mijn Victory-schoenen met sleetse zolen – het was allesbehalve een *overwinning* om die dingen te dragen. Anderhalve week na aanschaf begonnen onder mijn grote tenen geleidelijk aan gaten te vormen – voordat ik van huis vertrok, bad ik tot Allah om het snel te laten ophouden met regenen. Ik had geen zin in natte, kapotte sokken en rimpelige omatenen. Ik moest zelfs een keer van mijn gymjuf naar de huisarts. 'Een zuiver gevalletje *tinea pedis*,' vertelde dokter Leloup lachend terwijl ze mijn tenen zowat uit elkaar trok.

Ik vroeg: 'Tinea penis?'

'Nou, dat hoop ik maar niet voor je. Je hebt gistende teentjes, jongeman.'

Pas in mijn straat besefte ik dat ik over een klein ogenblik de pineut zou zijn. Moeder zou razend op mij worden omdat ik geen boeken bij me had. Ze zou natuurlijk denken dat het een voorwendsel was, dat ik haar vertelde dat ik naar de bibliotheek zou gaan. Ze zei nog bij het weggaan: 'Je gaat wel naar de bibliotheek, hè, nergens anders heen.' Wat moest ik haar vertellen? De waarheid zou ze voor slap gelul aanzien; ze zou me spottend napraten terwijl ze kleine rondjes met haar hoofd zou draaien.

Ik belde aan.

'Allo?' vroeg moeder tussen de ruis van de intercom.

'Ik, Mohamed.'

'Allo?'

Ik bracht mijn gezicht naar de gaatjes die een cirkel vormden onder ons naambordje waarop ZEBBI stond en zei luid en langzaam articulerend: 'Ik, Mohamed.'

'Allooooo?'

Zuchtend zei ik: 'Satan hier. Doe de deur open.'

'*Awili*! Satan? Wat zeg je nou voor geks?'

'O, nu hoor je me wel.'

'We hebben je naar de profeet vernoemd!'

'Het regent, doe open!'

De deur zoemde.

Terwijl ik de laatste treden op liep, stond mijn moeder met een besmeurd schort om en een dubbelgevouwen bosje koriander in haar hand bij de deur.

'Aah, je bent helemaal doorweekt.'
'Ja, erg hè?' antwoordde ik terwijl ik naar de grond staarde in de hoop dat ze niet voor poortwachter zou spelen en gewoon als kok weer naar binnen zou gaan. Op het moment dat ik mijn doorweekte schoenen uitdeed, vroeg ze: 'Waar zijn je boeken?'

Met een druipende schoen in mijn hand sloot ik eventjes mijn ogen. Ik wilde zeggen dat de bibliotheek gesloten was. Maar iets knaagde aan mij.

'Nou, kijk, ik ging dus naar buiten.'

'Jij ging dus naar buiten.'

'En toen liep ik over de drukke Van Woustraat.'

'Toen liep je over de drukke Van Woustraat.'

Ze begon nu rondjes te draaien met haar hoofd.

Ik hield op met praten.

Zij hield op met draaien, trok haar wenkbrauwen omhoog en draaide haar oor naar mij. 'En toen?'

Ik haalde diep adem en vertelde tot in detail wat er was gebeurd.

Het viel even stil.

De televisie stond aan, op hetzelfde net als altijd. Een Arabische verslaggever was onafgebroken aan het ratelen maar de fluitketel die herrie begon te maken overstemde zijn uiteenzetting.

Ik keek langs haar naar binnen.

Zij bleef me aankijken.

'Jij… Jij… Jij bent echt ongelofelijk.' Ze wees met het bosje koriander naar me maar draaide zich daarna tot mijn verbazing om en ging terug naar de keuken. Ik snelde naar mijn kamer en terwijl ze de ketel van het vuur haalde, hoorde ik haar tegen vader zeggen: 'Voed je jongste zoon op, hij is nu al een geweldige leugenaar. Een klein, liegend vlegeltje, God behoede hem straks voor het hellevuur. Leer het hem af, leer het hem af voor het te laat is!'

Marokkanen werd overal de toegang geweigerd: discotheken, bioscopen en zwembaden. Maar ik was volgens mij de enige Marokkaan in de geschiedenis die geweigerd werd bij een fucking bibliotheek.

Op die dag besloot ik drie dingen.
Ik zal van mijn kamer een bibliotheek maken.
Voortaan zal ik de werkelijkheid altijd naar mijn hand zetten.
En als ik genoeg boeken heb gelezen, ga ik er godverdomme zelf eentje schrijven.

De uitspraak van Bacon is best wel een beetje bullshit, als je erover nadenkt. Wat heeft het voor zin om kennis te verwerven als je er verder niets mee doet? Die veelgehoorde, overschatte uitspraak is dringend aan revisie toe: 'Kennis verspreiden is macht, pik.'
Francis Bacon moet zijn fucking bek houden.

Niet veel later kwam vader de trap op richting mijn zolderkamer. Hij trok zijn djellaba ietsje omhoog bij de eerste trede en prevelde: 'Bismillah.' Halverwege hoorde ik de voetstappen zachter worden: hij trok zijn geitenleren puntslippers uit, haalde de gladde, harde zolen langs elkaar alsof hij messen aan het slijpen was.
'Waar is dat ventje vol verzinsels en verhalen?'

Manuscript

Het moment dat je klaarkomt, lichten al je breincellen fonkelend op, als een grote stad bij avond.

Dat was de laatste zin die ik typte.

Mijn eerste, echte levensopdracht was af.

Eindelijk was ik klaar met mijn debuutroman waar ik de afgelopen drie godvergeten jaren mee bezig was geweest.

Ik draaide van vreugde een mislukt pirouetje op mijn krakkemikkige IKEA-bureaustoel, er miste een zwenkwieltje. Meestal pakte ik zonder erbij na te denken mijn zilveren Parker-pen, die ik ooit van een klasgenoot op het gymnasium gestolen had. Maar dit keer lette ik op ieder detail: ik drukte tien keer de knop in en uit, omklemde de pen krachtig en stond op. Ceremonieel liep ik naar de deur. Voor de allerlaatste keer tuurde ik ernaar: daar hing het schrijfschema dat jarenlang over mij gewaakt had. Ik haalde een hand door mijn kuif, beet zachtjes op mijn duim en slikte van ontroering. Ik haalde een krachtige streep door het laatste kopje.

Laatste hoofdstuk.

Mijn ogen schoten vol. Een wirwar van gevoelens overspoelde me: ik was dankbaar, opgetogen, verdrietig, opgewonden en energiek. Daaromheen een aura als van een monnik, zo verdomd sereen. Voor het eerst in mijn leven had ik echt het gevoel dat ik de boel volledig onder controle had. Als een schip dat met helder weer keurig naar zijn bestemming koerste. Een leven vol literaire roem, erkenning en geld.

Boven het schema hing het handje van Fatima, ik sprong op en gaf het een high five. Volgens vader zou het me beschermen tegen het boze oog van anderen, wat dat ook moge betekenen. Christenen noemen het trouwens de hand van Maria. Joden de hand van Mirjam. Als puber droomde ik een keer dat het handje tot leven kwam en mij een handje kwam helpen. Hoe harder ik 'Hou op, handje!' riep, hoe harder het mij aftrok. De volgende ochtend werd ik wakker met de deken aan mijn buik vastgekoekt.

Maar goed.

Na het afstrepen liet ik mezelf op bed vallen, alsof mijn ziel zojuist uit mijn lijf was geglipt. Mijn stalen eenpersoonsbed was zo doorleefd dat het de vorm had van een halfpipe.

Als je in mijn kamertje stond, leek het alsof je je midden in een wervelstorm van boeken bevond. Muren van stukgelezen romans vol ezelsoren, aantekeningen én aanpassingen.

Zelfstudie wereldliteratuur.

Gogol, Orwell, Kureishi, Camus, Márquez, Koch, Tsjechov, Wilde, Brouwers, Shakespeare, Palmen, Siebelink, Proust, Goethe, Zwagerman, Tolstoj – alles van Tolstoj.

Alles van Jonathan Safran Foer.

Kluun, ik heb nog nooit zo hard gejankt bij een debuutroman als *Komt een vrouw bij de dokter.* Rodaan, de prachtige poëet met de parmantige paardenstaart. De drie briljantste leden van de Lost Generation: F. Scott Fitzgerald, John Steinbeck en Ernest Hemingway. Ernest van der Kwast, die taaltechnisch begaafder is dan eerstgenoemde naamgenoot. Naima El Bezaz, Alex Boogers, Nescio, de onnavolgbaar briljante Hafid Bouazza. J.D. Salinger, de fantastisch fijnzinnige Hella Haasse, Molière, Khalil Gibran, die het mooiste gedicht aller tijden over ouders en hun kroost heeft geschreven, met de eerste voltreffer van een zin.

Uw kinderen zijn uw kinderen niet.

Vooruit, nog wat vervolgzinnen:

Zij zijn de zonen en dochters van 's levens hunkering naar zichzelf.
Zij komen door je maar zijn niet van je,
en hoewel ze bij je zijn, behoren ze je niet toe.
Je mag hen je liefde geven maar niet je gedachten,
want zij hebben hun eigen gedachten.

Ik kon zijn gedichten eindeloos herlezen – waar was ik gebleven?

Rumi, Machiavelli en Rushdie.

Dorrestein, Diderot, Dickens en Dante – en nog een heleboel anderen.

En alles van Tommy grootmeester Wieringa.

Ik heb meestal een bloedhekel aan mensen die aan namedropping doen, behalve als ik het doe.

Sommige boeken had ik gekocht, de meeste gejat, andere geleend – dus gejat. Een uit de hand gelopen hobby. Ik vind niet dat je mag stelen. Zeker niet. Maar als je de neiging echt niet kunt onderdrukken en je besluit boeken te jatten, dan is dat het enige wat moreel aanvaardbaar is. Het is ergens ethisch verantwoord. Ik vind niet dat dat een misdrijf is. Wanneer ik iemand betrap op het stelen van mijn boek als het straks in de schappen ligt, sla ik het licht uit zijn fucking ogen.

Meteen.

Je leest het goed, ik ben meedogenloos en meet met meerdere maten.

Ieder vrij moment besteedde ik aan het bestuderen van boeken. Ze boden me een uitvlucht. Verbreedden mijn horizon. Ik kreeg door het lezen grip op de wereld. Sterker nog, boeken waren voor mij de aan elkaar vastgebonden bedlakens die gevangenen over de gevangenismuur gooiden, waaraan ze zich omhoogtrokken voordat ze de vrije buitenwereld in tuimelden.

Boven mijn bureau prijkte een luchtfoto van de Amsterdamse grachtengordel in zonovergoten weer, ooit gekocht op een druilerige Koninginnedag voor een eurootje. Op mijn bureau stond een zwart-wit-foto van de Brooklyn Bridge, geschoten vanuit het ultrahippe wijkje Dumbo. Een donkerblauw New York Yankees-petje wachtte om gedragen te worden, nu lag het alleen stof te verzamelen. Daarnaast lag een briefje van honderd dollar. Benjamin Franklin keek met zijn op elkaar geperste lipjes en ongedurige ogen naar mij. Net als ik wilde hij zo snel mogelijk weg van hier. Iedere dag vlak voor het slapen en na het ontwaken, staarde ik een paar minuten om en om naar de foto's, het biljetje en het petje, alsof het een altaar was met relieken en aanzichten van heiligdommen. Ooit wil ik daar wonen, op één van de grachten. En daarna in New York, de stad der iconen: Robert De Niro, Barbra Streisand, Spike Lee, The Notorious B.I.G. en Jay-Z.

Ik stelde mij vaak de lange lanen in New York voor. De basketballers in Brooklyn die in bezwete blote basten de basketbalveldjes in bezit namen. De Puerto Ricaanse hotdogverkopers rondom het J.D. Salinger-vijvertje in Central Park terwijl langs joggende supermodellen de geur oppikten, zich rennend zorgen maakten en het tempo opkrikten om nog meer calorieën te verbranden omdat ze serieus dachten dat ze door de geur alleen al dikker zouden worden. De jazzmuzikanten die geestdriftig en geëmotioneerd voor de metro-ingangen de soundtrack van het snelle stadsleven op hun trompetten bliezen. De afbladderende instrumenten hun enige houvast, de muziek hun repliek terwijl ze zich compleet schaamteloos overgaven in alle avondlijke hectiek.

Mijn iPhone lichtte op.
Evelien appte me.

Babe, lekker aan het schrijven?
We zijn net terug uit Parijs.
Ik ben met de meiden nu eten in De Pijp.
We zijn al dronken, haha.

Al je homies zijn er ook, ze vragen de hele tijd naar je!
Heb zin in je, liefje.
Zie ik je vannacht? xx

Evelien en ik waren nog nooit in New York geweest. We wisten wel exact wat we wilden doen nadat we op JFK waren geland. Met de honderd dollar gaan we een gigantische pizza kopen in de authentiekste pizzeria in Mulberry Street, Little Italy – als het woord 'pizza' valt, verschijnt dat beeld iedere keer weer: Eveliens blik als ze de eerste hap neemt, alsof ik haar clitje toucheer. Vervolgens steek ik mijn hand op om een *yellow cab* te pakken richting de lichtgevende Brooklyn Bridge met de twee stenen torens en gigantische gotische bogen. Om daar, onder het web van stalen kabels, in kleermakerszit op de koude gietijzeren reling van de brug de dampende pizzadoos te openen. De ijzige luchtstroom die over de East River waait, bezorgt ons rillingen maar het laat ons koud. '*Let there be spaces in your togetherness and let the winds of the heavens dance between you.*' Een zinsnede uit een gedicht van Gibran. Evelien en ik houden elkaar warm door dicht tegen elkaar aan te zitten – de eerste hap, o, god, haar blik, mijn pik. Schransen, slice voor slice, terwijl we in stilte naar de skyline staren.

Dromen: dat mijn debuutroman in net zulke hoge torens in de Barnes & Noble op 5th Avenue te verkrijgen is, de *New York Times*-bestsellerlijsten bliksemsnel op klimt om uiteindelijk door een Hollywoodfilmproducent op weergaloze wijze te worden verfilmd. Ik stelde me rijen lezers voor die iedere hoek van het straatblok om gaan, wachtend en smachtend om de gouden handjes van de auteur te schudden waarna ze zenuwachtig vragen om een opdrachtje in het boek te schrijven, vergezeld van een achteloos handtekeningetje.

Terwijl Evelien mijmerde over aan de slag gaan bij een prestigieuze *law firm*, in een op maat gesneden mantelpak à la Jackie Kennedy, waar ze dikke dossiers doorneemt om daarna met een wervelende welbespraaktheid op te komen voor de rechten van haar gewichtige cliënten. De ene complexe rechtszaak na de andere wint terwijl ze de adrenaline die door haar fijne lijf giert gemakkelijk het hoofd biedt, haar *winning streak* na kantooruren samen met de *senior associates* in minimalistische cocktailbarretjes hoog, hoog boven de stad viert.

Maar vooralsnog zaten we in Amsterdam. Allebei nog bij onze ouders wonend. Zij in haar laatste jaar rechten, ik in een fucking restaurant, aan het knechten.

Ik weet het, ik heb onwaarschijnlijk grootse dromen voor een klein kut-Marokkaantje. Maar Herman Koch is het gelukt, doorbreken in Amerika. Mét een Hollywoodverfilming. En die woont gewoon hier verderop in Watergraafsmeer. Hij was vroeger ook een deugniet. Nou ja, nog steeds wel een beetje. Bovendien is de man tegen de tachtig. Daar is verder niets mis mee. Goede leeftijd voor een schrijver. Maar in de jaren zestig zongen The Rolling Stones het al treffend: '*Time is on my side.*'

Ik zong ze toe: '*Yes, it goddamn is.*'

Verder had ik nog twee wensen voor als mijn boek zou gaan lopen en ik een prachtig appartementje aan een gracht zou kopen.

'Ken de mensen via hun wensen,' schreef Dante in zijn dagboek.

Ik wilde nooit meer mijn haren wassen, drogen en föhnen. Dat zou ik wekelijks laten doen door de kundigste kapper van de stad.

En ik had nog een wens.

Al jaren droom ik van de dag dat ik een schoonmaker in dienst kan nemen. Het liefst een blanke man. Dat klinkt misschien racistisch maar dat is het niet.

Echt niet.

Blanke mannen zijn grondig, komen altijd op tijd en zijn te vertrouwen. Bovendien spreken blanke mannen over het algemeen vrij goed Nederlands. Dat kan je van al die, hoe zal ik ze zo correct mogelijk omschrijven, *anderen* niet met volle overtuiging zeggen. Nooit ingewikkeld gedoe of plaatsvervangende schaamte tijdens het uitleggen, afspraken die niet worden nagekomen, spullen die ineens vermist raken en nog meer van dat soort ongemakkelijkheden.

Mijn vader had zich een halve eeuw lang een hernia gedweild. Een beetje zoete wraak kan toch geen kwaad?

Eerst mijn manuscript gepubliceerd krijgen – ik had mijn godvergeten ziel uit mijn lijf gesneden en die op papier gesmeten. Dan een verfilming eruit slepen. Van huis uit ben ik een filmfanaat. Mijn twee broers brachten vroeger dagelijks dagbladen rond, kochten van het geld dat ze verdienden vooral films. Van die logge, gigantische videobanden. Op een gegeven moment hadden we zo veel films dat we tot de videotheek van de buurt werden gebombardeerd. Iedereen in de buurt kwam bij ons langs om een filmpje te lenen – die we godverdomme nooit terugkregen.

Maar goed.

Verder mocht ik niet klagen, ik betaalde thuis geen huur, geen gas en elektra, helemaal niets. Mijn kleren werden gewassen en m'n moeder legde ze gestreken en gevouwen aan de voet van de trap.

M'n broer Omar, een overschatte documentairemaker (hijzelf vindt dat hij onderschat wordt), schoof m'n ouders zo nu en dan een paar honderdjes toe – dat maakte hem de belangrijkste zoon en gaf hem het woord in huis, want zonder die maandelijkse bijdrage stortte het huishouden als een kaartenhuis in. Hij kreeg ook als eerste te eten, de lekkerste stukken vlees werden hem toebedeeld en er werd hem geen strobreed in de weg gelegd – hij was de geprivilegieerde gevangene in de gevangenis die 'thuis' werd genoemd. 'Geld is gemunte vrijheid,' schreef Reve ooit – ik noem z'n naam maar even, niet om literair erudiet over te komen maar puur voor zijn nalatenschap, zodat men, jongeren vooral, zijn naam lezen en wellicht één van zijn stoffige boeken zullen openslaan om erachter te komen dat hij een heel goede schrijver is maar dat ik véél beter ben. Veel meer zelfspot.

Veel geestiger.

Veel stijlvoller.

En veel vlotter.

Met zijn oubollige, houterige kut-Nederlands waar niemand

meer op zit te wachten. Hoewel zijn bekendste en tegelijk ook zijn slechtste boek, *De avonden* – spreek het zo plechtig mogelijk uit, met een ferme, langgerekte nadruk op de A, alsof de dokter u vraagt om Aaa te zeggen, *De avonden* –, laatst verdomme is vertaald naar het Engels. Het krijgt in Engeland én Amerika zinderende recensies in de grote kranten!

Ik bedoel, als het zelfs Reve lukt.

Hij woonde trouwens aan de Jozef Israëlskade, letterlijk twee straten hier verderop – in *De avonden* noemde hij het de Schilderskade 66, omdat, je raadt het al, meneer Israëls een schilder was. Daar waar het 's zomers altijd heel fijn vertoeven was: de paarse en roze bloesembomen die kleur aan de kade gaven. De bankjes waarop 's nachts de zatlappen van de buurt zaten. 's Morgens de oma's met hun rollators terwijl ze hun hondjes uitlieten en met hun eeuwig verongelijkte en gepijnigde blikken over de buren roddelden. En 's middags namen de blowende scholieren van het Berlage Lyceum de bankjes netjes over terwijl ze het eindeloos hadden over de leraren die ze het bloed onder de nagels vandaan haalden – soms sprinkhaanden de puisterige pubers in de klassieke Ritter-lantaarnpalen, als gehandicapte acrobaten, lachsalvo's tot aan de Biesboschstraat als er eentje weer eens keihard met zijn bek op de klinkers viel en de rest eromheen stond, vingerwijzend te blaten. De bakstenen huizen in de stijl van Berlage met de rode, meerlagige ovaalvormige daken, die bij het ondergaan van de zon altijd een schitterend schouwspel van surrealistische silhouetten wierpen over de kade.

De Schilderskade was mij meer dan dierbaar.

Vader en ik vertrokken vroeger elke zondagmorgen met de Renault 21 naar de schilderachtige kade om beschimmeld brood aan de eenden te voeren. Daarna lag ik te lezen op de achterbank met mijn voetjes tegen de zachtjes suizende verwarming aan terwijl vader, de Koranverzen neuriënd, soms hardop citerend en met roetzwart besmeurde klauwen, urenlang aan de auto sleutelde. Honden en vaak ook katten bewogen altijd nieuwsgierig naar hem toe en schuurden zich tegen zijn benen aan. Dan onderbrak hij het repareren, wreef hij zijn handen schoon aan een doek, zakte door zijn krakende knieën en aaide de beesten lang en liefdevol tot ze voldaan waren, zich uitstrekten en hun pad weer vervolgden.

Na de uitgave van m'n boek wil ik weg van hier. Weg uit dit huis. De verstikkende mentaliteit. Thuiskomen wanneer ik wil zonder gezeur. Hoe heerlijk: dat eeuwigdurende gezeik over de hemel en de hel nooit meer aan te hoeven horen. Nooit meer het spervuur aan vragen hoeven te beantwoorden: waar ik was, met wie, waarom, wat diegene aanhad en of hij wel of geen vullingen in zijn fucking kiezen had. Ik wil niet meer stiekem porno kijken. En al helemaal niet zonder geluid. Ik wil godverdomme gewoon gekrijs en gekreun horen, hoe onecht het ook is. Ik wil hartstochtelijk sjorren wanneer ik wil en zonder op te passen dat iemand mijn kamer binnenstormt – mijn seksuele ontwikkeling wordt hier nogal belemmerd.

Dat wil ik allemaal niet meer – ik heb genoeg geleden. De mens is niet gemaakt om te lijden. Het verheerlijken van lijden getuigt van grote kleingeestigheid. Schrijvers die tijdens het schrijven lijden, zijn geen schrijvers. Echte schrijvers lijden als ze niet aan het schrijven zijn. Of die miljard moslims die een maand lang niets mogen eten en drinken om te voelen hoe de minderbedeelden zich voelen. Ik kan mij dat prima voorstellen, hoor. Heel makkelijk zelfs. Ik heb namelijk wel zoiets als empathie en inbeeldingsvermogen. Daarvoor hoef ik mezelf echt niet een maand lang te verhongeren. Me compleet futloos te voelen met een tong die zo droog als een handdoek aanvoelt en uit mijn bek te meuren voor de goede zaak. Ergens vindt men dat dus nobel. Lijden om in het paradijs te komen.

Flikker toch een eind op.

Ik wil de hemel.

Nú.

Thuis was het hels. Mijn voeten waren altijd steenkoud, als de voeten van een lijk. Er waren nachten dat ik wolkjes condens uitademde. Ze kringelden eventjes op en verdwenen in de eeuwigheid, alsof het optische illusies waren. Als ik de verwarming aanzette, werd ik bijna gelyncht door mijn ouders. Volgens hen zou de rekening in de miljoenen lopen als we de hele winter de verwarming aan zouden hebben. Het was altijd ijzig thuis. Maar dat bracht voordelen met zich mee: de kou hield me klaarwakker tijdens het nachtelijke schrijven. Soms voelde ik me een opgewonden schatzoeker die de nachtwacht hield bij een schat die hij van diep opgegraven had. Volledig gefixeerd op de letters, woorden en zinnen – ik zou het bijna 'militant schrijven' willen noemen. Vaak zette ik zelfs het raam open tijdens de strenge winters om de weinige hersenen die ik heb van verse zuurstof te voorzien. Lachend verwelkomde ik de kou.

Ik begon ooit een kwartiertje per dag te schrijven, met pen en papier. Kwartiertjes werden al snel halfuurtjes, halfuurtjes werden al snel uurtjes en voor ik het wist, zat ik urenlang te pennen in mijn blauwe notitieblok. Ik gaf me compleet over aan die lege, witte pagina's, de lijnen als hartslagen in ruststand. Als ik schreef, leefde ik op als nooit tevoren en raakte ik tot over mijn oren verliefd op de woorden.

Midden op de vloer van mijn zolderkamer stond een verzameling geurkaarsen op een metalen plateau. Niet alleen om een fijn sfeertje te creëren maar vooral om de gaten in de vinylvloer en de kenmerkende antiquariaatgeur van bladzijden die aan het vergelen waren te maskeren. Als ik het karakter van mijn kamertje zou moeten typeren, zou ik het 'bibliothesk' noemen.

Tussen het schrijven door kreeg ik wel eens energie-uitspattingen, dan zette ik wat muziek op en danste de vloer in het midden van de kamer stuk, alsof ik bezeten was door een djinn. Soms zong ik vrolijk mee – Evelien bestempelde mijn gezang als oorverdovend kattengejank. De vloer onder mijn bureautje was ook stuk. Daar, in die onderwereld van vochtige houten planken en oude kranten, verstopte mijn broer Brahim, 'Bram voor intimi', vroeger contrabande: condooms, porno-dvd's, cocaïne en zijn pistool.

Gelukkig was hij verhuisd.

Die lul liet scheten waar je longkanker van kreeg.

Het bureautje had ik van mijn vader gekregen. Op een middag kwam hij de trap op lopen met dat ding op zijn rug, zette het hijgerig op de gang neer als een stuk wild dat hij net geschoten had.

'Kijk eens wat ik voor je heb. *Kadotjie*.'

'Dat ding is veel te klein.'

'Past perfect in je kamer.'

'Waar heb je het vandaan?'

Toen glimlachte hij terwijl hij het zweet van zijn voorhoofd veegde. 'Van een heel duur winkeltje.'

'Hebben ze geen bezorgservice?'

'Wel maar dat duurde dagen en ik wilde je vandaag verblijden.'

'*Shokran*, vader, *shokran*.'

Ik pakte een glas koud water uit de keuken, gaf het aan hem en voordat hij begon met drinken, zei hij: 'Bismillah.'

In Gods naam.

Voordat moslims iets eten of drinken, zeggen ze dat zodat het door God gezegend wordt. Of wanneer ze Allahs steun nodig hebben. Als oppepper, dan lispel je het vlak voor een examen of een belangrijk sollicitatiegesprek. Of als je iemand een lesje wil leren.

Terwijl we mijn kamer binnenliepen, vertelde hij smoezelend waar hij het bureautje vandaan had.

Een basisschool in de buurt smeet al het oude schoolmeubilair op straat.

De jongste zoon in een Marokkaans gezin is allesbehalve de benjamin. De jongste zoon is, hoe zal ik dit zo poëtisch mogelijk verwoorden, gewoon de lul. Niet alleen was het stomvervelend wanneer mijn ouders eerst de namen van mijn broers opnoemden voordat ze bij de mijne kwamen. Ook moest ik boodschappen voor iedereen doen. Bruiloftsjurken, kleurrijke kaftans en superstrakke spijkerbroeken ophalen bij de bloedmooie vriendinnen van mijn zus. Ze gaven me altijd plakkerige kusjes met hun lipglosslippen en knepen in mijn wangen en vertelden dat ik alvast een knuppel moest kopen om de meisjes straks van me af te slaan. In gedachten antwoordde ik ze heel onschuldig kijkend terwijl ik mijn kruis krachtig vastgreep: 'Bedoel je dit lieve, besneden knuppeltje?' Wat mij vooral opviel, behalve hun goedgevormde billen in hun dunne grijze joggingbroeken, was dat hun huizen altijd sterk roken. Alsof de families zich onderscheidden in bepaalde soorten geuren. De Ben Salahs roken naar kaneel. De familie had een bedrijfje dat kaneelstokjes uit Marokko haalde en thuis vermaalde, waarna ze door de zusjes in zakjes van 100 gram werden gestopt en aan Marokkaanse groente- en fruitwinkeltjes in heel Nederland werden verkocht. De Zemouri's hadden iets zurigs, de broers voetbalden veel op het pleintje en in de plaatselijke sporthal, het huis lag bezaaid met kapotte sokken en in de trappenhal begon ik via mijn mond te ademen omdat ik daar al verwelkomd werd door de overrompelende zweetvoetengeur. Het huis van de El Jacobi's rook naar plastic. Het is me altijd een raadsel gebleven waarom.

Na de bloedmooie babes moest ik de fietsbanden van mijn broer bij de fietsenmaker in de Mesdagstraat oppompen. De schoenen van mijn zus nog even bij de schoenmaker in de Ferdinand Bolstraat ophalen. *And while I'm at it*, op de terugweg voor mijn andere broer broodjes shoarma halen bij snackbar Florida in de Van Woustraat – 'sausjes niet over het broodje maar in een bakje', omdat hij ervan overtuigd was dat je dan meer saus kreeg. Het maakte niet uit hoe laat het was, hoe ver het was, ik deed alles.

Het kwam niet eens in mij op om mijn familie tegen te spreken.

Ik was compleet dienstbaar aan hen. *The Godfather*-achtige taferelen. Hoewel ik er natuurlijk ook wel een slaatje uit sloeg. Voor ieder tripje vroeg ik twee euro. Als ik dat niet kreeg, één vijftig. En als ik dat niet kreeg, vertelde ik dat de broodjes shoarma, de schoenmaker en de benzine duurder waren geworden, het papier van hun bonnenapparaat op was en dan nam ik wat ik redelijk vond. Ik was dus de boodschappenjongen. *Mohamed de boodschapper.* En als je lullig wilt doen, het knechtje van de familie.

Verder zal ik niet uitgebreid uitweiden over mijn ouders. Het enige wat ik eigenlijk over ze wil vertellen, behalve dat ze elkaar iedere ochtend tot vervelens toe knuffelen terwijl ze elkaar diep in de ogen aankijken, is dat ze, hoe hilarisch, elkaar 'vader' en 'moeder' noemen in het Arabisch.

Ik schaam me een beetje om het te vertellen. Maar sinds een beetje schrijver schaamteloos behoort te zijn, vertel ik het toch. Toen mijn zus laatst vroeg wat de synoniemen waren voor 'bruiloft', antwoordde ik dat ik het niet wist en zei: 'Google weet het vast wel.'

Op dat moment keek mijn moeder op van het breien en sprak de legendarische woorden: 'Wie is deze Google waar iedereen het steeds over heeft?'

Ik zei: 'Een website die in tegenstelling tot Onze-Lieve-Heer, de Almachtige Allah, wél antwoorden op alles heeft.'

Mijn moeder wees met de naald naar mij en zei: 'Ik ga je lippen dichtnaaien.'

Ik keek naar mijn zus en zei: 'Hoor je wat je moeder tegen je zegt?'

Laatst vroeg ik mezelf af waarom ik schreef. Na lang denken kwam ik tot een verontrustende conclusie. Ik schrijf omdat ik een teringhekel heb aan de realiteit. Al die idioten, die zogenaamd bewuste nietsnutten die iedere dag mediteren, aan bikramyoga doen en de Bhagavagina of weet ik veel hoe dat ding heet hebben gelezen en er geen fuck van hebben begrepen, begrijpen het niet en zullen het ook nooit doen. Als je groots wil worden, dan ga je dus *allesbehalve* in het nu leven. Dat is het domste wat er is. De kunst is juist om te leren in je *verbeelding* te leven. Althans, dat is mijn filosofie.

Fuck het nu.

Nu is stagnatie. Nu is over een seconde net. Als je leeft in het nu, loop je al heel gauw achter. En aangezien ik door mijn ouders al met een fikse achterstand ben opgezadeld, laat ik me dat dus zeker niet nog een keer gebeuren. Echt niet. Mensen met enige vorm van achterstand worden namelijk afgemaakt.

'Schrijver word je niet, dat ben je,' heeft Mulisch ooit gezegd – fucking pedante onzin als je het mij vraagt maar niemand vraagt mij wat.

De eerste reden waarom ik schrijver wil worden, is, niet lachen: ik wil rijk worden. Het zal waarschijnlijk de domste carrièremove van mijn leven zijn maar daardoor is het juist ook heel uitdagend. En omdat ik vroeger in God heb geloofd, blijf ik de naïeve neiging hebben om zo nu en dan te geloven in sprookjes. Ik wil niet leven van het schrijven. Nee, nee. Ik wil verdomd goed leven van het schrijven. Dat is utopisch, vertellen mensen me, er zijn maar een paar schrijvers in Nederland die dat kunnen.

Ik wil één van die schrijvers zijn.

Maar vooralsnog boende ik bedreven de vieze vloeren van een grote sushiketen nadat ik de hele dag sushi had lopen serveren (en vreten). Ergens op de Zuidas in een straat die vernoemd is naar één of andere componist wiens naam veel te ingewikkeld is om te onthouden, laat staan uit te spreken, tussen de hoge bankgebouwen waar krachtige windhozen fietsen, scooters en restaurantborden omverblazen. Ik bediende bankiers die hun tafeltjes achterlieten alsof er godverdomme kleuters hadden gegeten: plasjes sojasaus op de grond, stukjes sushi en sashimi op de stoelen en overal veegjes wasabi. Stilletjes maakte ik alles schoon, zoals mijn ouwe dat vroeger deed.

Zo vader, zo zoon.

Als het eten op tafel stond, knalde m'n moeder met het uiteinde van de bezemsteel tegen het plafond. Daarna duurde het nog ruim een uur voordat de tajine daadwerkelijk op tafel stond – alle groente en vlees doorgekookt zodat alle voedingstoffen in rook waren opgegaan en er een gekleurde smurrie overbleef; het evolueerde van Arabisch naar Indiaas, zal ik maar zeggen. Als ik de keukenkunsten van mijn moeder zou moeten karakteriseren, zou ik het 'geweldig gevangenisvoedsel' noemen – en dan heb ik me nog redelijk coulant uitgedrukt. De vurige wens van mijn broers en zus is dat Allah, als Hij nou eindelijk een keertje goed in z'n vel zit, haar wat kookkunsten schenkt. Maar Hij heeft het veel te druk met die jihadistjes in Syrië.

Mijn witte MacBook heb ik van de zwarte markt. Ik kan me de heugelijke dag waarop ik 'm op de kop tikte nog haarfijn herinneren.

Moesi van de Diamantbuurt verkocht mij het ding op zijn pandapantoffels in zijn donkere trapportiek met de behendige praatjes van een BCC-verkoper terwijl hij nauwlettend zijn huisdeur in de gaten hield.

Hij fluisterde: 'Spiksplinternieuw, strijder.'

Ik controleerde het ding en wees op wat kleine krassen. 'Spiksplinter – wat de fuck is dit dan?'

'Niks, man.' Hij bevochtigde zijn vingertoppen en probeerde de krasjes weg te wrijven. 'Kijk. Weg. Gap, ik zweer het je, je gaat op deze laptop de beste boek schrijven die in Nederland is geschreven.'

'Het.'

'Wat?'

'Het is hét boek. Dít boek, dát boek.'

'Jonge, fuck dat. Laat me met rust. Je kan me niet meer redden. Ik ben al verloren.'

'Je bent nooit te oud om te leren. Het komt vast nog wel goed met je.'

Het licht van de vierkante portieklamp boven ons was kapot en knipperde zo nu en dan.

Moesi vroeg: 'Hoe gaat het met je geile zus trouwens? Is ze al getrouwd? Vraagt ze nog wel eens naar me?'

'Hoeveel vraag je hiervoor, pik?'

'Vijf barki's.'

Ik keek hem lang aan.

'Vijf barki's? Staan er fucking staatsgeheimen op? Gozer, ik geef je nu de helft of anders bel ik Meld Misdaad Anoniem.' Ik pakte mijn iPhone. 'Even googelen wat het nummer is...'

Moesi viel stil, keek mij lang en indringend aan. Hij had een mooi gezicht: opvallend grote hazelbruine ogen, krullerige wimpers waar menig vrouw jaloers op zou zijn en een lieve boevenblik.

Hij zei: '0800-7000. Heb ze al heel vaak gebeld. Je moet de concurrentie klein houden.'

'Vuile verrader.'

'350 euro. Plus het telefoonnummer van je zus.'

Ik gaf hem zes briefjes van vijftig, hij overhandigde mij zuchtend het apparaat en we gaven elkaar een boks.

'Als je je bek nog één keer opentrekt over mijn zus, knuppel ik met mijn stijve pik je moeder dood zoals ze dat met zeehondjes doen, vriend.'

'Zolang je mij geld brengt, strijder, mag je alles met m'n moeder doen. Luister, ik kom wel in die... dát boek van je, toch?'

'Maar natuurlijk.'

'Zeg wollah?'

'Gappie, ik ben een man van mijn woord.'

'Wel alleen maar goeie dingen over me vertellen!'

'Sowieso.'

Zijn telefoon maakte herrie. Een gebedsoproep schalde uit de speakers, een muezzin zong een loepzuivere *Allah Akbar*.

Hij dempte het geluid en zei: 'Ik moet bidden, bro.'

'Goed zo.'

'Kom je mee naar de moskee?'

'Je kan me niet meer redden. Ik ben al verloren.'

'Zeg dat niet. God is vergevingsgezind.'

'O ja? Heeft Hij je dat verteld?'

Hij pakte één van zijn pandapantoffels, probeerde mij ermee te slaan maar mijn reflexen waren te snel.

'Pas op met wat je zegt, vriend.'

Ik trippelde de trap af.

Hij zei: 'Succes met schrijven, strijder. Laat die stomme tata's schrikken van je schrijfkunsten.'

'Komt goed.'

'O ja,' zei hij nonchalant terwijl hij de trap op liep en de biljetten telde. 'Niet in de Coffeecompany van de Rijnstraat zitten met die ding.'

Toen ik even later thuiskwam, opende ik nieuwsgierig mijn nieuwe laptop. Ik stuitte op duizenden afbeeldingen van de rechtmatige eigenaar, één of andere briljante bink van een bedrijfsjurist bij Loyens & Loeff. Foto's van de verjaardagen van zijn dochter, het tuinfeest ter ere van het vijfentwintigjarig jubileum van zijn ouders, dolle bedrijfsuitjes met zijn collega's en strandvakanties met zijn vrouw en kindje. Zeker een halfuur lang was ik een stille getuige van de mooie momenten in het leven van volstrekt onbekenden. De familie maakte mij deelgenoot van hun plezier, sulligheid en intimiteit. Het ontroerde me, ik voelde me ineens een vieze voyeur en kreeg al snel spijt.

Ik selecteerde ze allemaal. Om ze te verwijderen. Maar ik kon het niet.

Zette alle afbeeldingen op een USB-stick, stopte die in een envelop en schreef met een schools handschrift zijn naam erop. Ik zocht het adres van zijn kantoor op, scooterde er 's avonds met een petje op naartoe en schoof 'm in de brievenbus.

De kiekjes kreeg hij maar de MacBook bleef bij mij.

Ik lachte bij alle herinneringen. Daarna klapte ik het smerige scherm van de gestolen MacBook dicht, tilde het apparaat op en kuste de oververhitte onderkant.

Het had me door al die jaren heen gesleept.

Ik beantwoordde Eveliens whatsappje.

Liefde,
Heb het fijn.
Schrijven gaat als een trein.
Misschien ligt er iemand in je bed straks...

Het begon te schemeren buiten. Tommy Wieringa beschreef dit moment in *Joe Speedboot* als 'het moment dat buiten alles blauw begon te worden'. Ik keek even uit het raam, een verroeste patrijspoort die een pover uitzicht bood. De daken van Amsterdam: hijskranen, tv-antennes en wat boomtoppen. Een oplichtende sigaret van de altijd kuchende overbuurvrouw, die vastzittend slijm in haar longen had dat sinds de Tweede Wereldoorlog daar aan het ophopen was. Ik hoorde geroezemoes van de buren. Een hond die in de verte schor blafte.

Ik deed het raam in mijn kamer dicht, trok wat kleren aan en vertrok naar Eveliens huis. Op de krappe gang ontweek ik behendig de thuisfiets die mijn vader voor mijn moeder had gekocht – of gevonden. Dat ding werd nooit gebruikt. Laatst stootte ik mijn pinkieteen er keihard aan, ik ging zowat dood, wilde het kloteding in stukken trappen en van de trap smijten maar hield me in. Langs de kamer van Omar, mijn tien jaar oudere broer, die video's aan het editen was op zijn immense iMac terwijl hij naar 'Wahrane, Wahrane' van Cheb Khaled luisterde. Zijn muzieksmaak weergaf treffend zijn tweespalt: in Marokko luisterde hij alleen maar naar André Hazes, in Nederland draaide hij alleen maar raimuziek. 'Rai' is trouwens Arabisch voor 'mijn mening'. Ik wist wat hij mij zou vragen, dat deed hij namelijk iedere dag als ik langsliep om me te sarren, de klootzak. Maar vanaf vandaag zou alles veranderen.

Vanaf vandaag zal alles anders zijn. God, wat heb ik lang op dit moment gewacht.

'Yo, is je boek al af?'

'Ja, pik. Het is af. Helemaal fucking af.'

Hij keek op van zijn computerscherm.

Ik snoof triomfantelijk, zuchtte diep en grijnsde van oor tot oor, als een generaal die een geweldig stuk grondgebied veroverd had.

'Oké. Ga je het me sturen?'

Ik liep naar hem toe, zijn kamer rook altijd naar parfum, vies en van het dure soort, stak mijn hand uit en grapte: 'Dat wordt dan 19,95, alsjeblieft.'

Hij pakte een blauw biljetje uit zijn zak, overhandigde het en zei: 'Je mag de rest houden.'

'Dankjewel, man. Je hebt 't vanavond in je mail.'

'Ik ben benieuwd.'

De manier waarop hij dat zei, verraadde iets. Het was geen gezonde nieuwsgierigheid. Ik wist niet of ik jaloezie proefde maar het zat er wel dicht tegenaan. Jaloezie is een goed teken. Het legt de verhoudingen bloot.

Een gek gevoel: ik had mijn eerste geld door het schrijven verdiend. Met dat besef liep ik de trap af, pakte de losse leuning vast, verslapte meteen weer mijn grip, want dat kloteding hing er half af – alles maar dan ook echt alles in dit huis was kapot of stond op het punt om kapot te gaan.

Mijn vader en moeder zaten in de woonkamer naar Al Jazeera te kijken terwijl ze gezouten, ongepelde zonnebloempitten tussen hun tanden kraakten om de pitten vervolgens op te eten. De schilletjes gooiden ze met een schitterende accuraatheid gedachteloos op een schoteltje. Op tafel stonden mozaïekkommetjes met amandelen, dadels en gedroogde vijgen. Een dampende zilveren Marokkaanse theepot met een doekje aan het oor. Halfvolle kopjes thee met schuim aan het oppervlak en donkere theezaadjes op de bodem.

Ik sprak altijd Arabisch met mijn ouders.

'*Aba*, *ama*. Ik wil jullie iets belangrijks vertellen.'

Terwijl mijn moeder naar de televisie keek, zei ze: 'Vertel, mijn lieve zoon.'

Vader zei: 'Ga je ons op reis sturen naar Mekka?'

'Mijn boek is af.'

De Al Jazeera-verslaggever vertelde uitvoerig over de droogte in één of ander Arabisch land.

'Je boek?' vroeg mijn moeder.

'Ja, mijn boek. Waar ik de afgelopen drie jaar aan gewerkt heb, weet je nog?'

Vader bleef naar de televisie kijken en zei: 'Goed zo, jongen. Met je hersenen werken, zodat je je niet een hernia hoeft te werken zoals ik dat heb gedaan.'

Moeder zei: 'Een boek, waarom zou je in godsnaam een boek schrijven? Er zijn bibliotheken vol boeken. Mensen gooien dozen vol boeken op straat.'

Vader hield een verweerde gebedskraal in zijn hand. Op de negenennegentig kralen, gemaakt van dadelpitten uit Mekka, stonden ooit de negenennegentig Schone Namen van Allah in het Arabisch. Bij ieder kraaltje dat langs zijn wijsvinger en duim ging, murmelde hij een loftuiting aan Allahs adres. Een uitstekende vingeroefening tegen reuma. Het honderdste stukje van het gebedssnoertje leek op een schaakstuk waar draden van zijde uit staken, alsof het een sikje van een berggeit betrof.

Vader zei: 'Luister...'

Ik zei: 'Ik luister.'

Mijn moeder keek hem vol verwachting aan.

Hij draaide zich om, keek me lang en indringend aan terwijl hij wijselijk zijn baard masseerde en vervolgde: 'Als je straks langs de Albert Heijn rijdt, neem een pak melk mee.'

Moeder zei: 'En brood. Brood is op.'

Vader vroeg: 'Wat voor brood?'

'Witbrood, niemand eet bruinbrood.'

Vader sloeg op zijn borst en zei: 'Ik eet bruinbrood.'

'Jij eet niks, kijk hoe mager je bent.'

Terwijl vader de afstandsbediening van tafel pakte, zei hij: 'Als jij eens fatsoenlijk zou koken.'

Moeder zei, op stijgende toon: 'Dagenlang ligt het bruine brood in de kast te verpieteren tot de schimmels het overnemen en het gaat stinken. Zoals jij!'

Op mijn sokken snelde ik over de koude vloer naar de deur en zei: '*Beslema.*'

'Waar ga je heen?' vroeg vader.

'Naar New York.'

Hij lachte en zei: 'Neem me mee!'

'Ze laten geen mannen met baarden binnen.'

'*Yek?*'

'Ik zweer het. Je moet allemaal formulieren invullen bij de douane en als je "nee" antwoordt op de vraag of je varkensvlees eet, word je eruit gepikt en gemarteld.'

Hij draaide zich naar de televisie en zei: 'Er is geen mooiere tijd om moslim te zijn. Beter bespaar je je geld straks om een huis voor ons te kopen in Marokko.'

'Wat moet ik in Marokko?'

Moeder zei: 'Mensen gaan naar Marokko of Dubai en jij wil naar

Amerika.' Ze sloeg met haar hand in de lucht alsof ze vliegen verdreef en zei met diepe walging: 'Tfoe.'

Ik zei: 'Dubai, donder op, ik wil er niet dood gevonden worden.'

Moeder vervolgde vurig: 'Mensen hebben een echte baan. Jij zit alleen maar op je computer te klooien en werkt twee dagen in een restaurant. Kijk naar Hamza, Soufian, Rachid. Jongens die echte mannen zijn.'

Hamza was zuivelchef bij de Albert Heijn in de Van Woustraat en moest noodgedwongen van zijn manager een papieren baret op. Soufian werkte bij TNT Post, sorteerde brieven en nam incidenteel waardevolle post mee. De horloges, juwelen en sieraden verkocht hij in de shishalounges op de Ferdinand Bolstraat. Wat hij niet verkocht kreeg, deed hij cadeau aan zijn moeder en zusjes, die pochten er tijdens bruiloften mee, waardoor mijn moeder weer ging zeggen: 'Soufian koopt sieraden voor zijn moeder en zusjes, wanneer ga jij dat eens doen?' En Rachid, godverdomme, die gozer had het het verst geschopt van al het tuig hier in de buurt. De voormalige zakkenroller werkte bij de gemeente. De kale klootzak verving je versleten paspoort, ID of rijbewijs. Tikte teringsnel op het toetsenbord al je gegevens in wanneer je verhuisd was maar het mooiste van alles, de man kwam echt om in geluk als je het mij vraagt: hij had een leaseauto van de zaak.

Een Opel.

Een Opel Astra.

Jezus fucking christus.

Voor mijn ouders was hij een god.

Hij was verantwoordelijk voor belangrijke papieren.

Vader zei: 'Die Rachid heeft het héél slim gedaan. Niet voor niets is hij altijd vrijdag in de moskee te vinden. Rustig in de hoek, geknield terwijl hij het Boek leest.' Vader boog voorover, pakte van onder de televisie een dik boek met zwartleren kaft en gouden sierletters en zei: 'Je kan zo veel boeken schrijven als je wil maar er is maar één boek dat telt, mijn zoon. Vergeet dat niet.'

‘Ik weet het,’ zei ik terwijl ik de deur opendeed, ‘*Harry Potter en de gevangene van Azkaban*. Of toch *Mein Kampf*?’

Ik smeet de deur dicht.

Op de gang sprong ik over de zee van schoenen en slippers. Iedere keer als ik hierlangs liep, dacht ik aan wat Pablo Picasso in zijn dagboek geschreven had. ‘*When I enter the studio, I leave my body at the door the way Muslims leave their shoes when they enter the mosque or their house. I only allow my spirit to go in there and paint.*’

Ik stapte in mijn maagdelijk witte lage Nike Airforce 1-sneakers, voor de gewone sterveling 110 euro bij de Foot Locker maar voor jongens met uitstekende connecties slechts zeven tientjes. Ik kreeg namelijk 35 procent familiekorting omdat Nassim, een lieve neef van mij, daar werkte.

Terwijl ik de trap af vloog, drie of soms vier treden oversloeg, deed mijn moeder de deur open en riep me na: ‘Niet ergens anders blijven slapen.’

‘En als ik dat wel doe?’

Langs de nette Turkse onderburen op eenhoog, waar het altijd naar lekkere lahmacun en *etlikmek* rook, anders dan de permanente frituurvetlucht waarin ons huis baadde. Mijn moeder ruilde wel eens gerechten met de Turkse mama – een nogal oneerlijke ruilhandel.

‘Neem een mooi Marokkaans meisje. Krijg kinderen met haar. Dan blijft het bloed tenminste zuiver.’

‘Oké, Irma Grese.’

‘Als ik je scooter daar weer voor haar deur zie, gooi ik hem dit keer om en stamp ik hem kapot. Wollah, ik doe het.’

Langs de belezen en beleefde Surinaamse onderbuurman, die vrijwel altijd Papa Touwtjie, Max Nijman of Frans Duijts op had staan. En met zijn grote ringen, gouden mattenkloppers, bij ons aanklopte als hij high en hongerig was. De graatmagere man hield van mijn moeders couscous. *Fi sabilah*, zei mijn moeder berispend als vader hoofdschuddend zuchtte terwijl ze het eten voor hem aan het opscheppen was. *Voor Allahs zaak.*

Ik zei: 'Gooi mijn scooter maar om, lieve mama. Bel ik de politie. En dan ga je gewoon de gevangenis in.'

We woonden in een hoekappartement in de lange Lutmastraat, met aan weerszijden ordelijke rijen straatlantaarns en keken uit over het Henrick de Keijserplein. De drie parmantige populieren die over het plein waakten werden De Drie Gebroeders genoemd. Vaak moesten we klimmen als er weer eens een mafklapper de bal totaal verkeerd had geraakt en 'm in één van de armen van de bomen had geschopt. De Drie Gebroeders hadden ons zien opgroeien: de grote jongens die tot bloedens toe vochten tijdens het voetballen op het oneffen voetbalveld wanneer er geld in het spel was. De *chillers* die nooit meededen, die tegen de hekken leunend hasj brokkelden en jointjes draaiden terwijl ze verhalen over vroeger vertelden alsof ze bejaard waren. De dieven met hun schietende, schertsende blikken die hun gereedschap 's avonds in de bosjes verborgen: kraspennen voor de autoruiten, breekijzers voor de deuren en kluizen, slijptollen voor alle soorten sloten en deukentrekkers om de contactsloten van scooters te slopen om ze vervolgens met het uiteinde van een lepel moeiteloos te starten en voor de vaste prijs van 300 euro te verkopen. De politievoertuigen reden stapvoets om het Henrick de Keijserplein heen en gaven gas in de omliggende straten om snel weer terug te komen om weer een rondje te maken: ze hielden alles en iedereen nauwlettend in de gaten. Wij, de brave broertjes die op de schommels zaten, zwiepten zachtjes heen en weer tot we zwierig boven iedereen uitstaken. Zwevend zagen we alles gebeuren en hielden niet op erover te praten – dat gevoel, dat spannende gevoel in je buik tijdens het schommelen, heerste te allen tijde als je je op het plein waagde.

Het mooiste wat ik heb meegekregen van de straat is dat ik er leerde observeren – als ik langs een fietsenrek wandelde, zag ik in een oogopslag of er een fiets niet op slot stond. We waren de underdogs, althans, zo gedroegen we ons en dat betekende dat de vijand, zichtbaar of onzichtbaar, bestaand of niet-bestaand, altijd op de loer lag.

We wisten bijvoorbeeld precies welke auto van wie was. De kentekens kenden we uit onze kop. We wisten zelfs wanneer de auto zijn laatste apk-keuring had gehad. Onbekende voertuigen werden altijd bespioneerd. Op auto's met buitenlandse kentekens werd altijd gejaagd – telefoons, TomToms en laptops. Soms kwamen familieleden uit het buitenland op bezoek. Dat werd dan aan iedereen medegedeeld zodat die autoruiten werden gespaard. Een keer had Ali een laptop uit een Belgische auto gegrist nadat-ie snel en behendig de achterruit had getikt. Bleek het de bak van zijn oom uit Brussel te zijn. Ali vertelde op theatrale wijze op het pleintje dat hij vervolgens woest thuiskwam, aan de oom vertelde dat hij via via de laptop voor 200 euro teruggekocht had. Dus bood de oom hem 200 euro. Hij herhaalde elfhonderd keer dat hij dat echt niet kon aannemen, vooral niet van zijn lieve, hardwerkende oom. Ali hield vervolgens een tirade dat de straten vol dieven zaten en dat hij zich er diep en diep voor schaamde – het waren altijd weer die Marokkanen. Uiteindelijk legde de oom het geld onder zijn kussen vlak voordat hij vertrok. Met dat geld is Ali vervolgens vier keer naar de hoeren gegaan.

Wie zegt dat misdaad niet loont?

Opgroeien in zo'n buurt betekende dat je rond je twaalfde een bachelor in boeverij had. Je zag alles, hoorde de verhalen, leerde alles bij elkaar te liegen en vooral niemand te vertrouwen. Als je mij zou vragen of ik ooit iets heb geflikt, zou ik de politicistrategie aanhouden: glashard ontkennen en over een ander onderwerp beginnen.

Maar meestal voetbalden we tot de avond viel, de straatlantaarns gelijktijdig aangingen en onze moeders ons naar binnen schreeuwden. De grote jongens bewogen niet. Ze kaartten tot diep in de nacht onder het bankje met het gele afdakje waarin alle bijnamen van de jongens uit de buurt met vlindermessen waren gekerfd terwijl ze Red Label met cola uit witte plastic bekers dronken en hun hoofden op de beat van de zwartste gangsterrappers bounceten. Op het afdakje werden vredelievende leuzen gekalkt als: VERBODEN VOOR JODEN en JODEN-DOM, CHRISTEN-DOM, MO-SLIM.

De Drie Gebroeders zagen het allemaal gebeuren. Een hoge wind blies van boven naar beneden op alle bladerpracht, waarna de bomen welwillend over het plein bogen, het ruisende geluid golfde over de Lutmastraat zo mijn oren in. Ik stelde me de sterke wortels van de gebroeders voor, die als reuzenhanden met wijd gespreide vingers diep in de natte grond staken. Net zo diep als mijn gevoelens voor hen, dit plein en alles wat er gebeurd was op dit stukje speelplaats – de tijd had verdomd veel haast. De prachtige populieren waren de trouwe bewakers van mijn fijne jeugdherinneringen, die door alle jaren heen verder alleen maar onverschillige blikken vingen. Dat stak mij iedere dag. Dus iedere keer als ik ze zag, begroette ik ze met een eerbiedige hoofdbuiging, als goden die ik liefhad.

Ik stopte de witte iPhone-oordopjes in mijn oren – 'de hedendaagse juwelen van jongeren', noemde Tom Lanoye ze treffend in *Gelukkige slaven* – en ik luisterde naar de warme tonen van Miles Davis. Wist je trouwens dat hij de eerste zwarte in Amerika was die een Ferrari bezat? Ik startte mijn scooter terwijl mijn moeder uit het raam riep dat ik tegen twaalven terug moest zijn. Ik keek op het dashboard van mijn verrotte Vespaatje, zag dat het 23.32 uur was en gaf vol gas.

Heupwiegend op de scooter de overstekende voetgangers ontwijkend, door de Van Woustraat waar het Pakistaanse groentewinkeltje heftig concurreerde met de Turkse Genco-minisupermarkt. Soms scholden de eigenaren in hun eigen taal elkaar de huid vol. Het mondde wel eens uit in klungelige vechtpartijtjes. Dan haalden de jongens die ertegenover in de snackbar zaten ze lacherig uit elkaar.

Toen ik langs de snackbar scheurde salueerde ik, de schoffies die daar het hele jaar door als standbeeldjes stonden, salueerden simultaan terug.

Moesi schreeuwde: 'Wanneer komt je boek uit dan?!'

Ik kneep mijn remmen in, reed naar het stoeprandje en antwoordde enthousiast: 'Binnenkort, ouwe!'

'Je bent de redder van de buurt, bro.'

'Ach, hou toch op.'

'Ik meen het, vriend. Je bent onze enige hoop. Vergeet me niet te noemen!'

'Voor een barki drop ik je naam, gap. Praat money met me.'

'Ik gaf je die laptop voor een prikkie. Ik kon hem zo aan *shi tatta* voor een paar *barra's* meer *seren*. Maar nee, ik gunde hem jou. Want je gaat ons trots maken.'

'*Aight*, bro.'

'Wanneer ga je die gekke kuif van je knippen?'

Ik keek naar het voorbijtrekkende verkeer.

'Wanneer je dikke moeder stopt met naaktfoto's sturen.'

Lachend gaf ik hem en het bataljon boeven een boks, knikte en vervolgde mijn route.

Bij het drukke kruispunt sloeg ik links af de Ceintuurbaan op. Ik bekeek het Sarphatipark en dacht aan wat ik altijd dacht als ik hierlangs reed: de geile nachten nadat we klusjes hadden geklaard. Park 118, het bordeel waar we heen gingen als er druk van onze keteltjes af moest na het stelen van scooters. Ik lachte terwijl ik de gashendel een ruk gaf en vooruitstoof. De straten en wegen zagen er anders uit, alsof ze speciaal voor vandaag grondig waren gepoetst.

Mijn boek was fucking af.

Van opwinding omklemde ik krachtig de handvatten. Bekeek mezelf in de zijspiegel, knipoogde en kuste naar de klootzak wiens kuif alle kanten op ging. Ik zweefde op mijn scootertje over de straten alsof ik door de goden werd gedragen.

Via de Ferdinand Bolstraat langs alle blonde gladjakkers die zich ophoopten rond de cafeetjes op het Heinekenplein. In de ene hand hielden ze een gin-tonic met een komkommerschil en een snufje kaneel, de andere hand haalden ze om de elf seconden heldhaftig door hun haren om de meisjes te laten zien wat voor geweldig nonchalante gasten ze wel niet waren. Over de Weteringschans, om de bebloemde rotonde heen rechtdoor de Vijzelstraat in. Langs de bioscoop dicht tegen het Muntplein waar steevast een meute Marokkanen voor de ingang de boel aan het verstieren was. Opkijkend, tussen de trillende tramkabels, naar de glimmende accenten van de Munttoren: de gouden haan, de klokkentoren en de Romeinse cijfers waarvan ik me altijd afvroeg waarom er in plaats van IIII geen IV stond. Om uiteindelijk met een scherpe bocht rechts af te slaan, nadat ik wat Engelsen op het zebrapad bewust bijna aanreed – 'The lights are green, moron!'

'Go fuck yourselves.'

Evelien woonde met haar ouders aan de Amstel in een achttiende-eeuws pand met een vooroverhellende trapgevel.

Iedere keer als ik er voor de deur stond en omhoog bleef kijken, vreesde ik dat een zuchtje wind in de rug het huis zou doen bezwijken en het op mij zou storten. Het stadse kasteel oogde krachtig en kwetsbaar tegelijk.

Vanaf Eveliens betegelde balkonnetje, met de spierwitte spijlen als een serie schaakstukken, keek je zo uit op de chique kamers van hotel De L'Europe. Daar zaten 's zomers op het terras aan het water de gedistingeerde zuiplappen van de stad, peperduur zonnebrilletje op het gecorrigeerde gezicht, strakgetrokken kinnetje in de lucht om vervolgens eindeloos over zichzelf en hun prachtige prestaties te praten. Haar ouders gingen vaak naar de Stopera, op een steenworp afstand – nou ja, een Palestijnse steenworp. Het lichtgevende gebouw, waarin het Nationale Opera & Ballet en het stadhuis huisden, leek 's avonds op een ruimteschip dat op het punt stond om naar één of ander ver galactisch stelsel op te stijgen. Een architectonische aanfluiting. De lichtgevende Magere Brug verderop zorgde voor een schitterend stadsbeeld.

Haar ouders zaten weer in Frankrijk, wijn te drinken en foie gras te eten terwijl Sammy achter de bal aan holde die haar vader gedachteloos de immense tuin in gooide. Dan riep hij: 'Hoog, Sammy, kijk omhoog, lieve Sammy!'

Om vervolgens het complete repertoire van Ramses te zingen.

Eveliens ouders hadden ergens in de Provence een voormalig treinstation opgekocht en omgetoverd tot een statig landhuis. Het huis lag midden op een uitgestrekt veld omkranst door naaldbomen. De keukenlaatjes waar al het zilveren servies opgeborgen lag, waren vroeger de geldlades waar de spoorweglokettisten de treinkaartjes in bewaarden. De poten van de op maat gemaakte tuintafel pasten precies tussen de treinsporen. Een houten schommeltje hing boven een vertrapt stukje gras. De wind blies de geur van dennen over het uitgestrekte veld de woonkamer met open keuken in. Haar vader kookte als een sterrenchef terwijl hij, tot ergernis van Evelien en haar moeder, heel vrolijk maar verschrikkelijk vals 'Ne me quitte pas' zong terwijl hij naar mij knipoogde, de kastjes sierlijk opende om ze vervolgens vrolijk swingend op de maat van de deuntjes van Jaqcues Brel met zijn heupen en voeten dicht te gooien – ik hou van die man: mijn andere vader. De gedrevenheid om gerechten tot in de puntjes perfect te krijgen, was aanstekelijk en jaloersmakend; mijn moeder zou veel van hem kunnen leren: malse hertenbiefstuk met tijm, ui, knoflook en rozemarijn, uit de tuin geplukte paddenstoelen overgoten met een sausje van de meest exclusieve rode wijn die de wijnboer hoogstpersoonlijk langs kwam brengen in zijn rammelende Renaultje.

Het moment dat zij naar hun vakantiehuis vertrokken, vertelde haar vader altijd heel vroom terwijl hij zijn vinger opstak: 'Doe geen dingen die ik ook niet zou doen.'

Waarna we allebei lachten.

'Zeker niet, natuurlijk niet, absoluut niet,' zei ik. Om me twee seconden later, wanneer de deur in het slot viel, op Evelien te storten, gretig als een pas vrijgelaten gevangene.

Binnen was het stikdonker, toch liep ik met zekere passen blindelings door het veel te drukke huis naar de rij lichtknopjes aan de muur.

Ik zei: 'En God zei: "Laat er licht zijn."'

De spotlights in het plafond van de postmodernistisch ingerichte woonkamer sprongen aan. Ik trok mijn kleren uit, liet het bad vollopen en danste in mijn blote billen tussen de kunstwerken die overal door het huis tentoongesteld waren, waardoor je je in het Stedelijk Museum waande. Felgekleurde schilderijen waaruit allerlei voorwerpen staken: vorken, verrekijkers en scherven. Een mannelijk – of toch vrouwelijk? Nou ja, een genderneutraal – standbeeld gemaakt van allerlei stadse rotzooi: munten, fietsbellen en alarmtags. Een houten kruk met daarop een oud tv'tje waar iemand vlijtig honderden spijkertjes in heeft geslagen. In de hoek, op de grond, mijn favoriete kunstwerk: een wirwar van meterslange houten speren, alsof reuzen een potje mikado hadden gespeeld, er de brui aan hadden gegeven en toch besloten zich te bezatten in het dichtstbijzijnde barretje. Ik vlijde me uiteindelijk neer op de zebrahuid die ze cadeau hadden gekregen van een bevriende stroper uit Zuid-Afrika, zette James Blake op die via de speakers van het Sonos Home Sound System door het vier etages tellende voormalige pakhuis klonk en aaide tevreden en gelukkig de zwart-witte haren van het gevilde geval waar ik op zat.

Een verademing vergeleken bij mij thuis.

Na het badderen trok ik een badjas aan en begaf ik me naar bed.

Gestommel.

Rinkelende sleutels die niet in het slot pasten. Het zuchten van een vrouw. Het was 3.30 uur, ik stond op uit bed en wist hoe laat het was.

Ik opende de deur in mijn badjas terwijl Evelien standvastig de sleutel bleef vasthouden en bijna voorover viel.

Evelien zei: 'Baaabe! Pas een beetje op, zeg!'

'Sorry.'

'Je kent je eigen krachten niet.'

'Dat is waar.'

'Dat was eindelijk de juiste sleutel, doe jij de deur open.'

'Ik kan hem ook weer dichtdoen, hoor.'

Ik deed de deur eventjes dicht, suf als een op de teentjes getrapte schooljuf.

Toen weer open.

Ze stond op haar hakken als een teer pasgeboren hertje. Ze kon niet stilstaan. Ze was beweeglijk en bloedmooi. In de donkerte aan de Amstel. Maar zij gaf licht. De spotlichtjes weerschenen in haar glazige, groene ogen. Ik was slechts een mot die telkens tegen haar aan vloog, deerniswekkend devoot, volledig door waanzin gedreven, als een kamikazepiloot. Een lichtdraagster, dat was ze, iedere keer herinnerde ze het me weer. Haar fijnzinnige wenkbrauwen als zwarte penseelstreekjes. De opgemaakte wimpers als spinnenpootjes. Ik ging met mijn hand door haar lange, diepbruine, ietwat vette haren en schoof een haarlok achter haar oortje, waardoor de elegante welvingen van haar sleutelbeen zichtbaar werden. We keken elkaar lang aan.

We lachten.

Rode lippenstift op haar witte tanden. Ik pakte haar koude handen. De roodgelakte vingernagels een beetje gebarsten. Vouwde mijn handen in de hare en trok haar voorzichtig naar me toe.

We kusten en knuffelden.

Ik zei: 'Fuck, wat heb ik je gemist.'

'Ik jou ook, babe.'

De warmte van de woonkamer ontsnapte, de nachtelijke kou glipte naar binnen – ik sloeg de badjas snel dicht, want de kou klampte zich aan mijn kloten, mijn balzak begon te krimpen.

Evelien kwam binnen, vergat haar sleutels in het slot. Ik pakte ze, deed de deur dicht en draaide hem op slot.

'Waar zijn je sleutels?'

Ze doorzocht haar jaszakken, toen haar overvolle handtasje en zei: 'Hoe kan dit? Ik had ze net nog in mijn handen.'

Ik zuchtte demonstratief, gaf haar de sleutels en zei: 'Liefje, ik heb geweldig nieuws.'

Ze legde haar handtasje op tafel, haar pasjes, kauwgum en make-up vielen eruit. Ze keek me vol vreugde aan: 'Je wil een kindje met me?'

'Babe, hou op.'

'Wil je geen kind met me?'

'Nee. Ehm, wel, tuurlijk wel. Ooit. Ik heb groter nieuws. Naja, mooier. Ik bedoel, fuck, Evelien, je brengt me helemaal in verwarring.'

Ze gooide haar sleutelbosje op de bank, het stuiterde ervanaf en viel kletterend op de verwarmde gietvloer.

Bedroefd begon ze: 'Je wil helemaal geen kind met me. Wat doe ik nog in hemelsnaam met je?'

'Babe, doe niet zo fucking emo.' Terwijl ik naar haar toe liep, vertelde ik: 'Tuurlijk wil ik een baby van je. Ik wil er duizend van je. Een heel legertje van die soldaatjes waarmee we straks complete steden zullen bezetten. Maar nu nog niet, kom op. We zijn zelf nog fucking kinderen.'

Ze zei: 'We zijn allebei volwassen genoeg –'

'*Cut the crap, please.*'

Ik slofte naar de bank. Deed mijn badjas goed dicht. Evelien stond bij de deuropening, deed haar laarzen uit, althans, dat probeerde ze.

'Kom even zitten, bezopen monstertje.'

Terwijl ze op de bank plofte, zei ze: 'Ik ben maar een beeeetje aangeschoten.'

'Ja, ja.'

Ze stak haar benen in de lucht. Ik gleed met mijn handen langs haar benen, krabde zachtjes haar kuiten, pakte haar suède laarzen vast en trok ze voorzichtig uit. Rook aan haar voeten, waarna ze die snel wegtrok.

'Niet doen!'

'Ik ben dol op je bezwete voetjes. Had je het wel fijn in Parijs?'

'Ja, het was heel leuk, veel gewandeld en gezien met de meiden, superlekkere sushi gegeten in zo'n tentje. Blueberry heette het of zo. Moeten we echt een keertje heen!'

'Alsof ik niet genoeg sushi heb gezien.'

'Maar Josefien dus,' begon Evelien, 'Josefien was dus echt niet te doen. De hele tijd maar aan het klagen over d'r vriendje. Continu appen met wie hij is, waar hij was en kijken hoe laat-ie voor het laatst online was.' Ze trok haar jas onhandig uit, wurmde zich uit een wit bloesje en smeet het op tafel. Bij iedere beweging bewogen haar volle borsten in haar beha gezellig mee. 'Dan drinkt ze een paar wijntjes en verandert ze in een freak: "Jason dit, Jason dat. Evelien, denk je dat-ie aan mij denkt? Wat denk je dat-ie nu aan het doen is?" Weet ik veel, ik ben toch niet helderziend? Gestoord. Ze is gewoon gestoord. Dat mens is gewoon compleeet gestoord.'

'Arme schat. Heb je net de taxi gepakt?'

'Nee. Gewoon de scooter.'

'Lekker verantwoord. Ga je dat straks ook doen als je zwanger bent? Comazuipen en scooteren?'

'Ben je gek?' Eveliens blik verzachtte. Dat kon maar één ding betekenen: levendige fantasieën over moeder worden. 'Na tien jaar zijn we echt wel toe aan een nieuwe stap, babe. Ik wil gewoon zo'n lief, klein baby'tje met jou.'

Ze zoende me. Ze rook naar het nachtleven: drank, sigaretten en een hint van mint. Vermengd met haar heerlijke geur; die cocktail van geuren maakte me zo verdomd geil.

Tussen het zoenen door zei ze zachtjes: 'Het wordt een prachtig, schattig liefdesbaby'tje. Ik weet het zeker.' Ze pakte mijn handen vast en vroeg: 'Waar ben je bang voor?'

Ik vroeg: 'Pas je wel op met wat je zegt?'

Haar liefdevolle houding veranderde in vurige vijandigheid: 'Wat lul je nou weer?'

'Hitler was ooit ook een schattig baby'tje.'

'Ach, hou toch op.'

Ze pakte een flesje water van tafel, dronk het leeg en zei: 'Je moet je echt even laten checken daarvoor, hoor. Straks draai je nog door met je zieke fascinatie voor dictators.'

'Poëetje van me!'

Ze ging naar de badkamer en terwijl er een krachtige plasstraal te horen was, zei ze: 'Je zal een geweldige papa zijn. Overdag ben je toch thuis aan het schrijven, dus dan kan je voor de baby zorgen.'

'Ja, tuurlijk.'

'Net zoals die,' ze knipte met haar vingers, 'hoe heet-ie ook alweer?'

'Tommy Wieringa.'

'Die ja. Precies als in zijn documentaire. Hij zorgt voor de baby's en z'n vrouw is advocate.'

Scheurend toiletpapier.

'Liefje, jij studeert nog. En we wonen niet eens samen.'

Ze trok de wc door.

'Ik kom straks zo aan een baan, hoor,' ze liep de woonkamer binnen, de bovenste knoop van haar broek open, 'en dat kunnen we toch zo regelen, samenwonen?'

Ik zei: 'Mijn boek is af.'

Ze krabde uitvoerig aan één van haar gladgeschoren oksels. Toen de andere oksel. Daarna begon haar nek te jeuken. En uiteindelijk moest haar gezicht het verduren terwijl ze gekke gezichten trok.

'Sorry, wat zei je?'

'Mijn boek is af. Vandaag het laatste hoofdstuk afgemaakt.'

'Neeeee. Echt?'

'Ja, het is eindelijk fucking af.'

Evelien begon te huilen.

'Aah, babe!' Ik liep meteen naar haar toe, omhelsde haar en zei: 'Waarom huil je?'

Bijna barstte ik ook in tranen uit.

Tussen het gesnik door stak ze haar vinger in de lucht en zei: 'Champagne. Champagne. Of wijn. Dit moeten we groots vieren.'

'Dat zeg je bij iedere gelegenheid, babe.'

'Nee, nee. Geen gebabe. Ik pak nu een fles.'

Ze liep naar de keuken.

Ik snelde naar haar toe op de gang, omhelsde haar vanachter en sloot mijn ogen terwijl ik haar gezicht zachtjes masseerde. Gleed met mijn vingertoppen over haar gelaat, haar goedgevormde jukbeenderen, wipneusje met wat sproetjes. Draaide haar om. En kuste haar.

Toen tilde ik haar op, draaide prachtige pirouettes terwijl ik mijn gezicht in haar nek begroef. Ik likte, beet zachtjes en gromde.

'Ik wil het naakt met je vieren.'

We belandden op de bank. Ik masseerde haar kuiten. Ze liet haar hoofd naar achteren vallen, ging languit liggen en begon te spinnen.

'Dit heb ik echt nodig.' Ze rook aan haar haren. 'Zullen we even douchen zo?'

'Straks. Nadat ik je geproefd heb.'

'Nee, ik ben vies.'

'Ik hou van vies, dat weet je.'

Ze gaf me een geile blik.

Ik beet op mijn onderlip. Stopte met masseren, rende met mijn wijs- en middelvingertoppen naar haar halfopen gulp en ritste de broek helemaal open.

Ik vroeg: '*May I please lick Paris off your pussy?*'

Ze zette haar hielen in de gietvloer, kwam iets met haar kont omhoog van de bank zodat ik gemakkelijk haar broek uit kon trekken. Ik kuste haar zachte lichtbruine benen, dijen en likte met het topje van mijn tong het kruis van haar zwarte string nat. Ze trok haar slipje uit, gaf het aan mij. Het diep opsnuiven van het dunne reepje katoen haalde het beest in mij naar boven. Een verdomd geile geur van aanlokkelijk zweet, fleurig wasmiddel en warme lichaamssappen vol feromonen die mijn testosteron aanjoegen.

Mijn harde pik stak uit mijn badjas.

We zoenden tot ik zei: 'Sta eens op.'

Ze stond op, ik ging slaafs op mijn knieën zitten. Ze draaide zich om, boog ietwat voorover, spreidde haar billen met haar vingertoppen en spande zo nu en dan haar donkerroze kontgaatje aan. Het had iets weg van een ballonknoopje. Ik likte er lieflijk langs, kuste haar kont en staarde gebiologeerd naar het samentrekken – voor dit feestelijke aanzicht was ik bereid om te moorden. Haar schaamlipjes leken op een macaron en profil die wachtte om opgevreten te worden.

Ik pakte haar bovenbenen vast, mijn vingers verzonken in haar heupen en trok haar naar mij toe.

Ik plantte mijn gezicht in al het hemelse.

Ze zei: 'Oooo, fuck.'

Ik kuste, zoog en stak mijn cirkelende tong voorzichtig in het heiligste plekje van haar lichaam alsof ik in haar wilde verdwalen. Ze was zoet en zoutig tegelijk – ik plukte een restje toiletpapier van haar poesje. Ik spuugde op mijn hand. En terwijl ik me rustig aftrok, likte ik haar met lange, gulzige halen. Langs haar fluweelzachte lipjes, plagend over haar perineum, waardoor ze altijd even opsprong, naar haar lichtelijk bitter smakende billen. Mijn getuite lippen, nat en glibberig, als een grondig verkennende zuignap van een octopus. Mijn tong tekende achtjes, mijn pik tussen haar kuiten. We kreunden zachtjes en lachten: ik maakte hysterisch harde slurpgeluiden.

Tot ze zei: 'Sta eens op, jij.'

Ik stak mijn vinger op, staakte het slurpen en zei: 'Nog héél even, liefje.'

Ze woelde door mijn kuif, pakte mijn hoofd vast en drukte me nog meer tegen zich aan. Tot ik bijna stikte van geluk en ik daarna h-h-h-heel diep ademhaalde.

Ik stond op, een tikkeltje duizelig, lichtpuntjes dansten aan de zijkanten van mijn blikveld. Ze ging op haar knieën zitten, haar voetjes lieflijk over elkaar heen, haar handen bijna ontroerend ineengevouwen om mijn pik. Ze rukte me alsof ze hard aan het bidden was.

'Babe, ga op de bank liggen.'

Evelien deed wat ik zei.

Ze spreidde haar benen. Mijn vingertoppen gleden over haar onderlijf. De wijn verslapte haar kuiten, dijen en liezen maar haar clitje was zo hard als een druivenpitje.

Ik begroef mijn gezicht tussen haar benen.

Niets op deze wereld kon me meer opwinden dan wat ik nu aan het doen was. Tussen Eveliens lieflijke lipjes. Hierin lag mijn levensgeluk verscholen. Het liefst zou ik mijn gezicht nu willen vastlijmen aan haar gladgeschoren kutje, met het sterkste soort secondelijm. Ze maakte een bronstige bizon van mij. We vouwden elkaars handen ineen.

En neukten.

Liggend, zittend, staand.

Tegen de muur, haar voet haakte mijn hiel.

In de woonkamer, de badkamer, om uiteindelijk op het balkon te belanden.

De stad was leeg.

Dus wij belichaamden de stad: de botergele lichten van de straatlantaarns weerschenen op onze botergeile lijven – op haar gezicht parelden minuscule druppeltjes zweet, alsof ze door een nevelwolk was gelopen. Haar rode lippenstift vervaagd. Mascara ietwat uitgelopen. De bewijzen van een geleefde nacht.

'Mag ik je nog even pijpen?'

'Hij is helemaal van jou.'

Ze likte ons romige seksschuim van mijn pik.

Daarna seksten we stilletjes tot ze kreunend klaarkwam. Haar handpalmen schokkerig over de stenen reling.

Vlak voordat ik klaarkwam, maakte Evelien het handmatig af terwijl we elkaar tongden en ik haar wulpse lijfje hortend tegen het mijne fijndrukte.

Sperma op de stoep.

Mijn streven was altijd om in de Amstel te spuiten maar dat was me nooit gelukt. Halverwege de weg wel. Die nacht moest ik nodig plassen, waardoor de stuwkracht in mijn kloten supersterk was. Versuft liepen we naar binnen. Evelien voorop, ik pakte haar hand vast. Ik wierp mij op de knieën. Vocht liep langs haar benen. Dit soort momenten, man, ik kon van geluk wel wenen. Eveliens vagina, een goddelijke inkeping, was de bron des levens. Ik kuste en knuffelde haar. Legde mijn bezwete gezicht op de twee kuiltjes van haar warme onderrug, haalde diep adem en zei met een zucht: 'Ik hou zielsfuckingveel van je.'

Evelien en ik lagen voldaan in bed. Naakt onder de dekens van een meer dan fatsoenlijk tweepersoonsbed met heerlijk, bloemfris ruikend linnen beddengoed dat om de paar dagen werd verschoond door de werksters. Evelien lag met haar gezicht op mijn schouder terwijl ze met haar vinger over mijn borst- en buikspieren streek.

Haar bevroren voetzolen warmde ze op aan mijn kuiten. Ik legde mijn ene hand op haar kont en met de andere streelde ik haar nek. Ik zei: 'Dat hadden we echt even nodig, liefde.'

Ze knikte lieflijk, keek even op en vroeg: 'Wanneer mag ik je manuscript lezen?'

Ik schrok van haar vraag. Ineens besefte ik dat het boek straks niet meer van mij was. Het zou gelezen worden door mensen die ik niet kende.

En door Evelien.

Ik antwoordde: 'Als je een keer nuchter bent.'

'Nou, zeg.'

'Nooit dus.'

Ik lachte, zij niet.

Ik zei: 'Morgen, oké?'

'Nou, hoeft al niet meer.'

'Morgen lees ik het je voor. Met stemmetjes en al.'

Terwijl ik haar hand kuste, staarde ik naar het witte plafond. Naar het haakje waar de klamboe aan opgehangen werd als de muggen weer eens met miljoenen vanuit de oevers van de Amstel oprezen en naar binnen zoemden.

'Hoor dit, liefje. Toen Gabriel García Márquez, de grote Colombiaanse schrijver die *Honderd jaar eenzaamheid* heeft geschreven, net klaar was met dat boek en niemand hem nog kende, ging hij naar het postkantoor om zijn gewichtige manuscript naar zijn agent in Bogota op te sturen. Dus hij al zijn centjes op de toonbank leggen, als een muntenverzamelaar die zenuwachtig zijn verzameling tentoonstelde. Maar dat geld, wat hij ook nog eens geleend had, was dus niet genoeg! Platzak was Márquez, net zoals ik trouwens. En toen de postkantoormedewerker de stapel papier ging wegen, had hij dus niet genoeg geld om alles in één keer op te sturen. Hij kon de helft van zijn meesterwerk laten verzenden. Zijn agent ontving het een paar dagen later, vond het verhaal helemaal het einde en stond te popelen om de rest van het verhaal te lezen. Hij stuurde Márquez wat geld op, dit keer een paar honderd dollar en wachtte af. Met de rest van zijn manuscript hobbelde Márquez weer naar het postkantoor. De bediende begon hem voor alle klanten en collega's een beetje belachelijk te maken, bulderend van het lachen, begon hij: "*Mira, mira, el grande escritor!* Kijk, kijk, de grote schrijver."

Márquez overhandigde hem voorzichtig het geld en de andere helft van zijn manuscript.

De bediende vroeg smalend: "Bogota?"

Márquez zei: "*Si, señor, por favor.*"

Vervolgens ging de schrijver naar huis, keek zijn vrouw aan die in de keuken zachtjes in een heet kopje koffie blies en zei: "*Mi amor*, het boek is zijn weg aan het vinden naar Bogota. En daarna hopelijk naar de rest van de wereld. Ik heb alles gegeven wat ik in mij had. Nog meer dan dat."

Hij zeeg door zijn knieën, zoals alleen Latijns-Amerikanen dat kunnen.

Waarop zij dat natuurlijk ook deed, ze omhelsde hem en zei: "Ik weet het, *mi corazón.* Wat er ook zal gebeuren, ik blijf van je houden. *Para siempre.*"

Het boek verscheen.

En de rest is geschiedenis. De man heeft wereldwijd tientallen miljoenen boeken verkocht en zelfs de fucking Nobelprijs voor de Literatuur gewonnen. En het allermooiste is dat de postkantoorbeambte met zijn baan stopte, een bescheiden boekhandel begon en de rest van zijn leven een behoorlijke boterham verdiende mede vanwege de onophoudelijke verkoop van *Honderd jaar eenzaamheid.* Gepassioneerd vertelde hij al zijn klanten dat híj de eerste persoon was die iets in Márquez zag. "In zijn ogen zag ik een geweldige glimp van genialiteit. Ik wist meteen dat hij een grote zou worden." Dat hij indirect toch wel een van de grootste schakels was in de doorbraak van de belangrijkste schrijver van Latijns-Amerika. Op een gegeven moment gaf die teringlijer zelfs lezingen over de hele wereld! Zijn boekhandel vloog uiteindelijk wel in de fik. Alleen was hij op dat moment niet aan het werk, jammer genoeg. Maar goed. Ongelofelijk verhaal, hè babe?'

Op dat moment begon Evelien lichtjes te snurken. Ze kwijlde

een beetje, op mijn borst. Voorzichtig legde ik haar hoofd op haar kussen. Ik bewonderde haar fijnbesneden gezichtje nog eventjes. Het onregelmatige rijzen en dalen van haar ribbenkast. Trok de deken rustig over haar schouders. Behoedzaam boog ik naar haar toe. Fluisterde: 'Sorry dat ik soms zo stom tegen je doe. Je bent zo mooi. Zo ongelofelijk mooi. Wat doe je in hemelsnaam nog met mij?'

Ik kuste haar voorhoofd, luisterde naar haar ademhaling en ademde op hetzelfde tempo in en uit.

Een week later.

Uitgeverij Platform huisde aan de hoofdingang van het Vondelpark. Ik racete er op mijn Vespa heen, zette het ding tegenover het pand op het stuurslot en klikte het alarm aan, waarop de richtingaanwijzers oplichtten.

Ik had een tijd lang contact gehad met Claire, een zeer gerespecteerde redactrice die schrijvers als Kluun, Ronald Giphart, Joris Luyendijk en Tommy Wieringa naar eenzame hoogtes had begeleid. In de kleine wachtruimte wachtte ik tot ze mij kwam halen.

Ik ging zowat dood van de zenuwen. We waren meer dan twee jaar aan het koffiedrinken geweest terwijl we de scènes uit mijn boek bespraken. Maar nu hadden we een deadline vastgesteld voor het manuscript. Het oordeel zou vandaag worden geveld, vandaag zou ik te horen krijgen of ik in aanmerking zou komen om mezelf echt schrijver te kunnen noemen. Iemand wiens werk ook daadwerkelijk zou worden gepubliceerd, in plaats van iemand die 'al jaren bezig is met een boek'.

Ze stouwde mijn smoel vol met boeken die ik moest lezen. Soms prachtige klassiekers als *De vanger in het graan* en *De oude man en de zee* maar meestal Scandinavische shit waar ik met heel veel moeite doorheen kwam – uitgezonderd Jo Nesbø en Stieg Larsson.

Claire liep de trap af, ik stond op en we begroetten elkaar hartelijk, alsof we elkaar tegenkwamen in een ver land. Drie kussen, een knuffel en een heleboel geaai en gevraag hoe het met elkaar gaat.

'Zo, dus jij hebt het gelezen?' vroeg ik.

'Jazeker. Zullen we maar meteen naar boven om het te bespreken?'
'Lijkt mij een goed plan.'
'Wil je wat drinken?'
'Nee, ik ben helemaal oké, dank je.'

Op het oppervlak van haar koffie verschenen kleine, deinende cirkels. Onder de kantoortafel bewogen mijn knieën heftig op en neer. Ik legde mijn handen erop.

Een dikke stapel papier waarop TOMMY WIERINGA stond, stak uit haar tas die op tafel lag.

'Mag ik even kijken?'

'Nee, nee,' lachte ze, '*top classified*, sorry.'

'Natuurlijk.'

'Dát is een heel mooi manuscript.'

'O ja? Hij is echt mijn held.'

'Had je al eens eerder gezegd.' Claire was nog niet eens gaan zitten en begon: 'Je manuscript. Ik heb het gelezen. En het is mooi en rauw maar nog niet helemaal hoe ik het zou willen hebben.'

'Rauw?'

'Ja, vind je niet?'

'Nee. Ja, op dat vechtpartijtje na. Verder vind ik juist dat het heel poëtisch is. Sterker nog, zelfs dat bloederige vechtpartijtje was poëtisch beschreven. "De stotenregen op zijn kin, slaap en gelaat. Zijn oogkas spoot rood als een knappende tomaat."'

Ze zei: 'Oké.'

Ik vroeg voorzichtig: 'Maar hoe zou je het willen hebben dan?'

'Om te beginnen met de titel...'

'Vertel.'

'*Ik, Mohamed*. Ik vind het niet zo origineel, om eerlijk te zijn.'

'Vind je? *Ik, Mohamed* is toch juist heel sterk en geestig? Vooral als je het in literair-historisch perspectief plaatst.'

Met een indringende blik probeerde ik haar te overtuigen van mijn snedige opmerking.

'Nou, dat vind ik dus helemaal niet. Bovendien dekt het de lading van het verhaal ook niet.'

'Exact! Het is een paradox.'

'Maar dat begrijpt de lezer niet.'

'De lezer is niet stom.'

'Vergis je niet.'

Ik zei: 'Mensen zijn misschien stom maar de intelligentie van mijn lezers mogen we niet onderschatten.'

'Maar dan moet je wel eerst lezers hebben, Mohamed.'

Ik sloeg mijn ogen neer, veegde een denkbeeldig vuiltje van mijn vingernagel en lachte.

'Op dit moment heb je maar één lezer en dat ben ik.'

'*Jij, mijn enige lezer* is een geinige titel.'

'Kunnen we het niveau hoog houden?'

'Sorry voor mijn meligheid, ik ben een beetje gespannen.'

Ze keek naar een lijstje met opmerkingen en vervolgde. 'Dat muziekthemaatje in je manuscript. Ik vind het niet geloofwaardig dat de Marokkaanse hoofdpersoon naar klassieke muziek luistert terwijl hij, ja, toch uit een soort getto komt.'

'En waarom niet?'

'Nou ja, het overtuigt mij gewoon niet.'

'Maar die jongen lééft voor die muziek. Dat is zijn redding. Dat stijgt echt wel van die pagina's op!'

Ze speelde met een pen, nam een slokje koffie en legde haar hand op het manuscript.

'Zou je willen overwegen om dat te schrappen?'

'In hoeverre?'

'Compleet.'

'Absoluut niet.'

'Ik denk dat we iets anders moeten bedenken.'

'Dat denk ik niet. Ik vind het ijzersterk. Wat als we dit gewoon publiceren?'

'Nou, niet te hard van stapel lopen.' Ze pakte de geprinte stapel papier bij een hoek op, waardoor het de vorm van een enorme frietzak kreeg. 'Het manuscript is in deze staat niet voor publicatie geschikt.'

'Niet voor publicatie geschikt?'

We keken elkaar aan. Ze had een netwerkje blauwe adertjes op haar neus dat ze ogenblikkelijk zou weg moeten laten werken door een dermatoloog. En dan zou ze ook meteen haar ogen moeten laten laseren, want kennelijk doen die dingen het voor geen meter.

Ik vervolgde: 'En als het wel in deze staat zou worden uitgegeven?'

'Dat is onmogelijk maar als je in hypotheses wil denken, denk ik, nee, weet ik wel zeker dat het een flop zou worden.'

'Een flop?'

'Ja. Een enorme flop. Maar denk er maar even over na.'

'Waarover?'

'Je wil het echt niet veranderen, hè?'

'Luister, ik vóel dat dit het verhaal is dat ik moet vertellen. En het voelt gewoon niet goed om zo'n belangrijk thema te schrappen. Echt niet. Ik snij het hart uit het verhaal dan, man.'

'Ik ben een vrouw.'

'Jezus, doe niet zo suf, jij.'

'Hé, Mohamed.'

'Ja, wat nou hé, ik ben drie fucking jaar hiermee bezig geweest. Dat zijn meer dan duizend dagen.'

'Kijk. Jij zit er als schrijver middenin. Ik bekijk het van de zijlijn, waardoor ik beter zicht heb op het geheel.'

'Misschien moet je een bril aanschaffen.'

'Pardon?'

'Je hoorde me goed.'

'Weet je,' ze keek uit het raam, 'soms is het gewoon niet weggelegd voor iemand om zijn hobby tot –'

'Sorry? Hobby?' Fluisterend en ferm zei ik: 'Dít hier is mijn fucking leven op papier.'

Ze zei: 'Gedraag je niet als een proleet, Mohamed.'

Ik stond op, pakte mijn manuscript van tafel en vroeg: 'Bespaar me je briljante bullshit, alsjeblieft. Ik wil één ding weten. Wil je dit uitgeven of niet?'

Ze zei: 'Wellicht kun je het in eigen beheer uitgeven. Schijnt tegenwoordig heel populair te zijn.'

‘Wanneer komt je boek uit?’ vroeg Moesi terwijl ik in de Van Woustraat op tram 4 wachtte.

‘Binnenkort.’

‘Laat ons niet te lang wachten, vriend.’

Hij liep met een oplettende nonchalance verder langs de koffietentjes.

Thuis lachte Omar me uit toen ik vertelde dat mijn boek niet uitgegeven zou worden.

‘Wat dacht je? Dat die Hollanders je ooit een kans zouden geven? Je hebt drie jaar van je leven verspild, dombo.’

Op het Centraal Station pakte ik de trein naar het vliegveld. Ik wilde de komende tijd met niemand iets te maken hebben.

In de Starbucks op Schiphol schoot me iets te binnen. Een ex van een oude klasgenoot werkte bij een uitgeverij. Ik was Facebookvrienden met haar.

Vlak voordat ik het vliegtuig in stapte, googelde ik haar en vond het mailadres van Natalia Visser op de website van de uitgeverij.

Ik stuurde haar mijn manuscript op.

Meteen kreeg ik een antwoord.

Een out-of-office reply.

In Marrakech pakte ik vanaf het vliegveld de taxi naar Hassan, een vriend van mijn broer. Voordat ik een schappelijke prijs had bedongen bij een taxichauffeur was ik alweer een uur verder – het scheelde niet veel en ik had hem serieus bijna op zijn spuuglelijke bek gerost omdat hij mij de hele tijd probeerde te tillen. Marokko is een prachtig land, heel fijn, goed eten, alleen de mensen, tja, die verpesten het nogal.

De taxichauffeur probeerde me schaamteloos op te lichten maar aan het achteruitkijkspiegeltje danste een opengeslagen boekje aan een koordje met daarin een inscriptie van, even met de ogen scherpstellen, wel verdomd, ‘Ayat el Koersie’! Eén van de belangrijkste verzen van de Koran. Mijn vader noemde het het Troonvers en leerde het mij op een regenachtige zondagochtend terwijl ik eigenlijk stond te popelen om te playstationen en porno te kijken.

Hij drukte mij op het hart dat als ik dat vers opzegde alle profeten in de hemelen, die uit zeven verdiepingen zouden bestaan, in een soort spoedberaad bijeen zouden komen om vervolgens al mijn problemen op te lossen. Alsof dat niet genoeg was, schoten op aarde 70.000 (!) engelen je te hulp om je te beschermen tegen al het onheil. En het meest fascinerende, nee, fantástische van alles, is dat mijn vader het dus daadwerkelijk geloofde.

Het laatste zinnetje van het versje vond ik best wel beeldend en goed gevonden.

Zijn Zetel strekt zich uit over de Hemelen en de Aarde en het waken over beide vermoeit Hem niet.

Allah moet wel in bloedlinke conditie zijn. In tegenstelling tot degene die dit ooit heeft opgeschreven, want die was klaarblijkelijk stoned voor het leven.

De taxichauffeur zette de radio ook nog eens op de Koranzender.

Een stem sprak statig: '*Ihdina sirata el mustaqueem.*'

Leid ons op het rechte pad.

Het was het eerste vers van de Koran. Soera 'Al Fatiha'. *De opening.* Het Koranvers deed me trouwens altijd denken aan het godsbeminnende 'Geheime opening'-fragment van Reve. En nog veel meer andere dingen trouwens.

Ik zat op de versleten achterbank, schoof naar voren en zei: 'Zet een andere zender op.'

De taxichauffeur keek over zijn schouder naar mij en zei: 'Wat zei je?'

'Zet nu een andere zender op.'

We hielden een paar tellen een staarwedstrijd terwijl hij op een drukke stadsweg reed.

'Waarom?'

'Omdat ik het zeg. Omdat ik op vakantie ben.'

Toen lachte hij overdreven. *Dehka safra*, noemde men zo'n schijnheilige schaterlach. Gele glimlach.

'Zeg dat dan meteen, vriend. Wij moeten onze broeders uit het buitenland volledig op hun gemak stellen zodra ze geland zijn thuis. *Maximum comfort.*'

'Noem je deze achterbank comfort, chef?'

Hij keek naar mij via de met vette vingerafdrukken besmeurde achteruitkijkspiegel.

'Hij veert lekker mee, hè? Als je eens wist hoeveel gazelletjes ik daarop heb gepakt. Meisjes, vrouwen, zelfs oma's.'

'Hoeveel dan?'

Hij zei: 'Ik ben de tel kwijt, knul. Zelfs Allah is de tel kwijt, moge Hij mij genadig zijn.'

Toegegeven, de lul had wel humor. Ik betaalde blijkbaar het dubbele voor dit blasfemische blijspel.

'Hier,' hij pakte demonstratief een doos met doekjes van zijn dashboard, 'het kan nog nat zijn daarachter.'

We lachten allebei terwijl hij zachtjes over de rijbaan zwenkte.

Ik wees wild naar de weg en zei blijmoedig: 'Leid ons op het rechte pad!'

Waarna hij nog meer slingerde, auto's lang en fel claxonneerden en hij verontschuldigend zijn hand opstak.

'*Tu es vraiment marrant, billah.*'

Hij zette een andere radiozender op, viel midden in Stromaes 'Formidable', ik legde mijn hand eventjes op zijn schouder. Hij neuriede mee terwijl hij op zijn stuur trommelde. Het Marokkaanse straatleven trok voorbij: de slenteraars in de stoffige straten, de spelende schavuitjes in de steegjes. De met mozaïeken belegde paleizen waar om de tien meter oplettende soldaten, met een geweer in de weer, de boel bewaakten. De protserige paardenkoetsen voortgetrokken door schuimbekkende paarden met uitpuilende ogen, alsof ze de dood aankeken en wier gespierde poten spiertrillingen vertoonden als ze bij het stoplicht stilstonden. De marktkraampjes eeuwig gehuld in het fijne, rode zand dat de koude wind iedere nacht vanuit de Sahara met zich meebracht. Gekleurde levensmiddelenwinkeltjes waar kinderen snoep, frisdrank en samples shampoo kochten. Blauwverlichte *boucheries* die draaiende hompen koeienvlees, konijnen en kippen aan vleeshaken hadden hangen.

Bakkerijtjes met mooi verlichte etalages waar wespen zich stortten op de zorgvuldig neergelegde millefeuilles, bergjes meringues en een miljoen soorten Marokkaanse koekjes die mijn moeder meestal ook maakte als er bezoek op komst was. Joelende jongemannen die maiskolven, granaatappels en cactusvijgen verkochten. Kraampjes met kleurige kruiden. Toen we eventjes stilstonden voor een kraam met puntige bergjes olijven stapte ik snel uit, kocht een halve kilo groene olijven en stapte weer in.

Voor de ZARA op de Avenue Mohammed V zat een vrouw op wat lagen karton met een baby in haar armen op de grond. Ze was volledig gesluierd, gestoken in een nikab, zo'n nachtzwart ninjapak, de natte droom van elke zichzelf respecterende zedenmeester. Precies op het moment dat de taxi stapvoets langs haar reed, begon het baby'tje te blèren. De vrouw boog voorover, frommelde aan de lagen kleding rondom haar buik en toverde ineens een volle, melkwitte tiet uit de zwarte stof. Ze legde het kind aan haar prachtige borst – zou ik voor wat dirhams er ook aan mogen lurken?

Mijn telefoon trilde. Drie keer raden wie? Alsof ze door mijn ogen keek.

Lieve babe,
Hoop dat je goed bent aangekomen.
En je even lekker kunt ontspannen.
Niet kwaad worden op die taxichauffeurs!
Ik ben niet zeker over veel dingen.
Maar aan één iets twijfel ik niet.
Ooit wordt er een boek van je uitgegeven.
App of bel me wanneer je wil, oké?
I love u, xx

Hassans vervallen, minimalistische villaatje zat in Palmeraie, verscholen tussen palmbomen aan de rand van de snelweg die Casablanca met Marrakech verbindt. Hassan, een hoffelijke, homoseksuele binnenhuisarchitect had naast zijn huisje een manege die hij liet beheren door Mary, een veel te vrolijke Engelse tante die de hele dag door van die dunne sigaretjes pafte.

Op het witte dakterras bekeek ik de zonsondergang terwijl de paarden met verveelde rijkeluiskinderen op hun rug stofwolken opwierpen. Het luchtverkeer kwam goed op gang: kwetterende mussen en zwaluwen raasden rakelings over mij heen. Een grote groep duiven deed aan schoonvliegen: zachtjes ruisend en gracieus bewegend, projecties van hun schaduwspel op de daken.

Het oranjeroze gewatteerde wolkendek kleurde geleidelijk vuurrood met felle zonnestralen die er als dolken uit staken, alsof de hemel zich heimelijk in het hart van de hel had ingegraven om zich nu te openbaren. In de diepe verte blauwe tinten boven de geelverlichte horizon. Silhouetten van een loofrijke woestijn. Er stak een frisse wind op die de bladeren van de dadelbomen voorzichtig deed ritselen terwijl ik van een glas koude muntthee nipte en het gevleugelde spektakel aanschouwde. Nou ja, wat ervan was overgebleven. De vogels vlogen niet meer hoog maar laag en verward langs elkaar heen – een poes snelde hoopvol over de met verharde én verse vogelpoep ontsierde reling van het dak. Een door de laatste zonnestralen verlicht vliegtuigspoor vervaagde. Rookpluimpjes van verbrand vuilnis rezen op.

Op honderd meter afstand staken schapen de snelweg over. Tussen het geblaat door schreeuwde de schapenhoeder terwijl hij met een stok om zich heen sloeg.

Ik kreeg een briljant idee.

De volgende ochtend voegde ik me bij de schapenhoeder – hij droeg een petje waarop FBI stond.

Ik vroeg hem of hij mij het nobele vak van het hoeden wilde leren en mij verhalen wilde vertellen over het land en schoof hem nonchalant honderd dirham in zijn bezwete hand. Waarop hij zijn gele glimlach liet zien, de tanden schots en scheef en elkaar verdringend. Hij pakte een dikke tak van de stoffige grond, gooide die naar mij, ik ving hem op. Toevallig wist ik dat Saddam Hussein, voordat hij een bloeddorstige dictator werd, jarenlang herder was geweest – of je nou schapen of mensen leidt, het is in feite hetzelfde. Met het oog op de toekomst kon ik dus altijd nog het opstapje maken om een meedogenloze machthebber te worden. Maar eerst een stage lopen met schapen. Je moet toch ergens beginnen.

Niet veel later bracht iedere warme windvlaag een penetrante geur met zich mee. Het werd steeds sterker en smeriger. De schapen liepen in een boog om iets groots dat op de dorre, gelige grond lag. Een halfvergaan karkas van een kameel. De buik opengereten en aangevreten, blauwige ingewanden open en bloot in de zinderende zon, een paradijs voor parasieten, wormen en vliegen. Ik sloeg mijn sjaaltje voor mijn smoel.

Na een paar uur slenteren kwam ik in een soort meditatieve toestand. Eventjes voelde ik me als de hoofdpersoon van Paulo Coelho's *De alchemist*. Die net als ik over de Noord-Afrikaanse woestenij trok en met grote toewijding en eerbied op zoek was naar een schat. Alleen het kleine maar toch wel essentiële verschil was dat ik nergens naar op zoek was.

Nergens.

Ik doolde wat rond met die fucking schapen en de herder bleek niet zo praatgraag te zijn als je zou verwachten van iemand die de hele dag avontuurlijk over het land trekt. Het enige wat hij deed, was schreeuwen op onverwachte momenten – waar ik soms nogal van schrok. Hij communiceerde met zijn schapen in gekke kreten. Ik probeerde er een soort logica in te vinden. En deed hem daarna voorzichtig na. Maar de schapen sukkelden voort zonder acht op mij te slaan en de herder keek mij na de derde kreet, hoe zal ik het verwoorden, schaapachtig aan.

De herder voorop, zijn kudde volgde hem en ik hobbelde er hopeloos achteraan. We wandelden onder een rij elektriciteitsmasten door, donkere vogels hielden een siësta op de kabels. Iets verderop waren witte stippen in een boom te zien. Naarmate we naderden, merkte ik op dat het vierpotige beesten waren: een groepje geiten zat godverdomme gewoon ín een boom te chillen! Ze kauwden op de takken, keken verveeld om zich heen en aten vrolijk verder. Ik stond een paar tellen perplex, dacht dat ik hallucineerde van de hitte. Tot de herder naar de voet van de boom koerste, op zijn tenen stond en iets van de takken plukte.

Hij liet mij wat noten zien. Pelde de schillen eraf. Kneep de pitten fijn waardoor er olie op de grond druppelde.

Hij zei: '*Argan, argan.*'

We wandelden verder.

Onder een dikke dadelboom zaten een paar mannen te kaarten, het zonlicht viel door de bladeren, visgraatvormen op de aarde. Met hun voeten in een zwak stromend beekje genoten ze van een kartonnen pak Marokkaanse wijn dat ze broederlijk deelden. Ik salueerde, bracht de salam en wees naar de wijn. Het beekje lag bezaaid met lege bierflesjes, kartonnen wijnpakken en etiketloze flessen. Glimlachend gaf een gozer mij het kleverige pak aan, ik nam zonder te proeven een paar flinke slokken warme wijn en gaf het weer terug, waarna ik mijn hand eventjes op mijn hart en daarna op zijn stoffige schouder legde.

Aan de randen van de stad verschanste zich meestal het uitschot, geleidelijk aan weggejaagd, wanhopig drinkend, overgeleverd aan een troosteloos lot.

De mannen deden me denken aan mijn ooms uit Tétouan. Dezelfde gezichten, dezelfde dankbare gezichtsuitdrukkingen, moedeloos aan het verweren terwijl ze het lachend probeerden te maskeren. Alsof ze de boot hadden gemist. Letterlijk.

Europa, daar lag hun redding. Gek genoeg zocht ik nu mijn verlossing in Afrika.

De broers van mijn moeder werkten van zes uur 's morgens tot zes uur 's avonds, zes dagen per week in de meubelmakerij in de gigantische garage op de benedenverdieping van het huis. Mijn opa, sigaretje tussen zijn lippen, streng surveillerend tussen hen door, als een kampcommandant. Als iemand een fout maakte of beter gezegd, als hij vond dat iemand een fout maakte, liep hij voorzichtig op mijn oom af, stak hij zijn grote hand op en riep zachtjes iedereen bij elkaar te komen.

De desbetreffende oom kreeg een krachtige klap, als van een boven naar beneden briljant uitgevoerde zwaardslag. Daarna begon de welbekende halfuur durende tirade waardoor iedereen in het enorme huis wakker werd.

Maar meestal werd ik wakker gemaakt door het gesnerp van de lange uithalen van hun cirkelzagen. De heerlijke geuren van hout en lak kropen onder het streepje lucht tussen de kamerdeur en de vloer mijn neus in.

De krulletjes zaagsel en verkeerd gesneden houten meubelpoten verzamelden ze vervolgens in een grote tas die werd gedragen door degene die die dag de lul was. Daarmee maakten we in het verderop gelegen bos een kampvuur – de rook bleef nog een eeuwigheid in je haren en kleren hangen. Als het vuur doofde, staarden we naar de sterrenhemel in de hoop dat we door Allah werden getrakteerd op vallende sterren. En droomden mijn ooms hardop van een leven in Europa terwijl ze hun vader de verdoemenis in vervloekten, om zich meteen tot God te richten en Hem om vergiffenis te vragen voor de verschrikkelijke verwensing.

Daarna ging het de hele nacht over seks. En vroegen ze of ik al een keer een kutje had gevoeld.

Dan schudde ik nee en zei: 'Ik ben pas tien.'

'Dus?'

'Wil je weten hoe een kutje voelt?'

Ik knikte schouderophalend.

'Voel met je vinger aan de binnenkant van je wang.'

Ik deed dat.

'Precies zo voelt een vagina. Lekker warm, nat en knus.'

Toen ik vroeg wat neuken was, lachten mijn ooms me een halve minuut lang uit en kreeg ik van oom Saïd een poëtisch antwoord dat me altijd is bijgebleven.

'Let niet op deze stomme sukkels die je uitlachen, hoor. Je kunt mij altijd alles vragen. Hoe schaamtelozer, hoe beter,' knipoogde hij terwijl hij zijn hand op mijn schouder legde. 'Ik zal je vertellen wat neuken is, lieve Mohamed. Neuken is een specht die met zijn snavel een nestholte aan het uithakken is.'

Oom Achmed kraakte zonnepitschillen tussen zijn tanden, spuugde die uit en voegde achteloos toe: 'Er komt dan meestal een roffelend geluid vrij, hard en snel, als de naaimachine van je oma.'

Saïd hief zijn hand op als opa, beet op zijn onderlip en vertelde Achmed met een bijtende blik: 'Ik geef je neef dichterlijke seksuele voorlichting en jij begint over de naaimachine van zijn oma?'

'Is toch treffend?'

'Als je mij nog één keer onderbreekt, ik zweer op Allah en al onze geliefde profeten, tref ik je met een klap waarvan je oren gaan suizen tot de dag des oordeels.'

De herder en ik kwamen bij een heuvel aan. Daar dook hij de bosjes in. Waarschijnlijk om te schijten.

De wijn verzachtte niets van mijn pijn. Het verergerde het juist. Het liefst wilde ik nu eigenlijk dood. Levend in de warme woestijngrond worden begraven. Ik had drie jaar van mijn leven verspild aan een boek dat godverdomme nooit gepubliceerd zou gaan worden. Van mijn negentiende tot mijn tweeëntwintigste. Cruciale jaren compleet naar de haaien. Iedere nacht tot drie, vier, vijf uur 's nachts zitten tikken alsof ik de tering uit mijn tengels probeerde te typen. Om maar te zwijgen over de jaren van koortsachtige zelfstudie.

Wat in jezusnaam moet ik nu doen met mijn leven?

Ik begon tegen mezelf te praten, dialogen met mezelf te voeren, alsof ik een gespleten persoonlijkheid had.

'Dacht je serieus dat je kon schrijven?'

'Wat een giller.'

'Niemand in je omgeving kan een behoorlijk zinnetje opschrijven, laat staan een fucking roman.'

'En jij dacht dat jij dat wel kon?'

Om mezelf nog meer te tergen, herhaalde ik wat de redactrice tegen mij zei – ik deed haar helse stem zelfs na.

'Gedraag je niet als een proleet, Mohamed. Gedraag je niet als een proleet, Mohamed. Gedraag je godverdomme niet als Mohamed, de proleet.'

Toen schrok ik op uit mijn zelfbestraffende gedachten.

De verspreking bleek een goddelijke ingeving.

Mohamed, de proleet.

Dat wordt de titel van mijn debuutroman!

Als die ooit wordt uitgegeven. En alsof de goden met mij probeerden te communiceren en te beamen dat wat ik dacht het juiste was, waren er geleidelijk aan, uit alle windstreken, godsdienstige geluiden te horen.

De muezzins zongen de gebedsoproepen vanuit de minaretten van de moskeeën.

Op dat moment ging mijn telefoon trillend over.

+31206241934.

Ik nam niet op. Het kon me even geen moer schelen wie belde. Ik absorbeerde tevreden de harmonieuze geluiden. Bovendien wilde ik niet voor de extra kosten opdraaien. Ik werd nog een keer gebeld. Bij de derde keer kreeg mijn nieuwsgierigheid de overhand, ik nam op en zette de telefoon op luidspreker.

Ik vroeg: 'Hallo?'

'Hallo?'

'Haaallo.'

Een mannenstem haperde: 'Hai, met *my* –'

'*My* wat?'

'Met Mai.'

'Mai?'

'Ja, Mai.'

Ik zei: 'Hai Mai.'

Het bleef eventjes stil. Ik stak mijn telefoon in de hete lucht en schudde ermee in de hoop beter bereik te krijgen.

Ik vroeg: 'En wie de fuck is Mai?'

'Mai fucking Spijkers, eigenaar van Uitgeverij Prometheus.'

Er schurkten wat stoffige schapen tegen mij aan.

'O. Dag, hallo.'

'Ik heb je nummer van Natalia gekregen. We hebben je manuscript gelezen.'

'Oké.'

'En zijn daar nogal onder de indruk van.'

'Oké.'

'We willen je een contract aanbieden, jongen. Wanneer heb je tijd om langs te komen?'

Ik draaide van verbazing een rondje om mijn as. Volledig omringd door schapen. Sommige werden een beetje onrustig door de afwezigheid van de herder. Een paar begonnen te blaten.

Hij vroeg: 'Hoor ik daar nou schapen?'

Ik sloeg voorzichtig met de stok op hun wollen vacht om ze stil te krijgen. Maar ze maakten nog meer geluid.

'Ja, nee... Ja.'

'Is morgen alweer het slachtfeest?'

Er was keihard gelach te horen, dus lachte ik mee.

'Nee, volgens mij niet. Ik zit in Marrakech.'

'Wat doe je daar?'

'Dat vraag ik me ook af.'

'Sorry?'

'Ik zei: "De toerist uithangen."'

'Voor hoelang?'

'Nog tien dagen.'

'Tien dagen? Dat duurt me te lang. Lukt het je om morgenochtend terug te vliegen?'

'Ehm, dat weet ik niet.'

De uitgever zei: 'Als je een terugvlucht voor morgenochtend boekt, betaal ik die.'

'Sorry maar dit gaat me veel te snel allemaal.'

Hij zei: 'Mooie dingen gaan snel.'

Ondertussen kwam de herder lachend uit de bosjes terwijl hij zijn broek optrok en zijn riem met moeite dichtdeed. Hij keek mij voldaan aan, pakte zijn wandelstaf van de grond en zei: '*Yallah, yallah.*' En aangezien hij met zijn wollige vrienden in kreten communiceerde, had die herdershufter het dus hoogstwaarschijnlijk tegen mij.

De uitgever vroeg: 'Zie ik je dus morgen? Tekenen we meteen dat contract.'

Ik smeet de stok in de bosjes, baande me een weg uit de kudde en liep alleen verder in westelijke richting.

'Ik ga even kijken of dat lukt.'

'Laat je me weten wanneer je landt op Schiphol? Dan laat ik je door mijn chauffeur oppikken.'

De privéchauffeur in pak keek via de vlekkeloze achteruitkijkspiegel zo nu en dan naar mij maar als ik hem aankeek, lette hij weer op de weg. De donkerblauwe Tesla zoefde geluidloos over de trambaan op de Utrechtsestraat.

De straat herinnerde mij iedere keer aan een zinsnede van *De donkere kamer van Damokles*. 'Zo nauw is de straat, dat de tramsporen naar elkaar toe kruipen en over elkaar heen gaan liggen.'

Ik vroeg me af hoeveel fietsers hier met hun zatte kop met hun banden tussen de trambanen terecht waren gekomen om keihard op hun bek te vallen.

De chauffeur ontweek behendig de brommers en fietsers, liet een oude mevrouw oversteken en sloeg toen links af de Herengracht op. Langs het Waldorf Astoria, waar piccolo's de sleep van hun capeachtige jassen wegsloegen terwijl ze hoffelijk de deuren openden om de hotelgasten keurig knikkend te verwelkomen. De chauffeur stopte ernaast bij een grachtenpand waar PROMETHEUS op de pui stond, deed de autodeur open en belde voor mij aan.

Wachtend in de witmarmeren hal van de uitgeverij repeteerde ik zachtjes de zinnetjes die ik in het vliegtuig bedacht had voor het geval Mai ineens zou twijfelen.

'Als u mijn boek uitgeeft, beloof ik u plechtig dat ik keihard mijn best zal doen. Als u mijn boek uitgeeft, ik zweer het, zal u daar geen seconde spijt van krijgen. Als u mij uitgeeft, zullen we de Nederlandse literatuur op haar grondvesten doen trillen.'

Ik haalde diep adem, tilde mijn witte Nike-schoen op en wreef wat woestijnzand weg.

Na wat telefoongerinkel en gemompel vertelde de receptioniste – bloedmooie jongedame: blauwe ogen, blonde krulletjes én rond mijn leeftijd – dat de uitgever mij in de tuin kon ontvangen; mijn hartslag ging tekeer alsof ik een sprintje had getrokken.

Ik vroeg haar lachend: 'Loop je met me mee?'

Ze antwoordde: 'Nee.'

'Oeh, waarom zo gemeen?'

'Ga alleen.'

Lichtelijk transpirerend liep ik door de hal waar om de drie meter een kroonluchter aan het rijkelijk versierde plafond hing. Beeltenissen van briljant gehouwen babyengelen, groenbronzen wandkandelaars en overal gouden ornamenten. Ik stopte even om het in me op te nemen: harp spelende cherubijntjes omgeven met trosjes druiven terwijl het grootste engeltje met een wijnpers tussen de bolle beentjes de vruchten uitperste.

Ik ging een trappetje af, liep door een zaal waar portretten van auteurs aan de muren hingen en daar, in de piekfijn onderhouden tuin, zat Mai op een witte Eames-stoel van skai. Hij zat met zijn benen gekruist, rug naar mij toe, een krant te lezen. De zon fikte op zijn kale hoofd, dat lichtelijk besprenkeld was met ouderdomsvlekjes. Op de grond om hem heen lagen kranten die hij verslonden had.

Ik vroeg: 'Welke tsaar woont hier?'

Hij draaide zich om, vouwde het NRC *Handelsblad* dicht en stond op.

'Tsaar Peter de Eerste.'

Ik torende boven hem uit. Een ader liep als een bliksemschichtje langs zijn linkerslaap. Zijn krachtige kin leek op die van Lenin. De korte, kale man taxeerde mij van top tot teen. Als hoe een bokser zijn tegenstander vlak voor het titelgevecht opneemt. Zeker tien seconden lang.

Stilzwijgend, schaamteloos en streng.

Nog nooit in mijn leven was ik zo uitvoerig bekeken. Eventjes ging de vraag door me heen of hij homoseksuele gevoelens koesterde.

Ik vroeg een beetje beschaamd: 'Kunt u het goed zien?'

Hij keek me aan en zei: 'Haarscherp.'

‘Bent u naast uitgever soms ook modellenscout?’

‘Suggereer je dat je een model bent? Dat ben je niet. Daar heb je veel te bolle wangen voor.’

Ik lachte en zei: ‘U heeft een snerpend goed gevoel voor humor. Maar dat zou ik ook hebben als ik uw lengte had.’ Ik liet een stilte vallen en vervolgde: ‘Is dat trouwens de reden waarom u in zo’n bescheiden pand zit? Stomme vraag natuurlijk, daar hoef je geen fucking Freud voor te zijn.’

Hij lachte lang, herschikte de knoop van zijn das die zo groot was als een vuistje en vroeg toen: ‘Hoe oud ben je, jochie?’

‘Tweeëntwintig. En verdomd gretig.’

Hij pakte zijn goudkleurige Cartier-leesbril van zijn neus, maakte de glazen met zijn pochetje schoon en zei: ‘Ik ga een literaire sensatie van jou maken.’

Aan zijn lange tafel.

Verse witte tulpen in grote gouden glazen vazen. Immense ramen die uitzicht boden op de tuin, sierlijk bedekt met imposante goudkleurige gordijnen. Op de witmarmeren, goudomrande schouw stonden boeken die recent waren uitgegeven. Daarnaast een ongebruikte koperkleurige antieke openhaardset met goudkleurige handgrepen. Aan weerskanten van de schouw lagen houtblokken die keurig kruislings opgestapeld waren. En aan de muren hingen schilderijen: portretten van uitbundig geklede regenten. Drie keer raden van welke kleuren de omlijstingen waren?

Terwijl Mai twee glazen thee inschonk, vroeg hij: ‘Waar ben je geboren?’

Die vraag wordt me wel vaker gesteld. Het liefst antwoord ik: op planeet aarde. En als ik dan een wedervraag gesteld krijg: ‘Ja, maar waar precies?’ zou ik steeds specifieker antwoorden: het westelijk halfrond. Europa. De Benelux. Nederland. Noord-Holland. Amsterdam. De Pijp. Lutmastraat 7, tweehoog.

Maar dat zou zurigheid verraden.

Dus antwoordde ik: ‘In Amsterdam. Zijstraatje van de Ferdinand Bolstraat. En jij?’

'Ik?'

Altijd weer die verbazing als ik de vraag terugkaats.

'Ja, jij.'

Hij zei: 'In Brabant.'

'Hoe was dat?'

'Nou,' hij boog voorover, schoof een glas thee mijn kant op en vervolgde, 'ik groeide op in een groot gezin, we woonden op een boerderij, het was hels. Op mijn achttiende pakte ik de trein naar Amsterdam. Hier aangekomen was ik verbaasd over de rijtjeshuizen maar vooral dat men onder elkaar in etages woonde. Ik sliep de halve zomer in het Vondelpark. En daarna begon ik een studie geschiedenis aan de UvA.'

'Meen je dat? Sliep je in het Vondelpark?'

'Ja, in het muziekkapelletje midden in de vijver. Ik kocht een matrasje op de Overtoom, sleepte dat over het bruggetje, het stenen trappetje op en mieterde het daar op de grond. Ik heb daar de zomer doorgebracht.'

'Hoe was dat?'

'Beter dan op de boerderij met mijn broers. En voor mijn karakter wel vormend. Ik nam soms meisjes mee die ik op het Leidseplein had versierd. Dan vertelde ik dat ik parkwachter was, dat ik Vondel heette en dat het park in bezit was van mijn grootouders. Vonden ze helemaal het einde. Zaten we tot diep in de nacht gesprekken te voeren en te vozen. Zopen goedkope wijn terwijl we kreteksigaretten rookten. De volgende dag wasten we ons in de toiletten van het Blauwe Theehuis en dronken we koffie op het terras.'

'Jezus, wat te gek.'

'Tegen het einde van die zomer raakte ik op dat terras aan de praat met een uitgever – hij zag dat ik *Catch-22* aan het lezen was en vroeg zich af wat ik ervan vond. Heb jij die trouwens gelezen?'

'Jazeker,' loog ik.

'Goed boek, hè?'

'Geweldig.'

'Terwijl hij mijn gelul op dat terras over Yossarian aanhoorde, wat voor een geniale gek ik hem vond, knikte hij bedenkelijk en zei: "Interessante invalshoeken."'

Mai schoof naar achteren met zijn stoel en keek om zich heen: 'De volgende dag kon ik als stagiair beginnen op deze uitgeverij. Boeken op alfabet sorteren. Ik las heel veel manuscripten, voorvoelde meteen wat zou werken en wat niet. Werkte mezelf op tot redacteur. Hoofdredacteur. Toen heb ik me ingekocht in het bedrijf en werd ik mede-eigenaar. Maar dat vond ik niks. Dus heb ik daarna mijn toenmalige werkgever en partner, met wie ik veel gedoe en gelazer had over van alles en nog wat, uitgekocht.'

'Een keurige coup.'

'Je moet toch wat, Mohamed.' Hij schoof weer aan tafel, nipte van zijn thee en vouwde zijn handen in elkaar: 'En jij?'

'Mijn ouders zijn in de jaren zeventig vanuit Marokko naar Amsterdam verhuisd. Mijn vader werkte als schoonmaker en mijn moeder bleef thuis om voor ons te zorgen.'

Hij begon: 'Weet je, heel veel lui die ik ontmoet tijdens diners en recepties denken allemaal dat ik van goede komaf ben. Ik voel totaal geen verwantschap met die hotemetoten die het allemaal in hun schoot geworpen krijgen. Met kinderen van arbeidsmigranten heb ik meer raakvlakken dan met hen.'

Mai lachte, er golfde een moment van verstandhouding tussen ons.

Ik stak mijn vuist uit, hij beantwoordde het met een boks.

'Wat deed je in Marrakech?'

'Een beetje ronddolen.'

'Zat je achter de meiden aan?'

'Nee.'

'Achter de jongens?'

'Nee.'

'Echt niet?'

'Nog niet in ieder geval. Zeg, val jij op mannen?'

Hij wees naar een familiefoto op een plankje achter zich waarop hij met twee meisjes stond.

'Hebben jullie een draagmoeder gekozen?'

'Ik ben al een paar jaar gescheiden van Caroline.'

'Goeie naam voor een dragqueen.'

Hij trok zijn iPhone tevoorschijn, liet me een foto zien waarop hij lachend als een schooljongetje op een zwart paard zat terwijl hij door een bloemachtige vlakte reed en zei: 'Dit was vorige week op de *finca* van mijn broer, hij woont in Colombia. Ik zag een boer op een prachtig paard rijden, ben op hem afgestapt en heb toen het paard gekocht. Voor waarschijnlijk het driedubbele van de normale vraagprijs maar zoals ik het bekijk, heeft iedereen zo nu en dan recht op een mazzeltje, toch?'

'Inderdaad. Hoe heet het paard?'

'Raad maar.'

'Hoe moet ik zijn naam nou kunnen raden?'

Hij liet een stilte vallen, glimlachte en zei: 'Prometeo.'

Hij pakte zijn iPad van tafel, tikte met zijn vingers op het scherm, waarna hij lappen tekst tevoorschijn toverde. 'Je manuscript, ik vloog erdoorheen. Weet je wat ik zo doorslaggevend vond?'

'De seksscènes?'

'Nee, die moet je nog even herschrijven. Vond ik hier en daar wat puberaal.'

'Het is dan ook een coming-of-ageverhaal. Maar vertel, wat beklijfde?'

'Allereerst de titel. *Ik, Mohamed.* Krachtig, eigentijds en een goeie knipoog naar de literatuur. En naar Cremer natuurlijk – ik krijg trouwens nog een paar mille van die klootzak.'

'Ik heb een betere titel bedacht...'

Hij fronste.

'*Mohamed, de proleet.*'

Hij draaide een kwartslag met zijn bureaustoel, legde zijn elleboog op de armleuning en gleed met zijn hand over zijn kale hoofd.

Hij zei: 'Dat is nogal een titel met nucleaire lading.'

'Blits binnenkomertje in de letteren, toch? Waarom zou je losse flodders gebruiken als je met scherp kunt schieten?'

Mai pakte zijn gouden pen, haalde rode strepen door de vorige titel op het boekcontract, schreef de nieuwe titel ernaast en zei: 'Lef, dat is wat de literatuur op het moment nodig heeft.' Hij legde de pen neer, nam een slokje thee en zei: 'Je manuscript, het staat bol van schitterende symboliek maar wat mij het meest trof, was de fijnzinnige beschrijving van de muziek. Dat zorgde voor een mooi contrast. En dat is meteen wat de lezer grijpt.'

'Eindelijk iemand die het fucking begrijpt!'

Mai pakte de telefoon, belde de pr-dame en vroeg haar om langs te komen. Niet veel later kwam een jonge vrouw in een bloemenjurk met een veel te diep decolleté binnen. Met het nodige dedain vroeg ze mij meteen: 'Hé, dat boek van jou... Is dat wel literatuur?'

Ik keek Mai aan, hij trok zijn wenkbrauwen op.

Ik zei: 'Ik denk dat Tolstoj het wel zou kunnen waarderen.'

'Nee, even serieus.'

'Ik ben heel serieus. Lees het maar.'

Ze keek lang naar Mai.

Hij zei: 'Nou, leuke kennismaking dit. Ga maar weer terug naar dat snikhete hok van je. Ik regel dit wel.'

Ze liep zuchtend weg.

Ik fluisterde: 'Wat is er met haar aan de hand?'

'Dat vraag ik me al jaren af, Mohamed. Maar ze is steengoed. Een echte pitbull. Als ze zich ergens in vastbijt, laat ze niet meer los. Maar wat zou je allemaal willen?' vroeg hij terwijl hij een pen en notitieblaadje pakte.

'Wat bedoel je?'

'Qua publiciteit.'

'Ehm, kan ik op televisie komen?'

'Welke praatshow?'

'Uit welke kan ik kiezen?'

'*De Wereld Draait Door*? *Pauw en Witteman*?'

'*Pauw en Witteman*.'

Hij herhaalde wat ik zei terwijl hij het noteerde.

'Wat nog meer?'

'Grote interviews in alle grote kranten?'

Hij herhaalde wat ik zei terwijl hij het noteerde.
'En wat nog meer?'
'Megapostercampagne door de stad!'
'Dat is een goeie. Nog meer wensen?'
'Ehm, voor nu is dit wel oké.'
Hij pakte iets uit een laatje, schoof het onder mijn snufferd; op de eerste pagina stond een tekst waar ik dolgelukkig van werd.

Contract voor de uitgave van oorspronkelijk Nederlandstalig literair werk.

'Wat voor een voorschot wil je?'
'Doe maar een voorstel.'
'Is duizend euro oké?'
'Naja, iets meer?'
'Tweeduizend?'
'Ietsje meer?'
'Drie mille?'
'Prima!'
Terwijl hij de cijfers opschreef, kreeg ik spijt dat ik niet veel meer had gevraagd aangezien hij zo makkelijk overstag ging.
'Wil je in de toekomst nog een boek schrijven?'
'Zeer zeker.'
Hij hield op met schrijven. Knipperde twee keer met zijn ogen.
'We kunnen nu ook een tweeboekendeal tekenen.'
Van 'niet voor publicatie geschikt' naar een tweeboekendeal in twee dagen tijd. Zo snel kan het dus kennelijk gaan.
'Heel vleiend. Maar laten we maar met eentje beginnen.'
'Wat jij wil.'
Hij schoof het boekcontract naar me toe, ik bekeek het vluchtig en ondertekende iedere pagina met mijn initialen.
'Je hebt helemaal geen thee gedronken,' wees hij naar het volle Japans porseleinen kopje. Ondertussen pakte hij een fles koude champagne uit een koelkastje, popte de Taittinger geoefend open en schonk twee glazen in.

Terwijl de bubbels naar de oppervlakte schoten, vertelde hij: 'Maak je geen zorgen. We gaan groots uitpakken.'

We schudden mekaar de hand.

Ik zei: 'Fijn, man. Heel fijn. Moet je horen, Mai. Ik beloof dat ik echt teringhard mijn best zal doen.'

Ik wierp een nieuwsgierige blik op het gouden horloge om zijn pols, dat perfect bij dit kasteel kleurde.

Hij draaide zijn pols naar mij, liet het lachend zien en zei: 'Jaeger-LeCoultre, Master Tourbillon.'

'Nooit van gehoord.'

'Als jij je best doet met dit boek...'

'Komt goed. Maar ik heb liever een bescheiden Rolex. Trouwens, wat zijn je verwachtingen qua verkoop?'

'Dat kan ik niet zo zeggen. Maar ik mik op zo'n tien drukken.'

'Echt? O, man. Dat zou echt fucking geweldig zijn. Ik word echt super opgewonden van de gedachte.'

'Goed zo, jongen.'

We hieven de glazen.

'Dus we richten het vizier op tien drukken?'

Hij vroeg ineens: 'Mag jij wel alcohol drinken?'

'Ik ben al in de twintig, Mai.'

'Ik bedoel van je geloof.'

'Ik geloof in mezelf, in supergeile seks en in goede fictie. Ik zweer bij die heilige drie-eenheid.'

Hij zei: 'Amen. Je zou een godsdienst moeten stichten, Mohamed.'

'Na dit boek.'

'Op retegoede recensies en een royale royaltyafrekening, jongen.'

'Insjallah!'

We proostten, maakten de fles soldaat terwijl we nog zeker een uur keuvelden over vrouwen, fitness en literatuur.

Mai liep mee naar de voordeur – nu pas voelde ik dat ik goed aangeschoten was: het leek alsof er door de champagne een fluwelen wig was gedreven tussen mijn bewustzijn en de werkelijkheid.

Het viel me op dat Mai keurig rechtop liep, alsof hij zojuist van de chiropractor kwam: een licht verende tred, de schouders naar achteren en de borstkas strijdvaardig naar voren.

'O, voordat ik het vergeet,' zei ik terwijl ik de zak groene olijven drijvend in olijfolie uit mijn tas toverde en die aan hem overhandigde: 'Een culinair cadeau uit Marokko.'

'Ik ben gek op olijven.'

'Dat voorvoelde ik al.'

Hij bekeek de inhoud: 'Met olijftak en al.'

De receptioniste wandelde de gang op.

Mai vroeg verbaasd: 'Waar ga jij heen?'

'Even naar het toilet.'

'Over twee minuten ben je terug.'

Het geluid van haar voetstappen verstomde.

Op z'n Amsterdams zei ik: 'Zo, jij houdt wel van de boel strak hou'en, ouwe.'

'Met ijzeren hand.'

Met enige moeite deed hij de zware deur open.

Mai zei iets waar ik kippenvel van kreeg: 'Prometheus is je tweede huis, Mohamed. Je kan hier altijd terecht.'

De oppervlakte van de Herengracht schitterde alsof ze belegd was met edelstenen. Een overvolle rondvaartboot voer voorbij. Felle zonneschijn viel op onze gezichten, frisse lucht vulde mijn longen en het suizende stadsverkeer sjeesde voorbij. Fietsers die zuchtend om foto schietende toeristen slalomden, een taxi blokkeerde de weg bij het Waldorf Astoria, waardoor er een verkeersinfarct werd veroorzaakt. Brommers met bestekembleempjes op de boxen achterop snelden via de stoep naar de hongerige klanten thuis. Auto's toeterden, voetgangers foeterden.

De wonderlijke wereld wachtte op mijn werk zonder het te weten.

Mai zei: 'Onthou: iedereen is een potentiële boekenkoper.'

'Zelfs aan de blinden zal ik straks mijn boek slijten.'

'En zo is het.'

Ik zei: 'Er schiet me ineens iets te binnen. Weet je wat de bijnaam was van Peter de Eerste?'

Hij keek me vragend aan.

Ik bekeek hem van top tot teen: nachtblauwe loafers met kwastjes, een op maat gesneden blauwe broek, een geruit, groen giletje en donkerblauwe stropdas met witte stipjes. Ik stond eventjes op mijn tenen om het verschil in lengte nog meer te benadrukken en zei: 'Peter de Grote. Kan je chauffeur me trouwens naar huis brengen?'

Mijn uitgever zei: 'Pak even lekker de tram, jij.'

'We zijn vanavond samengekomen om de geboorte van een vileine verhalenverteller te vieren,' sprak mijn uitgever, die strak in pak op een stoel stond, de menigte uitgedoste vrienden toe. Gretig grepen ze van de gedekte hoge tafels naar de glazen witte wijn, bubbels of jus d'orange. Schalen vol sushi en sashimi. Kommen met edamameboontjes en Japanse zeewiersalade.

Ik onderbrak hem: 'Wat betekent dat eigenlijk? *Vilein*?'

Mijn vrienden lachten.

'Dat betekent dat je je gore muil moet houden als je uitgever aan het woord is.'

Er werd hard gelachen.

'Excuses, ik hou al op met kleppen. De jeugd moet ze respecteren, de hoogbejaarden die hooguit nog een paar jaar te leven hebben.'

Men lag in een deuk.

Mai liet ze even uitrazen, kuchte een paar keer en zei: 'Als ik nog één iemand hoor lachen, gooi ik de gehele eerste druk meteen in de ramsj.'

Waarna ze weer lachten.

Een oude schoolvriend achterin riep: 'Doen, doen!'

Ik zei: 'Julius, hou je bek! Of wil je dat ik iedereen hier vertel wat je mij net in de plee toevertrouwde?'

'Vertel, vertel!' riep Vinn.

Julius zei: 'Niet doen, Mo.'

Ik zei: 'Zeg dat je van mij houdt.'

'Maar dat weet je toch!'

Mai zei: 'Kunnen we weer verder, jongens?'

'Ga je gang, Maistro.'

Terwijl hij verderging met zijn speech, dacht ik aan wat er vanochtend was gebeurd.

Omar had mijn boek gelezen. Hooghartig liep hij mijn kamer binnen zonder aan te kloppen, streek met zijn vinger langs het schrijfschema op de deur, wees naar mij en zei met een honend lachje: 'Mohamed, als ik jou was zou ik een onderduikadres zoeken, vuile jood.'

Hij trapte de brandende kaarsen omver, plasjes en spetters kaarsvet stolden op de koude kamervloer.

'Hoor je wat ik zeg?'

Ik knarste krachtig mijn kaken op elkaar.

'Hoe haal je het in je hoofd?'

Ik vroeg: 'Wat?'

'Die gore seksscènes? Het gespot met het geloof? Wat gaan mensen wel niet denken? Ik heb hard gewerkt voor mijn carrière en die laat ik niet zomaar ver–'

'Welke carrière?'

'Ik kan niet wachten om het straks aan vader en moeder te vertellen als ze thuiskomen. En daarna bel ik alle ooms en tantes, nichten en neven. Om te vertellen wat voor een duivels boek je hebt geschreven. Zodat je nergens meer terechtkunt. En je straks helemaal alleen in de goot gaat liggen rotten tussen de ratten tot je dood,' fluisterde hij terwijl hij door mijn kamer kuierde en mijn boeken bedachtzaam bekeek. Ik volgde hem draaiend op mijn bureaustoel.

Hij draaide zich om, keek me aan en zei: 'Ik ruïneer je hele leven als dat boek uitkomt.'

Ik reikte mijn iPhone aan en zei: 'Bel ze maar.'

Hij snoof, liep naar me toe en zei: 'Stoere praatjes, hè?'

'Nee, hoor.'

Hij hief zijn vinger: 'Het applaus zal maar van korte duur zijn.'

'O ja?'

'Let maar op mijn woorden.'

‘Ben jij nu ineens van de woorden?’

‘Een beetje respect voor je oudere broer is wel zo op zijn plaats, snotneus.’

‘Fuck you. Wanneer krijg ik mijn drieduizend euro terug?’

Ik had hem godverdomme al mijn geld geleend. Het voorschot van mijn boek. Hij had een onverwachte, fikse belastingaanslag aan zijn broek hangen en bedelde bij mij of ik hem uit de brand kon helpen. De domme idioot die ik ben.

Hij vroeg: ‘Welke drieduizend euro?’

Onopvallend balde ik mijn vuisten.

‘Wanneer krijg ik mijn centen terug?’

Zangerig zei hij: ‘Die zie je nooit meer terug.’

Hij klapte mijn laptop dicht.

Op dat moment liep het volledig uit de hand.

Tijdens mijn boekpresentatie bekeek ik mijn gezwollen, vuurrode knokkels. Ik stak mijn handen in mijn zakken, slikte en lachte terwijl ik Mai en mijn menigte bekeek. Niemand van mijn familie was aanwezig. Ik bleef de deur steeds in de gaten houden in de hoop dat ze zich op het laatste moment zouden bedenken en toch zouden komen.

Maar ze kwamen niet.

Iedereen vroeg waar mijn familie bleef. Ik kon geen woord uitbrengen. Tot ik schouderophalend zei: ‘Gewoon, thuis.’

Omar had mijn ouders opgehitst maar wel met twee prachtig paarsblauw geslagen ogen. Ze kozen altijd zijn kant. Hij had altijd wel een meelijwekkend gezicht maar nu al helemaal.

Evelien stond vooraan, zag als enige waar ik aan dacht en mimede met haar rood gestifte lippen: ‘I love you, babe.’

Ik kon verdomme wel janken.

Toen Mai het boek twee uur geleden voor het eerst in mijn handen drukte, moest ik me ook al inhouden om niet te gaan huilen. Een magisch moment. Al die jaren van noeste arbeid, gebundeld in 288 pagina’s. Het kwam net van de drukkerij in Zutphen. Op een stickertje achterop stond zelfs hoeveel gram het boek woog.

346 gram.

Het gewicht van mijn geslepen gedachten. Ik bladerde er met een rotvaart doorheen, rook de geur van vers geprinte bladzijden en sloeg het lachend dicht. Drukte het lang tegen mijn hart aan.

Gaf het ontelbare kusjes, wiegde het in mijn armen alsof het een baby betrof – Evelien fleurde op –, bracht het naar mijn tepel alsof ik het moedermelk gaf.

Ik zei: 'Aah, het baby'tje heeft ontzettende dorst. Van wie zal ze dat nou hebben meegekregen?'

Evelien stompte mij, eiste het boek op en bewonderde het.

'Babe, check even de eerste pagina.'

Ze keek ernaar, vloog mij in de armen en zei: 'Je hebt het aan mij opgedragen, hóe lief!'

'Omdat je mijn mooie muzemeisje bent.'

'Signeer het even voor mij dan.'

'At your service, my lady.'

Ik pakte mijn Parker-pen, sloeg de eerste bladzij van het boek open en schreef op het titelblad in sierletters:

Speel,
Houd moed,
Wees omhelsd,
Voor altijd je liefde

Ze las het, glimlachte en zei: 'Wie de fuck had dit ooit gedacht?'

We draaiden dansend en lachend rond in de witmarmeren hal tot we duizelig werden.

'Ik heb dit al duizend keer meegemaakt in mijn verbeelding, lieve schat.'

Ik duwde haar voorzichtig tegen de muur, kuste haar en terwijl ik om me heen keek, zei ik: 'Laat me je snel even likken dan.'

Ze fluisterde geveinsd bozig: 'Niet nu.'

'Tegen de spanning. Eén likje maar. Voor de smaak. Please?'

'Je mag straks alles met me doen, oké?'

'Alles? Ook, eh?'

'Nee, nee, nee, alles, behalve dat.'
'Kom op, ik heb mijn roman aan je opgedragen!'
'Nou, dat is wel het minste wat je kon doen.'
Ze prikte plagerig met haar wijsvinger in mijn borst.
Ik vroeg: 'O, gaan we op die fiets?'
'Ja, op die fiets, vriendje.'
'Wist je trouwens dat ik op het gym vreselijk jaloers was op je fietszadel? Tijdens de les fantaseerde ik altijd dat het mijn gezicht was. Dan kwam mijn schooltafeltje een stukje van de grond.'
Ze schudde lachend haar hoofd.
'Als jij nou eens zou praten zoals je schreef, zou ons leven veel mooier zijn geweest.'

Eveliens welgevormde billen kwamen volledig tot hun recht in haar zwarte jurkje met open rug, mijn favoriet. Ik had haar favoriete witte overhemd aan, nu met lichte zweetplekjes rond mijn oksels en onderrug – het was warm in de overvolle ruimte. Mai wees tijdens zijn speech naar de muur vol portretten. Alle hoofden bewogen daarheen. Geheel volgens traditie werd het portret van de nieuwe schrijver aan de muur gehangen. De receptioniste sloeg een spijkertje in de muur, hing het op, stapte naar achteren, corrigeerde het een paar keer tot het perfect hing.
Ze keek mij aan, ik blies haar een kushandje toe, Evelien trok een wenkbrauw op.
Ik schudde lachend het hoofd.
Een applaus volgde, het allereerste applaus, het had een duur van elf seconden.

Mai stapte van de stoel, wees ernaar, ik sprong erop.
'Tien jaar geleden, ik was twaalf, werd ik geweigerd bij een bieb. Omdat kort daarvoor Marokkanen de boel daar flink aan het verstieren waren. Niet lang daarna bedacht ik: ik ga mijn eigen bieb bouwen en een boek schrijven. Die trut die mij eruit smeet, zal ooit mijn boeken uitlenen.
Ik sloot mezelf op in mijn zolderkamer en schreef tot diep in de

nacht. Soms douchte ik drie dagen niet. Ik wilde mijn kamer niet uit, want ik vreesde dat mijn inspiratie en creativiteit dan zouden vervliegen. Dus plaste ik in een leeg melkpak. Jullie vragen je misschien af wat ik dan deed als ik moest schijten... Nou, dan hing ik 's nachts mijn reet uit het raam, scheet het hele trottoir onder en gaf de volgende dag de hond van de demente buurvrouw de schuld. Dat was een grap. Nee, grapje, ik meen het.

Maar goed.

Soms lukte het schrijven niet. Dan moest ik me inhouden om mijn laptop niet tegen de muur te smijten. Een prachtig meisje sleepte mij door die donkere dagen. Gedurende het schrijven dacht ik vaak: wat zal Evelien hiervan vinden? Hoe kan ik haar laten lachen? Ontroeren? Imponeren? Irriteren? Zonder jou, mijn liefde, zou deze semi-intellectuele Marokkaan hier niet staan. Mag ik een heel hard applaus voor de mooiste vrouw van de wereld?'

Er klonk een overweldigend applaus.

Ik sprong snel van de stoel, omhelsde en kuste haar terwijl om ons heen werd gejoeld en gefloten.

Ik stapte weer op de stoel, haalde een hand door mijn kuif, kuchte en vervolgde:

'Door het schrijven vond ik mezelf. Ik zei tegen mezelf dat als ik dit verhaal niet zou schrijven, ik mezelf nooit meer zou mogen aankijken in de spiegel. Aangezien ik een beetje ijdel ben, was dat echt de grootste straf die ik mezelf kon geven.

Een paar zomers geleden was ik op vakantie in Bali. Wilma, de moeder van een vriend, was op het strand een boek aan het lezen. Ze lag de hele tijd in een deuk. Nadat ze het had uitgelezen, las ik het boek in één ruk uit. Het is het geestigste boek in de geschiedenis van de Nederlandse letteren. *Alleen maar nette mensen* van Robert Vuijsje. Ik verzamelde al mijn moed, stuurde hem een berichtje op Facebook en vond het bijzonder dat hij erop reageerde. Ben buitengewoon vereerd dat ik hem zo direct het eerste exemplaar mag overhandigen. Beseffen jullie waar jullie getuige van zijn? Een jood die het boek van een Marokkaan in ontvangst neemt: wie zegt dat integratie in Nederland mislukt is?'

Lachsalvo's, geweldig gefluit en applaus vulden de zaal.

Ik richtte me tot Robert, die naast me stond: 'Je snapt natuurlijk wel dat ik je niet hoef te vragen om je bovenste knoopje straks dicht te knopen.'

'Hoezo?'

'Die gouden davidster doet namelijk vreselijk veel pijn aan mijn ogen.'

Er ging een 'oehww' door de ruimte.

Ik zei: 'Ho, ho, ho. Joden kunnen, in tegenstelling tot moslims, best wel tegen een stootje. Toch?'

Vuijsje knikte en kuste het kettinkje.

'Tot slot. Een tip voor alle jongelui hier. Laat je niet kisten, door niemand niet. Luister altijd naar jezelf, al is het soms heel moeilijk om tussen alle ruis je eigen stem te horen.'

Voor het eerst keek ik weg van mijn A4'tje, naar mijn lieve vrienden en kennissen. Nog steeds geen familielid te bekennen. Ik voelde tranen opwellen. Dus ging ik meteen weer verder, om niet voor het oog van iedereen in huilen uit te barsten: 'Vooral nu, met de constante, onophoudelijke teringstroom van nutteloze informatie die we op ons afgevuurd krijgen. Instagram, Facebook, Snapchat en al die shit. Wat ik het liefst wil, is jongeren aan het lezen krijgen. Ik wil dat lezen cool wordt gevonden. Laten zien dat literatuur niet stoffig en saai hoeft te zijn. Ik zal de komende tijd die last op mijn schouders dragen. Zoals die ene figuur uit de Griekse mythologie wiens naam mij even ontschoten is, de aarde op zijn gespierde schouders draagt. Ja, ik doe het echt, ik maak een vergelijking met mezelf en –'

Vinn riep: 'Atlas!'

'Exact. Ik bedoel, zo veel onderscheid is er ook niet, nietwaar?'

Ik tilde mijn overhemd op, liet mijn buikspieren zien terwijl ik ze aanspande.

Evelien schaamde zich dood.

'Sorry, ik weet het, ik ben echt vreselijk. Maar dat schrijven maakt je maf.'

'Ja, ja, geef dat maar de schuld,' riep Mai.

'Zeg, wie vernoemde zijn uitgeverij ook alweer naar een mythisch figuur?'

Hij zette lachend zijn bril recht.

'En wie noemt zelfs zijn fucking paard Prometeo?! Muil dicht, Mai. Voordat ik je lever opvreet.'

Hij zei: 'Doe ons alsjeblieft een plezier en brei er nou even een einde aan.'

'Afgelopen tijd heb ik de meesten van jullie vrij weinig gezien. Vergeef me daarvoor. Laten we vanavond alles inhalen. Laten we proosten. Op het leven, de liefde en literatuur. En o ja. Voordat ik het vergeet.' Ik wees naar achteren. 'De lul van Julius staat in lichterlaaie door de chlamydia die hij heeft opgelopen tijdens zijn rondreis in Cambodja.'

Glimlachend gaf Mai mij het eerste exemplaar, ik gaf het door aan Robert en we schudden elkaar de hand – ik verbeet lachend de pijn in mijn knalrode knokkels.

'Dag mensen,' begon Robert Vuijsje terwijl ik mijn handen langs mijn bezwete gezicht haalde, langs mijn wenkbrauwen, en mijn slapen zachtjes masseerde.

Beelden flitsten voorbij.

Omar klapte mijn laptop dicht, met een pijlsnelle opstoot leidde ik in, raakte de onderkant van zijn kin, zijn kaken klapten dicht. Het maakte een krakend geluid. Hij keek verschrikt en greep schreeuwend naar zijn smoel, waardoor de rest van zijn gezicht onbeschermd was voor twee perfect geplaatste zwaaiende hoeken. Met een korte linkerhoek plantte ik mijn vuist met een doffe klap op zijn rechteroogkas. Zijn hoofd vloog naar rechts. De lange rechterhoek was al vertrokken. Zodat mijn rechtervuist een nanoseconde later op zijn linkeroogkas landde.

Het gebeurde in een oogwenk.

Vervolgens dook hij als een rugbyspeler op mij, waarna we allebei naar achteren vlogen en tegen een muur van boeken aan kwamen. Omdat hij boven op mij lag, vielen de zwaarlijvige boeken op hem, als solidaire soldaatjes die mijn rug dekten. *Een literaire aanval.* Ik wurmde me uit zijn greep, vloog de trap af terwijl ik mijn jas pakte en ertussenuit kneep.

Vuijsje eindigde: 'Ik zou zeggen, lees het boek en jullie zullen het allemaal zelf *beleven*. Dank.'

Ik maakte een buiging, omhelsde Robert en bedankte hem.

Hij zei: 'Geen punt. Doet me goed om zo veel jongeren te zien bij een boekpresentatie.'

Die avond signeerde ik me een tennisarm. Op de tafel in Mai's kantoor lagen stapels boeken met een zwart-witte cover waarop met gouden letters MOHAMED, DE PROLEET stond.

Veel liefdevolle omhelzingen, kusjes en felicitaties – geen handjes maar high fives. Ik dronk onderwijl champagne tot ik de tel kwijt was, had de hele dag niets gegeten; ik had het geprobeerd maar kon geen hap door mijn strot krijgen. Op een gegeven moment ging mijn oog-handcoördinatie in rap tempo achteruit. Ik pakte mijn glas, het viel, de scherven schoten klingelend over de vloer en ik riep: 'Mazzeltof!'

Mai riep de schoonmaakster, pakte voorzichtig wat grote scherven en gooide die in de prullenbak. Hij zei: 'Je hebt hard gewerkt vandaag, Mohamed. Ga lekker uitrusten thuis.'

'Ik ga pas weg als alle boeken weg zijn.'

De receptioniste zwaaide met een pinautomaatje: 'Ze zijn allemaal verkocht.'

Er lagen inderdaad geen boeken meer op tafel.

Mai zei: 'Mooi.' Hij trok zijn jas aan, sloeg zijn sjaal om zijn hals en pakte zijn vilten hoed. Voordat hij vertrok, vertelde hij voldaan: 'Het was een bijzonder mooie dag. Maak je borst maar nat. Het wordt een dolle boel de aankomende tijd.'

'Denk je?'

'Ik weet het zeker.'

'Hoe weet je dat zo zeker?'

'Ik ben meer dan een kwarteeuw uitgever.'

'Dat was ik even vergeten.'

'Daarom vertel ik 't even.'

Ik geeuwde lang.
'Slapen jij, oké?'
Ik knikte.
Hij zette de hoed op zijn hoofd. In de hal hoorde ik hem tegen Evelien zeggen: 'Let je goed op hem?'
Aan de schoonmaakster die binnenkwam, zei ik: 'Vandaag was de mooiste en tegelijkertijd de treurigste dag van mijn leven.'
'Sorry... I don't understand.'
Ik zei: 'Je bent niet de enige, lieverd.'

Voor de verandering hield ik me vast aan Evelien. We gingen naar haar huis, honderd meter verderop. De ontnuchterende kou in. Rillend over het Rembrandtplein dacht ik aan mijn moeder en vader en voelde in mijn borst een wringende pijn.
Vanaf morgen zou overal in het land mijn roman verkrijgbaar zijn.

1ste druk

De zon scheen in mijn gezicht, het verblindde mij.

Evelien deed het gordijn open – de vertrouwde Amstel lag er kalmpjes bij, een baan zonlicht als fonkelend zilver aan de oppervlakte. Evelien was haar tanden aan het poetsen terwijl ze mijn voet bewoog.

'Word wakker, zuiplapje.'

Ik lachte.

'Het doet me deugd dat je een verkleinwoord gebruikt.'

Ze had een ontbijtje klaargemaakt: versgeperste jus d'orange, een glaasje melk en een flesje water. Een croissantje en beschuitjes met boter en roze-witte muisjes – ik at alleen het croissantje op.

Ik pakte het bord met beschuit: 'Hier, babe. Eet wat.'

Ze liep naar de badkamer om de tandpasta uit te spugen.

Ik vroeg: 'Heb je een drukke dag?'

'Heb college straks. Jij?'

'Ik ga zo even naar huis.'

'Is dat wel verstandig?'

Ik checkte mijn iPhone.

Een boel berichtjes over de boekpresentatie. Drie oproepen gemist van Mai. En een berichtje.

'Bel me als je wakker bent.'

Ik belde. Hij nam meteen op.

'Goed geslapen?'

'Als een baby.'

'Ik heb heel goed nieuws. *Pauw & Witteman* wil je in de uitzending hebben.'

'Echt waar? Wanneer?!'

Evelien keek even op van de wasbak. Ik legde mijn hand op de telefoon en fluisterde: '*Pauw & Witteman*.'

'Vanavond.'

Ik herhaalde voor Evelien: 'Vanavond?'

'Waarschijnlijk ook naar aanleiding van de recensie in *de Volkskrant* van vanmorgen.'

'Recensie?'

'Vijf sterren, jochie.'

'O.'

'Blits binnenkomertje in de letteren. Gefeliciteerd.'

Ik stond op, deed de balkondeur open terwijl ik met mijn blote voeten op het koude balkon stapte. Een duif vloog op van de betonnen balustrade.

Ik zei: 'Wacht even... Een vijf? Dat is toch fucking slecht?'

Hij lachte hardop. 'Nee, idioot. Vijf van de vijf.'

'O, echt? Ik weet niet hoe die shit in kranten werkt.' Ik lachte en zei ogenblikkelijk: 'Maar dat is wel gunstig voor de verkoop, toch?'

'Nou ja, niet per se. Maar de boekhandels beginnen *De proleet* al flink in te kopen.'

'Stoot er zoveel mogelijk weg, Mai.'

'Maak je geen zorgen. Zeg, waren je ouders er nou gister?'

'Nee.'

'Waarom niet?'

'Lang verhaal, vertel ik je nog wel.'

Het bleef even stil.

'Oké. De redactie van *P & W* belt je straks op voor een voorgesprek. Dus hou je telefoon goed in de gaten.'

Ongedoucht stapte ik met mijn warme bips op het koude zadel van de Vespa, kickstartte het kloteding met moeite en vertrok richting De Pijp. Altijd als ik op de scooter stapte en de kou trotseerde, schoot er een zinnetje uit het magistrale *Maanlicht* van Hella Haasse door mijn hoofd. 'Ik vergat de ijzige kou, die mijn vingers geleidelijk aan deed verstijven.'

Met bevroren tengels belde ik aan.

De deur zoemde open zonder dat iemand via de intercom vroeg wie er voor de deur stond, alsof er op mijn komst gerekend was.

De huisdeur boven stond op een kier. Ik deed mijn schoenen uit, liep naar binnen. Mijn ouders zaten in de woonkamer op de bank.

'Waar waren jullie gisteren?'

Moeder voerde voor de verandering het woord: 'Hier.'

'Waarom zijn jullie niet gekomen?'

'Wat heb je met je broer gedaan?'

'Hij vroeg erom.'

'Hij vroeg erom?'

'Als jullie hem geen manieren bijbrengen, doe ik het wel.'

'Wat zeg je nou? Hij is je oudere broer, ben je gek geworden?'

Vader deed even zijn ogen dicht, schudde zijn hoofd en begon: 'We hebben hem moeten tegenhouden gister, want hij stond op het punt om naar het politiebureau te gaan om aangifte tegen je te doen.'

Ik lachte en lispelde: 'Hij heeft dus kennelijk niet genoeg klappen gegeten.' Ik keek naar de trap. 'Is hij boven?'

'Hij is op zijn werk,' zei mijn moeder terwijl ze haar hoofddoek herschikte en een beetje naar voren boog. Toen ze dat deed, wist ik dat ze loog. Op zijn werk zouden ze vragen stellen. Hij zou zich vast de komende week ziek melden. Ik wilde richting de trap lopen. Vader stond snel op, versperde mij de weg met uitgestoken armen en zei: 'Dat boek, dat gaat niet verschijnen, dat snap je wel.'

'Ik kom op televisie vanavond,' zei ik hardop, zodat mijn broer het goed kon horen.

Vader vroeg: 'Waarom?'

'Ze willen met me praten.'

'Waarover?'

'Mijn boek.'

Pas op dat moment drong er een soort besef tot hem door.

Hij werd onrustig, pakte zijn gebedskraal, zwaaide die geoefend om zijn hand en onderarm en keek naar de grond alsof hij iets aan het zoeken was. Pakte zijn puntslippers, keek mij even aan, gooide ze voor zich uit en schoof zijn eelterige voeten erin.

Hij wees met de vlakke hand naar mij en zei: 'Je gaat daar niet heen vanavond.'

'O, echt wel.'

'Je gaat er niet heen.'

Ik zei: 'Wat wil je doen, me afranselen?'

'Als het moet.'

'Hou op, oude man. Ik ben geen twaalf meer. Ik verbrijzel al je botten als je me aanraakt.'

Moeder begon op dramatische wijze met haar vuisten op haar knieën te slaan, als een verongelijkt kind: 'Wat gaan mensen wel niet denken over ons? Wat gaan mensen wel niet zeggen over ons? Mensen gaan gek worden.'

'Altijd maar denken aan mensen. Fuck die mensen.'

'Voed je zoon op, voed je zoon op, hij is gek geworden. Waarom heb je die verschrikkelijke dingen geschreven?'

'Mijn boek is juist heel liefdevol. Als jullie nou eens fucking konden lezen.'

'Omar zegt dat je ons beledigde!'

'Híj is een belediging!'

Vader kwam dichterbij en zei: 'Jij gaat daar niet heen vanavond, zeg ik.' Hij snoof een paar keer. 'Wat ruik ik?'

'Wat ruik je? Ben je een politiehond?'

'Heb je alcohol zitten drinken?'

'Liters. En weet je wat ik zei voordat ik begon? "Bismillah."'

Hij hief zijn hand. Ik pakte zijn pols. Hij keek verschrikt.

Ik werd overspoeld door vlagen van vurigheid. Alsof ik in de fik stond. Ik snelde de deur uit, ging een blokje om en liep langs de Jozef Israëlskade om af te koelen.

Dit was mijn plan: ik zou snel naar binnen gaan, wat kleren voor vanavond pakken en 'm dan meteen smeren.

Voor de deur lagen vier volle vuilniszakken.

Ik deed de deur open en snelde naar boven. Vader stond bij de bovendeur, wees naar buiten en schreeuwde: 'Je spullen liggen beneden.' Hij schreeuwde: 'Je gaat er nu uit!'

'Waar heb je het over?'

'Jij komt hier niet meer binnen!'

Ik duwde hem omver, stapte met mijn schoenen naar binnen en rende naar boven. Ik was compleet onthutst van wat ik aantrof.

Mijn kamer was leeg.

De kledingkast was leeg.

Bergjes boeken bedekten de vloer.

Voor het eerst in lange tijd zag ik de door schimmel geteisterde muren.

Ik keek naar de kale kamer en kon een overrompelend gevoel van weerzin niet beteugelen. Liep tussen de boeken naar het midden van de kamer. Pakte een kaars van de grond, liep naar de kamer van Omar en smeet de kaars keihard tegen zijn iMac. Met een oorverdovend geluid knalde het scherm uit elkaar.

Halverwege de trap, hij rende vanuit de badkamer naar boven, kwam ik hem tegen: 'Succes met editen.'

Mijn vader en moeder duwden me de deur uit maar ik verzette me.

Vader zei hijgerig van woede: 'Je bent pas welkom als je God weer gevonden hebt!'

'Dan kom ik nooit meer terug.'

Moeder schreeuwde: 'Ga eruit, gá eruit!'

Berustend zei ik: 'Jullie gaan mij godverdomme nooit meer zien.'

'Gelukkig maar,' riep Omar terwijl hij zich achter mijn ouders verschool.

'Wacht maar tot ik je buiten pak, fucking mongool.'

Hij zei: 'Dat ding kost je drieduizend euro.'

'Wees blij dat ik jouw rothoofd er niet doorheen heb gegooid.'

Op het moment dat ik op de gang geduwd werd, rukte ik de intercom uit de muur.

Ze smeten de deur keihard dicht.

Terwijl ik de vier vuilniszakken onderzocht, belde ik mijn broer Bram op. Vertelde wat er gebeurd was – hij kwam binnen vijf minuten langs in zijn Fiat 500.

Hij stond altijd voor me klaar in noodsituaties. Toen ik een keer vastzat, haalde hij me van het bureau zonder het tegen mijn ouders te vertellen.

Ik laadde stilzwijgend mijn spullen in zijn auto tot er geen plek meer over was voor mij. Voordat hij wegreed, zei hij: 'Het werd tijd dat je het huis uit ging.'

Het plein was leeg. De Drie Gebroeders stonden er onbewogen bij, alsof ze hun adem inhielden. Ik nam afscheid van ze, een miniem knikje.

Van mijn ouders' huis wandelde ik naar het huis van mijn broer op de Albert Cuyp. Het was middag maar het leek alsof het avond was: donkergrijze wolken gleden door de lucht en verzamelden zich boven de buurt. Gelukkig begon het te miezeren. Zo konden mensen niet zien dat ik jankte. Ik deed mijn capuchon op, duwde mijn handen diep in mijn jaszakken en stapte stevig door. Blik op de grond gericht, als een kuis moslimmeisje dat voor de tirannie van haar familie is gezwicht.

Mozaïeken van vertrouwde straattegels bij het lantaarnlicht.

Vlak voor de uitzending appte Mai: 'Pak ze in, die 1,4 miljoen kijkers! Wees jezelf, dan komt alles goed.'

De zwenkende, manshoge camera's om me heen. Het lichtplafond met de angstaanjagend grote lichtbundels van de studiolampen en de gehaaide presentatoren met oortjes in die nog even alles vluchtig doornamen, op scherp gehouden door een legertje redacteuren als ze eventjes aan het indutten waren.

Weet je wat het punt was?

Ik was mezelf en niets kwam goed.

Een warme hand ging over mijn gespannen schouders, Evelien kuste mijn wang en fluisterde: 'Vergeet vanmiddag even, oké? Komt goed, babe.'

'Kan jij niet gewoon mijn woordvoerster zijn?'

Ze glimlachte ondeugend: 'Ik ben niet zo mondig.'

'Ja, dát heb ik nodig tijdens de uitzending.' Ik schoof mijn stoel een stukje naar achteren: 'Duik snel onder de tafel.'

'Gek ben je.'

'Op jou, ja.'

Ik haalde diep adem, keek naar de opnameleider die mensen hun stoelen aanwees in het publiek en zei: 'Babe, ik vind dit echt doodeng.'

'Je gaat het geweldig doen. Vertrouw me.'

Ze legde haar warme hoofd tegen het mijne.

'Zullen we gewoon opstaan en verdwijnen?'

'Jij gaat eventjes doorbijten.'

Ze kuste me en ging achter me zitten.

Ik zat daar zwetend aan die intimiderende tafel, gleed gedachteloos met mijn vingers over mijn boek en was compleet de kluts kwijt. Ik wist bij God niet wat ik moest vertellen. Wat voor houding ik moest aannemen. Ik probeerde me de nachtenlange bestuderingen van al mijn favoriete schrijvers voor de geest te halen. Maar het lukte niet, hoe fucking hard ik het ook probeerde. Alsof alle data uit mijn geheugen waren gewist. De grond was onder mijn voeten verdwenen. Aan de vooravond van mijn schrijverscarrière bevond ik me in een vrije val.

De lampjes boven op de camera's kleurden rood.

Om exact 23.05 uur toverde ik een grote grijns op mijn gezicht aan tafel bij het populairste praatprogramma van het land.

'Vanavond hebben we een debutant van tweeëntwintig aan tafel, u hoort het goed, tweeëntwintig jaar oud is-ie pas en nu al bestormt-ie de literaire wereld.'

Ik haakte in: 'Het was of de literaire wereld bestormen of de juweliers in Amsterdam-West.'

'O, echt?'

'Tuurlijk niet, dat was een grap.'

'Nou, je weet het maar nooit.' De lange presentator pakte de krant erbij en vervolgde in de camera kijkend: 'Vanochtend kreeg zijn romandebuut, met de uiterst provocerende titel *Mohamed, de proleet* maar liefst vijf sterren in *de Volkskrant*. De recensent strooide kwistig met superlatieven en roemde de jonge schrijver als "de Gerard Reve van de islam". Mohamed Zebbi, welkom aan tafel. Wat vind je ervan dat je wordt vergeleken met zo'n literair zwaargewicht?'

'Dat is natuurlijk heel vleiend, voor Reve welteverstaan.'

Godverdomme, zei ik dat nou echt? Het publiek en de presentatoren konden er gelukkig wel om lachen.

De andere presentator kreeg pretoogjes en begon: 'Ik denk wel dat hij jou vleiend zou vinden.'

Ik ging met mijn hand door mijn kuif, boog een beetje voorover en zei: 'We zullen er jammer genoeg nooit achter komen, hè? Laat ik even duidelijk zijn. Iedere aanval op Gerard is godslastering.'

'Mooi.' De lange presentator keek even naar zijn witharige collega naast hem. 'Hebben we trouwens ooit zo'n jonge schrijver aan tafel gehad?'

'Denk het niet.'

'Denk je het niet of weet je het niet?'

'Ik weet het niet.'

'Duidelijk. Mijn demente collega laten we maar even buiten beschouwing.'

Die lange was duidelijk op oorlogspad. Hij hield de krant weer omhoog terwijl ik dacht: hou godverdomme dat boek omhoog!

'Je sprong ongetwijfeld een gat in de lucht toen je, en met jou heel Nederland, de krant vanmorgen las.'

'Ehm, nee. Ik heb de recensie nog niet kunnen lezen.'

'En waarom niet?'

'Ik was nogal druk met andere dingen.'

'Wat voor dingen dan precies?'

'Ja, ik weet niet of ik, eh, dat kan vertellen.'

Witteman ontwaakte uit zijn winterslaap en zei: 'Jawel. Vertellen kan je als geen ander. We hangen aan je lippen.'

Ik sloot mijn ogen eventjes.

En vertelde tot in detail wat er die middag gebeurd was.

De bekende jingle klonk door de studio.

Voordat ik het wist, was de uitzending ten einde gekomen.

De presentatoren schudden mij hartelijk de hand. De geluidsman dook achter me op om de zender voorzichtig uit mijn trui te trekken. Sommige mensen uit het publiek kwamen eventjes langs om hakkelend te vertellen hoe bewonderenswaardig ze het gesprek vonden en dat ze meteen bij thuiskomst het boek zouden bestellen en wensten mij heel veel *succes*.

Mijn telefoon stond roodgloeiend: tientallen whatsapps, Messenger-berichten van onbekenden, Facebook-vriendschapsverzoeken – waaronder eentje van Connie Palmen! – en Instagram-volgers.

Ik ontving complimenten, seksverzoekjes en doodsbedreigingen.

‘Eens neuken?’ stuurde Bianca, een blonde fitnessbabe uit België, Maasmechelen om precies te zijn, met een screenshot van mij op haar televisie en een trits aan naaktselfies.

Soumaya-Settatia stuurde: ‘Lieve Mohamed, je bent door je ouders het huis uit gezet, mijn hart brak toen je dat zo openhartig vertelde, ze zouden supertrots op je moeten zijn! Eén van mijn broers, die meekeek, schold non-stop en spuugde uiteindelijk op de tv en liep toen woedend weg. Terwijl ik het scherm schoonveegde, dacht ik, ik heb gewoon zó veel respect voor het feit dat jij ervoor kiest jezelf te zijn. Te schrijven wat JIJ wil, ongeacht wat de eventuele consequenties daarvan konden zijn. Ik bewonder dat. Omdat ik het heel moeilijk vind om mijn ware ik te uiten aan iedereen om mij heen, mijn ontzettend conservatieve ouders en omgeving. Simpelweg omdat ik doodsbang ben voor de gevolgen… Megaveel liefde van een 19-jarig dubbel-leven-leidend-meisje. Morgen op werk ga ik meteen je boek bestellen… xx’

Patrick Everts stuurde: ‘Ik heb je boek nog niet eens gelezen maar nu al op slag fan van je! Rake uitspraken: “Je zou grote waarheden alleen mogen omhelzen als je ze ook kunt bespotten” en “Als Allah humor heeft en dat heeft-ie, Hij heeft tenslotte de mens geschapen, dan kan Hij ook best wel lachen om de grappen over Zichzelf en de titel van mijn boek, denkt u niet?”’

Ron Blaricum: 'GE-WEL-DIG kapsel!! Heel kek!! Ik wil dat ook!! Wie is je kapper?! *Hook me up*!'

Moesi sms'te: 'Je hebt een hele grote vout gemaakt, vieze kankerverrader. Alle jongens van de buurt gaan je doodmake als ze je pakke. Wacht maar.'

Evelien omhelsde en kuste me en zei: 'Ik ben fucking trots op je, babe.'

'Ik weet bij God niet wat ik allemaal zei.'

'Het was uit het hart. Dan is het altijd goed. Alleen de projectieschermen om je heen…' ze sloeg haar hand om haar mond.

'Wat?'

'Er werd een collage van de meest deprimerende beelden uit de Diamantbuurt getoond: dichtgetimmerde huizen, ingeslagen autoruiten en verschillende voertuigen die in de fik stonden terwijl brandweerlieden de branden probeerden te blussen. Fucking framing,' zei Evelien zuchtend. 'Ik moest mezelf er echt van weerhouden om op te staan en er iets van te zeggen.'

'Dat heb ik helemaal niet gezien. Ik weet trouwens wel wie het hebben gedaan…'

'Wat?'

'Al die fikkende auto's…'

Ze trok een wenkbrauw op.

Ik zei: 'Moesi, die vuile teringlijer en zijn matties.'

'Dat betekent niet dat zij het recht hebben om jou indirect daarmee in verband te brengen.'

'*Oh my god*. Ik krijg er een harde van als je zo vurig bent.'

Ik schoof een verdwaalde haarlok achter haar oor.

We zaten met zijn tweeën aan de lege tafel terwijl de presentatoren, de gasten en het publiek één voor één verdwenen. De cameramannen reden hun camera's geoefend tussen de chaos weg. Medewerkers bouwden de studio af: de grote tafel werd weggerold, de stoelen snel meegenomen en de immense projectieschermen schoven langzaam weg in het plafond.

Een betonnen boel bleef over.

Ik wees lachend naar de asgrijze ruimte om ons heen en keek Evelien eventjes aan.

Ze knikte terwijl ze haar ene been over het andere sloeg.

'Eén grote illusie, babe.'

Op het moment dat we aanstalten maakten om weg te gaan, doofden de grote, felle lampen en werd het pikkedonker in de studio.

Mijn telefoon lichtte op. Mai belde.

'Que paso?'

'Sterk en kwetsbaar, knul. Goed gedaan. Morgen even samen dineren?'

'Goed plan.'

'L'Europe? Ga je zes uur redden?'

'Zeker.'

'Je hebt vanavond veel vrienden maar ook vijanden gemaakt. Zorg dat alle negativiteit je niet raakt.'

'Komt goed, man.'

'Ik heb meteen de hoofdredacteur van *de Volkskrant* ge-sms't. Een groot interview voor de zaterdag voor je gestrikt.'

'Goed geregeld.'

'Ik heb nog meer mooi nieuws.'

'Wat dan?'

'Gefeliciteerd, jongeman: we gaan een nieuwe druk inzetten.'

2de druk

Ik sprak in de Chocolate Bar af met de interviewster van *de Volkskrant.* De jongedame had net iets te strakke kleren aan die verraadden dat ze waarschijnlijk pas bij de krant werkte – een spijkerbroek die ongetwijfeld stamde uit de beginperiode van haar studententijd of zelfs de late middelbareschooltijd. De broek sneed rondom haar middel, waardoor de buikvetjes behoorlijk geaccentueerd werden.

'Hoelang werk je al voor de krant?'

'Dit is mijn tweede maand. Hoezo?'

'Gewoon, nieuwsgierig.'

Ik wilde eigenlijk vragen waarom *de Volkskrant* hun journalisten geen kleedgeld gaf, dat de hoofdredacteur een bedrijfstailleur in dienst moest nemen en dat ze misschien beter bij de Tommy Hilfiger kon gaan werken, kreeg ze tenminste wat korting of fatsoenlijke broeken van de zaak.

De serveerster kwam langs. De interviewster bestelde een cola. Ik bestelde een karnejus.

'Karne-wat?'

Ik zei: 'Karnejus.'

'Dat hebben we niet.'

'Hebben jullie karnemelk?'

'Ja.'

'Jus d'orange?'

'Ook.'

'Vul een groot glas voor de helft met karnemelk en de andere helft met jus d'orange. En voilà, je hebt een karnejus en een blije gast.'

‘Ik ga het even vragen.’

‘Doe dat.’

De interviewster vroeg: ‘Ben jij altijd zo veeleisend?’

‘Dat valt toch best mee? Ik weet gewoon wat ik wil.’

‘Karnejus,’ zei ze, ‘nog nooit van gehoord.’

‘Neem een slokje zo. Het smaakt naar een Split-ijsje.’

‘Willen jullie ook nog wat lunchen?’

We bestelden broodjes. Daarna hadden we een redelijk goed gesprek over waarom ik precies schrijver wilde worden, wat ik wilde bereiken met mijn schrijven maar vooral wat ik van het integratieproces van Nederlandse Marokkanen in Nederland vond. Ze nam het netjes met een spraakrecorder op. En maakte zo nu en dan een slordige aantekening op een notitieblok.

Een uur later keek ze naar mijn kuif.

‘En waarom dat kapsel?’

‘Waarom niet?’

Ze lachte en zei: ‘Hoelang heb je het al zo?’

Ik zei: ‘Je stelt nu wel echt heel kritische vragen, hoor.’ Ik nam een slok van mijn tweede glas karnejus, lachte en zei een beetje beschroomd: ‘Sinds ik de kapper kan betalen en dus zelf beslis hoe mijn haar eruit mag zien, misschien?’

Ik verzonk in duizend lagen gedachten en stuitte op een herinnering.

Mijn moeder knipte meestal mijn haren. Maar op een dag kreeg ik vijf euro om me te laten knippen bij Kardeş, de Turkse kapper om de hoek van de Albert Cuypmarkt.

Toen ik thuiskwam, staarde mijn broer Omar mij aan, wees naar het golvende stukje haar op m’n voorhoofd en vroeg: ‘Wat is dat?’

Ik keek naar de immense stapel strips op de vensterbank en zei: ‘Kuifje.’

‘Afschuwelijk,’ zei hij en hij vervolgde: ‘Draai eens om.’

Ik draaide me om.

Hij schrok, greep mijn achterhoofd vast en draaide het hardhandig alle kanten op.

'Die Turk heeft je kapsel vanachter volledig verneukt! Je kan echt niet naar buiten zo. Iedereen op het plein gaat je uitlachen.'

Ik begon me heel stom te voelen terwijl ik zachtjes de achterkant van mijn kop bevoelde. Hij kwam even later mijn kamer binnen met zijn trimmer, vertelde dat ik mijn kleren uit moest doen en op de stoel moest plaatsnemen die hij midden in mijn kamer zette.

In mijn onderbroek ging ik op de koude stoel zitten.

'Even mooi maken.'

Het had iets heel fijns, geknipt worden. Het monotone, trillerige geluid was rustgevend. Vooral als je grote broer zich over je ontfermde om gênante vertoningen te voorkomen. Zorgvuldig schoor hij de oneffenheden weg.

'Kijk, dit ziet er al veel beter uit.'

Hij werkte zich netjes en neuriënd naar de zijkanten van mijn hoofd om het nog strakker te maken.

Op het moment dat de tondeuse ineens over mijn voorhoofd gleed, lachte hij wreed.

Mijn kuifje aaide kriebelend langs mijn gezicht. Als een vogelpluim viel het met een vertraagde val op de vloer.

Hij lachte, bleef lachen en zei: 'Sorry, sorry, ik schoot uit. Ik zweer het je, het ging echt per ongeluk.'

Het regende tranen op mijn kuifje.

'Niet echt een betekenis,' vertelde ik de journaliste die mij afwachtend aankeek. 'Ik hou nogal van avontuurtjes en was een fanatieke *Kuifje*-lezer.'

De serveerster kwam, vroeg verveeld of het gesmaakt had, we knikten, ze nam onze borden mee.

De journaliste zei: 'Je werd vergeleken met –'

'Ja, van alle schrijvers word ik, een Marokkaans-Nederlandse jongen van de straat, verdomme vergeleken met een schrijvende flikker. Kan je toch haast niet geloven?'

Ze lachte, liet de punt van haar pen langs een lijstje met sterretjes glijden en omcirkelde iets.

'Je ouders...' begon ze ineens.

'Wat is daarmee?'

'Die zijn analfabeet.'

'Naja, mijn vader leest wel Arabisch. Vloeiende overgang trouwens.'

'Hoe vind je het dat ze je boek niet kunnen lezen?'

'Niet leuk natuurlijk. Ik bedoel, als ik een kind had dat… Kunnen we het nu misschien over het boek hebben? Ik herinner me eigenlijk niet dat we het daar al over hebben gehad.'

'We hebben het over het boek.'

'Niet inhoudelijk.'

'Eerst je ouders.'

Ik schuifelde met mijn voeten onder de tafel. Legde mijn handen op mijn bovenbenen. Stak ze toen in mijn zakken. Daarna legde ik ze op tafel.

'Nee, eerst over het boek. Want daarom zitten we hier. Hoe vond je het trouwens?'

'Nou, vermakelijk.'

Ze bleef net een nanoseconde te lang stil.

Ik begon: 'Dat is een mooi begin.'

Ze beet op het dopje van haar pen terwijl ze nadenkend voor zich uit staarde.

'Heel beeldrijk, heel poëtisch ook.'

'Dankjewel.' Ik voelde dat er iets niet pluis was, dus vroeg ik: 'En het einde? Vond je dat wat?'

De geluiden om ons heen kregen de overhand: conversaties met zo nu en dan overdreven hard gelach, belletjes van de koks en Katy Perry's stem die uit de speakers in het plafond sputterde.

Ik vroeg: 'Nou?'

Ze zei: 'Ik was niet bij machte om het uit te kunnen lezen.'

'O. Niet bij machte om het uit te kunnen lezen? Dus jij wil een interview houden over mijn boek, vervolgens ben je wel bij machte om mij allemaal vragen te stellen die niet echt over het boek gaan en nu vertel je dus dat je het niet uit hebt gelezen?'

'Ik heb het wel gelezen, hoor. Genoeg om een solide basis te vormen voor dit gesprek.'

‘Een solide basis?’ Ik pakte een servetje, veegde mijn lachende mond schoon en gooide het op tafel. ‘Moet je eens horen. Je neemt mij niet serieus, dat is prima. Je neemt mijn boek niet serieus, dat is ook prima. Je neemt jezelf niet serieus en dat is óók fucking prima. Maar het ergste van alles is dat je je fucking vak niet serieus neemt. En als ik ergens een fucking teringhekel aan heb, is het aan die lui die fucking lui zijn en hun fucking vak niet fucking serieus nemen. Schrijf dat maar allemaal op in dat fucking kwaliteitsloze kutkrantje van je. Je bent de belichaming van menselijke mislukking. Gestolde schijt. En doe mij een fucking lol, trek die fucking belachelijke broek uit en koop een fucking nieuwe broek.’

Het viel mij nu pas op dat iedereen in het café was stilgevallen.

Verontschuldigend zei ik: ‘Excuseer mij voor mijn fucking vulgaire tafelmanieren.’

Meteen na het interview blies ik stoom af in het steriele sportschooltje van het hotel De L’Europe, samen met Mai. Hij was nieuwsgierig naar mijn trainingsschema. Ik beulde hem en mezelf compleet af – maar hij bleef verdomme het tempo bijhouden.

Tussen het optrekken door vroeg Mai: ‘Ging het interview trouwens goed?’

‘Ik – was – op – dreef.’

‘Gelukkig.’ Terwijl hij zijn schouders losgooide zei hij: ‘Je moet vooral heel sympathiek overkomen in zo’n grote krant.’

‘*I – know*.’ Ik maakte kreunend en steunend het setje af en sprong hijgend van de optrekstang. ‘Jij bent. Twintig loepzuivere herhalingen, Mai.’

Hij trok zijn lichte wenkbrauwen op.

Ik klapte in mijn handen en zei: ‘Tjop, tjop, naar het plafond met je kale kop.’

Rob, mijn sushibaas, zat in zijn overvolle kantoortje achter zijn computer bestellingen door te voeren op de website van versvishandel Jan van As terwijl er tabbladen openstonden met teksten als: '*Dirty negro sluts swallow big white dick*' en '*Cum covered black bitches with a big bubbly ass*'.

Hij dacht dat ik het niet zag.

Rob zei: 'Kijk eens wie we daar hebben. Onze BN'er!'

'Hou op, Rob.'

'Ik heb na de televisie-uitzending meteen vijftig boeken besteld. Ga ik een beetje rondstrooien hier.'

'Vijftig maar?'

'Heb je veel reacties gehad?'

'Teringveel.'

Rob zei een tikkeltje teleurgesteld: 'Ik weet waarvoor je komt.' Hij klikte met samengeknepen ogen snel alle tabbladen weg, dronk een slok van een flesje Iki-bier en vouwde zijn handen achter zijn nek. Hij keek naar wat ik in mijn handen had. 'Geef maar hier.'

Ik bedankte hem voor de afgelopen drie jaren terwijl ik hem een tas met mijn schorten overhandigde. Een gepubliceerd romancier hoort niet thuis tussen de sashimi en sojasauzen. Ik pakte mijn föhn, een potje L'Oréal-waxgel en een envelopje met fooi uit mijn kastje. Daarna pulkte ik een stickertje van de spiegel.

Er stond iets stoms op.

Mohamed, hup, weer aan het werk!

Linde, een helse collega, had dat er een tijdje geleden op geplakt.

'We gaan je missen, Mo.'

'Ik wilde dat ik dat over jullie kon zeggen.'

'Er is altijd plek voor je grote bek. Dus mocht het misgaan in de letteren… Je weet me te vinden, schrijvert.'

Toen hij dat zei overspoelde een overweldigend onzeker gevoel mij. Vanuit mijn buik verspreidde het zich naar mijn benen, voeten en tenen. Van mijn bovenlijf naar mijn armen, handen en vingers.

Ik balde mijn vuist.

Toen keek ik even in de spiegel en modelleerde mijn kuif. Eventjes schoot de wet van Murphy door mijn gedachten.

Alles wat mis kan gaan, gaat ook mis.

Maar snel verdrong ik die gevaarlijke gedachte en lachte.

'Dat waardeer ik. Maar ik zou er niet op rekenen, ouwe trektijger.'

'*That's the spirit*,' Rob stond op, '*fair enough*.'

We omhelsden elkaar.

Ergens voelde ik nu toch wat verdriet.

'Hoe zit het trouwens met je familie?'

Ik keek naar de neuzen van mijn Nikes.

'Radiostilte.'

'Waar woon je nu dan?'

Mijn broer woonde in een vierkamerappartement op de tweede verdieping naast de befaamde boksschool op de Albert Cuypmarkt.

In de gevangenis kwam hij naar eigen zeggen tot inkeer – pas toen hij vastzat, kwam hij erachter dat hij niet het juiste pad volgde. Tijdens een jarenlange gevangenisstraf voor een reeks gewapende overvallen besloot hij een carrièreswitch te maken. Voortaan zou hij zich verdiepen in het oppeppende superheldenpoeder. Zijn Surinaamse celgenoot Clyde, tevens ook stadgenoot, hoewel je je kon afvragen of de Bijlmer daadwerkelijk bij Amsterdam hoorde, vertelde hem tijdens de late avonduurtjes de voordelen van de drugshandel, als een mantra die op standje eeuwige herhaling stond. De minieme risico's van het vak. De flinke winsten. En vooral de duizelingwekkend eenvoudige distributie: een paar pikkies van de straat die per scooter- of fietsritje 10 procent van het afgesproken bedrag in hun rafelige zakken mochten steken.

Clyde zag in mijn broer een bekwame businesspartner met wie ze vanuit zijn appartement het spul met behulp van een paar 'betrouwbare bitches uit de Bijlmer' zouden distribueren. Twee meestal halfnaakte meisjes in minitopjes versneden, wogen en schoven het spul uiteindelijk zorgvuldig in mini-envelopjes. Het appartement lag strategisch gezien perfect. Voor de deur van de uitpuilende cafeetjes van het Gerard Douplein. Waar ze gemakkelijk de yuppen en toeristen bedienden van White Lady en hun tomeloze witte honger probeerden te stillen met pijlsnelle efficiëntie. Toeristen werden trouwens altijd genaaid. Ze kregen verpulverde paracetamol met een snufje lidocaïne, tandartsverdoving. Zij waren toch geen terugkerende klanten.

Van mijn broer kreeg ik een klein kamertje toebedeeld met uitzicht op een vistentje op de markt waar ze de ijsblokken, dozen en visresten na sluitingstijd op de weg dumpten – zelfs na mijn sushicarrière bleven de verdomde visgeuren me tot vervelens toe achtervolgen. Op de stoep keek een blauwe reiger bedrukt toe hoe de vuilnismannen slingerend van de vuilniswagen sprongen, die ronkend en schokkend tot stilstand kwam, waarna de vuilnismannen alle viskoppen, -vellen en -graten meedogenloos met zich meenamen.

Jaren geleden, ik was zestien, kwam ik precies hier voor de deur iemand tegen die bepalend was voor het schrijven van mijn roman. We wandelden elkaar tegemoet, onze blikken kruisten elkaar. Ik herkende de man, want de avond daarvoor zat hij bij *Pauw & Witteman*.

Ik sprak hem aan.

'Dag meneer, u zat toch gisteravond bij –'

'Dat klopt. Hoe vond je het?'

'U was erg geestig.'

'Nou,' – hij keek om zich heen, begroette een passant, de bruine aktetas ging van zijn ene naar de andere hand – 'ik heb het net teruggezien en vond het wel meevallen.'

We stonden bij een kraam waar een jongedame jongleerde met een paar sinaasappelen, die ze vervolgens doormidden sneed om ze te persen.

Hij vroeg mij iets waar ik nogal perplex van stond. De blanke man vroeg in vloeiend Arabisch of ik een glaasje sinaasappelsap lustte.

Ik vroeg hem waar hij dat in hemelsnaam had geleerd.

'Bent u een undercoveragent?'

'Nee.'

Ik keek vluchtig om mij heen, fluisterde: 'Een spion?'

'Nee, ik ben zeker niet van de *mukhabarat*. Ik heb wel eens met ze te maken gehad. Hardnekkige lui.'

‘Hoe dan?!’

Hij vertelde dat hij, toen hij een tijd lang NOS-verslaggever was geweest in het Midden-Oosten, werd gestalkt door de geheime diensten daar. Hij had er jarenlang gewoond. Hij was gespecialiseerd in de Arabische en islamitische wereld en afgestudeerd antropoloog.

‘Aha.’

We dronken een sapje, kletsten wat en bleken niet ver van elkaar te wonen. Hij had een boel boeken op zijn naam staan. Dus vertelde ik hem dat ik net was begonnen met het schrijven van brieven naar mijn broer in de gevangenis. Korte verhaaltjes. En gedichtjes.

Hij verslikte zich in zijn sapje. Hij pakte zijn kaartje uit zijn portemonnee, gaf het aan mij en zei: ‘Ik wil er alles over horen. Zullen we een keertje samen door de buurt struinen?’

‘Is goed.’

Hij vroeg: ‘Heb jij een kaartje voor mij?’

‘Ik ben zestien jaar, meneer.’

Op zijn kaartje stond: Joris Luyendijk.

Twee weken later spraken we af.

We vertelden elkaar verhalen terwijl we slenterden door het Sarphatipark en omliggende straten.

Daarna aten we bij hem thuis Yousef-dadels, ‘de lekkerste dadels ter wereld: romig, glanzend bruin, notig, zoet en boterzacht’, en droeg ik hem mijn brieven en andere teksten voor terwijl hij wegzonk in zijn bankstoel. In zijn woonkamer hing een serie van honderd jaar oude zwart-witfoto’s van Caïro, Marrakech, Algiers, Alexandrië, Tunis, Khartoum.

Die middag, na zeker een uur lang te hebben voorgedragen – ik had eindelijk een luisterend oor –, veerde hij op en vertelde: ‘Ik zal je aan mijn redactrice voorstellen.’ Die hij ook meteen opbelde.

Kwispelend als een hond zei ik: ‘Heel graag!’

Niet lang daarna had ik een afspraak met de redactrice bij uitgeverij Platform.

Ik draaide me zuchtend om in mijn nieuwe kamer, schopte mijn schoenen uit en ging even op bed liggen. De kamerdeur stond op een kier. Als een listige luistervink luisterde ik naar de schelle stem in de naastgelegen slaapkamer.

Een telefoongesprek.

De Surinamer sprak op stoere wijze: 'Brada, deze bandananeger heeft alles. Pillen, MDMA, 2C-B... Sowieso, je kent me toch... Dan waarom bel je me...? Hé, wis m'n *kaulo*-nummer nu... Denk je, ik ben een fucking kruidenier of zo...? Fuck you met je "op de pof", stomme teringhond!'

Iets knalde keihard tegen de muur, waardoor ik opschrok.

Clyde vroeg kalm: 'Bram, waar is die doos met nieuwe telefoons?'

Mijn broer riep vanuit de woonkamer waar de dames aan het werk waren: 'Onder het bed van Mohamed.'

'O, man,' fluisterde ik terwijl ik mijn kop zachtjes bonkte tegen de warme, witte wand, 'waar de fuck ben ik nou beland?'

Evelien appte.

'M'n liefde! Heb je het fijn bij je broer? Zal ik zo even langskomen?'

Ik antwoordde: 'Het is een bende hier. Ik ga zo al slapen.'

'Maakt mij toch niet uit! Als ik maar naast jou lig.'

'Ik kom morgen wel naar jou, oké?'

Ze had het berichtje bekeken maar antwoordde niet. Het liefst zat ik nu bij haar maar haar ouders waren weer thuis en ik wilde hun allesbehalve tot last zijn. Bovendien had een toekomstige advocate hier niets te zoeken. Als ze wist wat er hier gebeurde, zou ze me meteen aan mijn kuif wegsleuren.

Ze wist niet dat mijn broer weer, zoals hij dat laatst verwoordde, aan de 'creatieve kant' van de samenleving was beland. Evelien en ik vertelden elkaar alles.

Bijna alles.

Clyde kwam de kamer binnen terwijl hij met zijn goud beringde handen op de deur klopte. Op zijn middelvinger had hij een tattoo waarop RENT! stond.

Hij vroeg: '*Mi matti*, hoe is het, gappie?'

'Heel goed.'

'G, ik hoorde wat er was gebeurd met je ouders. Faya, shit.'

'Ach, ja. Fuck it.'

'Gaat goed komen, geen stress. Maar wat hoorde ik? Boys uit de buurt zoeken je?'

'Van wie hoorde je dat?'

'Zoiets ving ik op. Maar stress niet.' Hij zoog aan een e-sigaret, rook krulde langs zijn door steenpuisten geteisterde gezicht en toen tilde hij zijn trui op. Terwijl hij rook uit zijn neus blies, liet hij lachend een geribbelde kolf van een vuurwapen zien dat tussen zijn broeksband en Calvin Klein-boxershort in gestopt zat. 'Ik *spray* elke teringlijer die te dichtbij komt. Ik heb je *back*, kleine bro. Als je iets nodig hebt, *let a nigger know*.'

Ik zei: 'Sowieso.'

Hij tuurde schichtig uit het raam, pakte het pistool en legde het naast mijn MacBook op mijn bureau – nu pas zag ik dat het de 9mm van mijn broer was.

Toen bukte hij, haalde een Nike-doos onder het bed vandaan en zei: 'Welkom thuis.'

Ik was *artist in residence* in een fucking drugshuis.

Mai belde me terwijl ik in de keuken tussen de wit bepoederde elektronische Onyx-precisieweegschalen broodjes smeerde.

Ik nam op en zei met de opgewektheid van een belspelpresentator: 'Dít is de voicemail van Mohamed Zebbi. Ik kan nu even niet opnemen, laat alsjeblieft een berichtje achter –'

'Die kleine kut-Marokkaan neemt ook nooit op –'

'Hé, dat hoorde ik!'

'Ben je er?'

'Ja.'

'Heb je de krant al bekeken?'

'Ik lees geen kranten, Mai.'

'Je hebt de voorpagina op de zaterdag gehaald.'

'O, echt waar? Wat goed!'

'Nee, Mohamed.'

Het bleef lang stil.

Hij mompelde: 'Ik ben niet vaak woest maar dit, dit is onacceptabel gedrag.'

Ik hoorde dat er een krant op tafel werd gesmeten.

'Besef je wel dat dit het einde van je carrière kan betekenen?'

'Ik vloog een beetje uit de bocht, sorry.'

'Je kunt je dit soort ongelofelijke stommiteiten niet permitteren!'

Ik bleef eventjes stil.

'Hoor je mij?'

Ik zei: '*Loud and clear, my dear*.'

'Godverdomme!' blafte hij. 'Kom nu meteen naar de uitgeverij.'

'Maar het is weekend.'

'Ik fiets er nu heen.'

Hij hing op.

Ik stond met mijn Nikes op het gebarsten marmeren drempeltje voor zijn kantoor terwijl ik tegen de deurpost leunde. Het voelde heel gek om op zaterdag op de uitgeverij te zijn. Zelfs de lichtval leek anders.

'Mag ik binnenkomen, meester?'

'Ga zitten.'

De krant lag prominent op tafel. Op de schouw lag mijn boek tussen drie andere boeken. Mai zag dat ik trots lachte, hij pakte het en smeet het in de prullenbak.

'Hé!'

Hij maakte zich lang, stak zijn borstkas uit, wees met zijn kin naar mij en zei: 'Wat hé?'

'Dat is een fluim in het gezicht.'

'Hou je kop erbij, Mohamed. Je gaat ongetwijfeld door een heftige fase in je leven –'

'Valt reuze –'

'Laat me godverdomme uitpraten!' tierde hij.

Hij stond op, pakte zijn bretels beet en begon: 'Ik heb de afgelopen jaren alles voorbij zien komen. Geweldige talenten die op weg waren grote schrijvers te worden en die alles bezaten: charme, intelligentie en het talent om over alles mee te kunnen praten. Maar die van de ene op de andere dag klaar waren omdat ze een onvergeeflijke misstap maakten.'

Hij zette zijn bril op, sloeg de krant open en droeg voor: '"Wat begon als een inhoudelijk gesprek over de verschillen tussen de waardensystemen van de Nederlandse samenleving en Marokkaanse cultuur, ontaardde algauw in een afschuwelijke, mensonterende tirade."'

'Jezus fucking christus, mensonterend? Echt waar?'

Mai las het interview en keek zo nu en dan van de krant op om een passage voor te lezen: '"Je houdt nogal van avontuurtjes"? "Trek je fucking broek uit"? "Koop een fucking nieuwe broek"?'

Mai's hand gleed over zijn kale hoofd en moedeloos vroeg hij ineens: 'Wat is er mis met je?'

'Ze heeft mijn woorden volledig verdraaid. Ik zei: "Koop mijn fucking boek en lees mijn fucking boek uit."'

Hij ging door: 'Je noemde haar ook niet "de belichaming van menselijke mislukking"?'

'Ik zei heel duidelijk: "De belichaming van menselijke *verrukking.*" Niet mislukking. Stomme trut. Seksueel gefrustreerd én fucking doof ook nog. Misschien had ik in gebarentaal met haar moeten praten.'

'"Gestolde schijt"?'

'Als ik haar kort en bondig zou moeten beschrijven. Zo zag ze er wel uit, ja. Toegegeven, die kwam er niet zo soepel uit.'

'"Nul eerbied voor vrouwen, noch voor vaderlandse schrijvers. Gevraagd naar zijn schrijfhelden antwoordde hij: Reve, die schrijvende flikker."'

Lachend zei ik: 'Ho, ho, dat laatste zei ik niet op die manier.'

'O, nee?'

'Wát een fucking bitch.'

Mai sloeg de krant dicht.

'We moeten bedenken hoe we dit zo snel mogelijk weg kunnen moffelen. Iets radicaals.'

‘Zal ik anders een paar neven uit de Parijse banlieue naar de redactie sturen?’

‘Bijvoorbeeld.’

‘Mijn gemeende verontschuldigingen aanbieden?’

‘Dat is wel een goeie. Een mea culpa.’

Ik vroeg: ‘Wat de fuck is dat?’

‘Maak je een grap?’

‘Nee.’

Mai zei: ‘Ik weet dus nooit wanneer jij grapt of iets meent.’

Ik lachte voldaan: ‘Dat zegt Evelien ook altijd. Ik balanceer graag op de mooie, dunne lijn tussen realiteit en schijn.’

‘Tot je ervanaf flikkert en keihard op je muil terechtkomt.’

Hij pakte zijn iPad erbij.

‘Er zijn wel duizenden exemplaren bijbesteld door boekhandelaren, zie ik.’

Ik begreep niet wat hij bedoelde.

‘Wat zeg je?’

‘Controverse, knul. Dat verkoopt ook.’

‘Ga weg!’ Ik lachte en vervolgde: ‘Serieus?’

Hij knikte.

‘Dus eigenlijk... Waarom dit hele gesprek dan?’

‘Om je scherp te houden.’

‘O, man. Wat fucking geestig dit.’

‘Ik kan er niet om lachen.’

Hij schaarde zich achter zijn computer, typte steeds op het cijfergedeelte in de hoek van zijn toetsenbord.

Ik stond op, snelde naar hem toe en knuffelde hem.

‘Laat mij los, klein kind.’

‘Pas als je er een glimlachje uit perst.’

‘Laat nou los, Mohamed. Straks lopen we nog handel mis omdat ik jou hier loop op te voeden.’

Op het scherm vulde Mai allemaal tabelletjes in. Ik probeerde er een soort logica in te vinden, het te begrijpen maar hoe meer ik dat probeerde, hoe minder ik ervan snapte.

‘Wat ben je aan het doen?’

‘Kijken of er bijgedrukt moet worden.’

Ik liet hem meteen los, pakte mijn baby uit de prullenbak en veegde het omslag schoon. Toen legde ik het terug tussen de andere romans op de schouw. En schoot schaamteloos een serie schitterende selfies.

Mai staarde mij aan, schudde zijn kale kop terwijl hij misprijzend lachte.

Hij drukte heel hard op enter.

Toen strikte ik mijn veters, trok ze superstrak aan en tapdanste op de visgraatparketvloer.

‘Volgens mij weet ik wat dat betekent, Mai.’

‘Gefeliciteerd, Pavlov. Er komt een nieuwe druk aan.’

Ik zei: ‘Da’s toch niet slecht voor een kleine kut-Marokkaan?’

3de druk

Ik belde mijn ouders op hun mobieltjes. Meerdere keren. Niemand nam op. Ook probeerde ik mijn zus te bereiken, zij nam altijd binnen een seconde op omdat haar hand vastgelijmd zat aan haar mobieltje. Ze keek meestal de hele dag naar trouwjurken op de immens populaire Instagram-account Wedding Dress Lookbook. Maar ook zij nam niet op.

Wel werd ik gebeld door familieleden uit heel Europa van wie ik niet eens wist dat ze bestonden. Dat ze het vreselijk vonden wat ik had geflikt. Dat ik mijn boek ogenblikkelijk moest terugtrekken uit de boekhandels. En als ik dat niet zou doen, dan zou ik nooit meer welkom zijn in Osnabrück. Alsof ik van plan was überhaupt ooit naar fucking Osnabrück te gaan.

Bram klopte op mijn deur, kwam binnen en zei: 'Roomservice.'

Aan zijn vingers bungelde een tasje. Hij had Surinaams gehaald, legde de plastic bak met roti kip op mijn bureau en ging bij het raam zitten.

Bram had wel contact met mijn ouders, hij was vandaag bij ze langs geweest. Toen hij trouwens in de gevangenis zat, gingen mijn ouders iedere week bij hem op bezoek.

Hij vertelde iets waar ik nogal van schrok.

Familie, vrienden en kennissen van heinde en verre waren de afgelopen dagen langs mijn ouders gegaan om steun te betuigen. Alsof er godverdomme iemand was overleden! Mijn ouders waren compleet onthutst en overrompeld door de onophoudelijke stroom van mensen die kwamen aanbellen. Mijn vader en moeder betuigden hun allerdiepste spijt voor de ondraaglijke schande die hun zoon over hen, de familie en de gemeenschap had afgeroepen. Ze drukten iedereen op het hart dat ze zich schaamden dat ze het zover hadden laten komen en niet eerder hadden ingegrepen. Mijn moeder huilde terwijl haar vriendinnen haar lieflijk en tegelijk ook opgelucht troostten, omdat zij godzijdank niet degenen waren die in haar schoenen stonden. In de woonkamer leidde mijn vader de smeekbedes in waarin hij God en de mensen om zich heen om vergiffenis vroeg. Waarna de rest van het gezelschap ieder gebed beantwoordde met een kort en krachtig *amin*, terwijl ze de handen treurig voor zich uit staken en keurig naast elkaar legden als een opengeslagen boekje. Na de smeekbedes haalden ze gezamenlijk en gelijktijdig de handen langs het gezicht, kusten de palmen en sloegen hun handen dicht.

Yassin, een oude makker, appte mij dat zelfs de imam, die prekende pietlut, tijdens het vrijdagmiddaggebed in de Al Kabir-moskee aan de Weesperzijde de gebedsgangers vurig en vermanend toesprak vanaf zijn minbar, een gestoelte gemaakt van palmboomstammen uit Mekka, waarop hij zijn vrijdagse haatpreek afstak.

Meteen daarna belde hij me stiekem op, legde zijn telefoon op het gebedskleed zodat ik de uitzinnige uithalen van de voorganger kon aanhoren. Ieder woord werd gewichtig en geladen uitgesproken.

'We weten allen waar het pad van die verdwaalde jonge schrijver naartoe gaat leiden. Volg hem niet. Ik herhaal: volg die duivel niet.'

Daarna waarschuwde hij de ouders voor de gevaren van internet. Dat ze hun kinderen continu moesten controleren en zich met hand en tand moesten verzetten tegen de toenemende mate van toegankelijkheid tot de wereldse verleidingen. De kleine klootzak had het over de grote gevaren van de onzedelijkheid. Waarin je, als je even niet oplette en je niet richtte tot God en het gebed, met groot gemak zou worden meegesleurd, als door de onvoorspelbare onderstroom van een verraderlijke zee. Hij drukte de lieve mensen op het hart dat vlegels die verhalen verzonnen, uitbundig over ontoelaatbare praktijken schreven, een onmiddellijke, onherroepelijke uitbanning te wachten stond. Een leven vol wrok, ongeluk en pijn. En dat hun enige troost de hellevuren moesten zijn.

Ik rolde op mijn Vespa door de Van Woustraat op weg naar mijn allereerste lezing. De jongens bij de snackbar groette ik maar niemand groette terug. Sterker nog, toen ik voorbijreed, werd er gescholden.

'Vieze vuile verrader!', 'Vuile overloper!', 'Vuile kankerjood!'

Dus draaide ik met een uitmuntende U-bocht om, reed op ze af en stopte vlak voor de stoeprand.

'Wie zei wat?'

De jongens deden alsof ik er niet was. Smoezelden terwijl ze voor de deur van de snackbar stonden, als een roedel getemde straathonden. Sommigen staken hun kin diep weg in de gestolen met bont gevoerde Woolrich-jassen. Anderen snoven zo nu en dan luidruchtig omdat ze zich geen houding wisten te geven.

Op dat moment kwamen ineens drie jongens op mij af, twee daarvan pakten mijn armen stevig beet, Moesi haalde pijlsnel mijn scootersleutels uit het contact.

'*Scotoe, scotoe…*' waarschuwde Aziz.

Een politieauto naderde, parkeerde voor de bakkerij tegenover ons.

De jongens lieten me los, Moesi gooide mijn sleutels op de straatklinkers en zei: 'Pak ze van de grond, vuile hond.'

Toen ik ze pakte, gorgelde hij op dierlijke wijze en rochelde.

Ik voelde een fikse klodder op mijn achterhoofd.

Het speeksel liep langs mijn nek toen ik opstond – ik veegde het weg. Van pure onmacht moest ik lachen. Ik zei: 'Dat had je niet moeten doen.'

'Is gel, vriend. Geeft je haar glans.'

'Dat had je echt niet moeten doen, vriend.'

'Ik ben je vriend niet, vuile flikker. Niemand hier is je vriend. En ik doe met jou wat ik wil, vieze kankerverrader.'

We staarden elkaar aan.

Hij gaf me een onverwachtse, bliksemsnelle *bitch slap* – de ultieme vernedering.

De jongens die zich nu om me heen hadden verzameld om ons zoveel mogelijk uit het zicht van het blauw te onttrekken, lachten hilarisch hard bij het horen van de *patsh*. Ze sloegen zich op de dijen en hadden de lol van hun leven.

Mijn wang begon te gloeien.

Hij zei: 'Je hebt geluk vandaag.'

Ik zei: 'Ik zou maar altijd bij je flikkervriendjes blijven, Moesi. Want als ik je alleen pak, ga je zien wat ik met je knappe kop zal doen, fucking pussy.'

Terwijl de agenten uit de auto stapten en naar ons blikten, hielden de jongens zich met veel moeite in het gareel. Om en om vertelden ze verbeten: '*Wejo*, jij hebt echt geluk vandaag, vriend.' Anderen antwoordden: 'Hij heeft echt geluk vandaag.'

Ik was furieus. Wilde ze het liefst één voor één woest aanvliegen. Maar ik had geen andere keus dan de scooter te starten, om te keren en 'm te smeren.

Toen ik wegreed, stapten de agenten de bakkerij binnen.

De jongens schreeuwden: 'Ga, ga weg! Ga uit de buurt! Kanker op!'

Ze trapten mijn achterspatbord kapot.

Een uur later gaf ik mijn eerste lezing in een bibliotheek.

Drie keer raden welke?

Allah had humor.

Meer dan tweehonderd mensen waren afgekomen op 'hét literaire evenement van het jaar', zoals het op de poster op de zware, donkerblauwe deur met gifgroene accentjes stond aangegeven.

Vol vaart vertelde ik over het magische schrijfproces. Over mijn favoriete schrijvers en boeken. Het reilen en zeilen van het helse herschrijven. Daarna beantwoordde ik de vragen van de interviewer en het publiek. Het ging niet inhoudelijk over het boek maar vooral wat ik vond van de problematiek rond Marokkanen en moslims in Europa. Of ik even mijn licht daarop kon laten schijnen. En hoe we met zijn allen op de lange termijn die problematiek voorzichtig konden laten verdwijnen, alsof ik een fucking diplomaat was. Maar ik bleef aardig en beantwoordde breed grijnzend alle vragen. En eindigde de lezing met: 'Hierna signeer ik boeken, borsten én billen.'

Een mevrouw met een witte bos krullen kwam als eerste lachend op me afstormen. De jaren hadden de rimpels in haar gezicht scherp afgetekend. Het leek de Grand Canyon wel.

De bibliothecaresse begon: 'Zo hé, wat kan jij goed Nederlands, zeg!'

'Nou, u ook, mevrouw!'

'Ja, maar ik ben gewoon Nederlands.'

'O, wat toevallig. Ik ook.'

'Ja, nee. Natuurlijk. Ik heb on-ge-lofelijk genoten van je boek. Kan niet wachten op je tweede.'

'Zal denk ik nog veel herkenbaarder voor u zijn.'

'O ja?' Ze gaf mij een exemplaar van mijn boek. 'Dit is trouwens voor mijn kleindochter. Zou je een persoonlijk opdrachtje voor haar kunnen schrijven? Mirre heet ze. Ze is pas veertien en houdt heel erg van lezen.'

Ik sloeg het open, schreef in een keurig handschrift het meest inspirerende opdrachtje dat ik op dat ogenblik kon bedenken.

Lieve Mirre,
Wie kan lezen, hoeft zich nooit te vervelen.
Heel veel leesplezier.
Maar vergeet nooit: je oma is een racistisch kutwijf.
Liefs,
M.Z.

Genoegzaam sloeg ik het boek dicht, kuste het en gaf het glimlachend terug.

Ik zei: 'Pas lezen als u thuis bent, hoor. Andermans opdrachtjes stiekem lezen brengt namelijk ongeluk.'

'Zal ze heel leuk vinden.'

'Ongetwijfeld.'

De gebeurtenissen van de afgelopen week vraten aan me. Het kwam allemaal hard en snel achter elkaar binnen. Ik voelde een vurige behoefte om mijn pijlen op iets of iemand te richten. Ik wilde schade aanrichten. Een woest makende wraaklust maakte zich meester van mij. En die hevige hang, die eeuwige, soms heerlijke, maar meestal verschrikkelijke hang naar ontregeling borrelde weer op. Fysiek had ik me al vergolden. Ik had de dag na het spuugincident de sportschool ondersteboven gehaald. Als een woesteling tijgerde ik door de zaal tussen de sportende sukkels en had de ijzeren naar roest ruikende gewichten opgevreten alsof ik ijzertekort had.

Niet veel later ontving ik een mail van de bureauredactie van de uitgeverij.

Beste Mohamed,
Mooi nieuws!
Uw boek wordt weer herdrukt!
Indien u nog correcties hebt, ontvang ik deze graag.
Uiteraard ontvangt u t.z.t. een aantal exemplaren van ons.
Met vriendelijke groet,
Anna Tuitjer

4de druk

Ik had een flitsende fotoshoot voor 's lands meest gelezen tijdschrift. Een vijftien pagina's tellende fotoreportage plus een dubbelinterview met het mooiste model van het land in het decembernummer van de LINDA.

Saillant detail: er zaten foto's tussen van mijn blote billen terwijl ik nonchalant een kerstboom decoreerde – alles voor de literatuur.

Voor de deur van de studio stonden modieuze meisjes te roken. Binnen schudde ik de hand van de homotopstylist. De homotopfotograaf die speciaal was overgevlogen uit New York. De homoartdirector en de homodecorontwerper. En nog een hele hoop homoassistenten. Op een lange tafel lagen superhippe homohapjes. De stylist vertelde: 'Havermoutkoekjes met gojibessen, granenbiscuits gedoopt in biologische pure chocolade besprenkeld met chiazaad, nog meer gezonde dingetjes en verder hebben we sap. Heel veel flesjes vers sap.'

Even later moest ik plaatsnemen bij de homovisagist.

Maar hij keek naar mij in de spiegel met aan weerszijden felle lampen en zei: 'Ik ben hier kennelijk voor spek en bonen. Je huid is supergaaf. En je kuif trouwens ook.'

Ik vroeg: 'Weet je wat mijn geheim is?'

'Nou?'

Ik grapte: 'Na het sjorren spuit ik mijn gezicht onder en smeer het zachtjes wrijvend in.'

Hij zei: 'Doe het op mij!'

'Flikker op, jij. Smeerlap.'

Ik at wat terwijl ik werd aangekleed door de stylist. Hij hees mij in een nachtblauw kostuum, sloeg de kreukels van de pantalon weg en strikte zelfs de veters van mijn zwartgelakte Dolce & Gabbana-schoenen met een donkerblauwe fluwelen strik.

Ik zou best wel kunnen wennen aan dit leventje.

Toen kwam het model de ruimte binnen. De jongedame tilde haar jurk lichtjes op, liep op haar tenen terwijl ze nauwlettend keek waar ze liep en had een paar hoge hakken in haar handen.

We werden aan elkaar voorgesteld door de toegesnelde fotograaf.

'Gala, dit is Mohamed. Mohamed, Gala. Jullie zijn vandaag elkaars minnaars – denk erom, alleen vandaag. Dus snuffel maar vast een beetje aan elkaar. Lopen jullie ondertussen achter mij aan?'

We lachten terwijl we elkaar een hand gaven.

Ze zag eruit alsof ze net van de cover van *Vogue* was gestapt. Sterker nog, ze had al op heel wat covers geschitterd, had ik op haar Instagram gezien toen ik vanochtend aan het schijten was: *Elle*, *Harper's Bazaar*, *Glamour* – ik had niets geliket. Gala had trouwens meer dan 300.000 volgers. Zelf volgde ze maar 100 personen. Stuk voor stuk van die stomme stijliconen.

Ik wilde haar vragen of ze wist op wie ze leek, maar hield me gelukkig op tijd in. Het was natuurlijk allesbehalve origineel wat ik wilde uitkramen. Ze leek op Angelina Jolie. Maar dan de verjongde, veel betere versie. Haar volle lippen, egale huid en de fijne botstructuren in haar symmetrische gezicht – een feest voor iedere fotograaf.

Ze was, na Evelien, het mooiste meisje dat ik in mijn leven had gezien. Het leek alsof ze dwars door mij heen keek met haar grote grauwblauwe, betoverende ogen – de lijzige chick had wel een verdomd ijzige blik.

'Gala,' begon ik semibriljant, 'ben je vernoemd naar de muze van Dante?'

'Nee, dat is Beatrice.'

'O. Echt waar?'

'Je bent wel warm... Ik ben vernoemd naar de muze van –'

'Dalí! Die bedoelde ik ook! Ik haal die twee altijd door elkaar, Dalí en Dante.'

Ze klapte in haar handen terwijl ze eventjes met haar schoudertjes danste.

Ik begon: 'Wist je dat Dalí's grote held in zijn kinderjaren niet een schilder was, maar Napoleon? En dat hij met zijn Gala naar New York was gevlucht tijdens de Tweede Wereldoorlog om daar superveel toffe schilderijen te maken? En toen Amerikaanse journalisten hem vroegen waar hij zijn inspiratie vandaan haalde, wees de surrealistische schilder naar zijn maffe moustache en zei: "Het universum zendt voortdurend inspiratie uit en via mijn opgekrulde snorhaartjes pik ik die op."'

Gala lachte.

Terwijl we door allemaal verouderde bakstenen gangen vol verwarmingsbuizen richting de studio wandelden, vertelde ik vurig met mijn handen: 'Dalí heeft ook het felgekleurde logootje op het wikkeltje van Chupa Chups ontwikkeld.'

'Echt?'

'Wat ook geestig was, was zijn antwoord toen ze hem vroegen wat hij als eerste deed als hij 's morgens ontwaakte. "Wakker worden en tot mijn grote vreugde en verbazing beseffen dat ik toch echt Salvador Dalí ben." Heel heftig allemaal. Ik heb zijn boek gelezen dat de bescheiden titel *Mijn leven als genie* draagt. Dat je zo'n krankzinnig kunstenaarsleven leidt en dat best wel briljant beschrijft in je dagboekstukjes, prima. Maar je boek zo'n brutale, ronduit onbeschofte titel geven, getuigt echt van een enorme arrogantie die zijn weerga niet kent, vind je niet?'

'Nee.'

'O, oké.'

Ze zei op zwierige wijze: '*It's not bragging if you can back it up*.'

Ik lachte en zei: 'Man, ik krijg daar nogal de kriebels van. Maar goed. Sorry voor mijn gelul over die schilderende Spanjaard, hoor.'

'Hou op. Ik hóu hiervan. Een belezen jongeman. Tien van de

tien keer hoor ik dit soort betogen dus alleen maar van honderd jaar oude hoogleraren of vrienden van mijn ouders.'

'Ik heb wel wat gelezen, maar belezen klinkt meteen zo overdreven.'

'Niet zo bescheiden zijn, jij.'

We kwamen ondertussen aan in een opmerkelijk ingerichte studio: een Frans romantisch-klassieke woonkamer met in het midden een kerstboom waar handgeschreven briefjes in hingen. De ruimte leek op het bordeel aan het Sarphatipark. Ik voelde me al snel op mijn gemak – en werd zelfs een beetje geil. Voor de boom stond een Franse sofa van antiek mahoniehout met bloemrijke bekleding. Terwijl de fotograaf bezig was met zijn assistenten, wees hij ernaar en zei: 'Ik kom zo bij jullie. Ga maar alvast even casual chillen en probeer te wennen aan de setting.'

Lachend zei ik zachtjes: 'Casual chillen. Hoe doe je zoiets?'

Gala gleed rakelings met de rug van haar hand langs de mijne, liep op haar tenen achteruit naar de sofa en zei glimlachend: 'Kom, ik leer het je wel.'

Al snel lagen we voorzichtig om elkaar heen te draaien terwijl de fotograaf fanatiek om ons heen dartelde, ons instructies gaf en turend in zijn camera om de haverklap riep: 'Ja, ja, ja! Prachtig! Wát ontroerend! Díe blik ja! Hou die vast!'

Niet alleen het interieur wond mij op, ook nog iets anders: de ongelofelijke gedrevenheid van de fotograaf. Nooit eerder had ik zoiets gevoeld voor iemand die zo in flow was met wat hij deed. De man liep over van plezier, precisie en enthousiasme. Ik werd een beetje verliefd op hem. Gala merkte mijn bewondering op; het viel me op dat zij de omgeving nogal goed observerend opnam. Het leek alsof ze onder een heftige spanning stond.

Ze zei: 'Hij is de beste fotograaf *ever*. Ik voel me bij niemand anders zo op mijn gemak. We hebben samen al superveel mooie dingen gemaakt.'

Een Tarzan-achtige jongeman met een veel te strakke spijkerbroek, zwart versleten shirtje en zwartleren legerboots stond langs de kant met zijn armen stram over elkaar. Hij hield ons scherp in de gaten.

Ik vroeg Gala: 'Is dat je bodyguard?'

Ze schoot in de lach terwijl ze eventjes naar elkaar keken: 'Soort van. Dat is Jacques. Mijn vriendje.'

Terwijl ik strak in de lens van de foto schietende camera keek, riep ik: '*What's up*, Jacques!'

Hij zei: 'Yo.'

Ik vroeg: 'Zeg, je heet toch geen Cousteau van achteren?'

'Heel grappig,' zei hij.

'Heb je het een beetje naar je zin, jongen?'

Vanuit mijn ooghoek zag ik dat hij zijn gewicht van de ene voet naar de andere verplaatste, hij snoof kort en krachtig en zei zuchtend: 'Nogal.'

'Mooi. Ik ook.'

Ergens merkte ik op dat Gala ervan genoot.

De fotograaf riep: 'Begin maar een beetje echt aan elkaar te zitten.'

Ze pakte mijn hand vast – die van haar was nogal klam. De fotograaf complimenteerde haar ondertussen: 'Prachtig! Perfect dit, Gala. Pak de controle. Speel maar met hem.'

Ze vervolgde fluisterend en nonchalant poserend: 'Ik kan aan de groeven in je hand lezen wat voor persoon je bent.'

Haar benige vingers zinnenprikkelden over mijn hand. Ze wreef met haar duimpje in m'n handpalm.

Ik wilde eigenlijk vragen: 'Ja, maar kun je dat ook aan de hand van de aders van mijn pik aflezen?' maar vroeg in plaats daarvan: 'Leg je toevallig ook kaarten? Ik heb ook zo'n maffe tante in Marokko die iedereen voor de gek houdt.'

'Ik ben niet maf.'

'Bewijs het tegendeel maar.'

'Over maf gesproken… Jij bent Marokkaans, toch?'

Ze begon warm te draaien: bij iedere klik van de fotocamera veranderde ze compleet van mimiek en houding, alsof ze geteisterd werd door een onophoudelijke reeks gemoedsstemmingen. Ik verbleekte bij haar professionaliteit. Dus probeerde ik haar een beetje na te doen. En tegelijkertijd de hele tijd zo zwoel mogelijk te kijken. Onbeschaamd zette ik mijn James Dean-blik in.

'Mijn ouders zijn Marokkaans.'

'Dus jij ook.'

'Ik ben in de eerste plaats Amsterdammer.'

'Oké, Amsterdammer. Weet je waar ik al heel lang naartoe wil?'

'Vertel.'

Een vierkante waaier die vanaf de grond op ons gericht was, begon zachtjes te blazen. Gala's donkerblonde haren waaiden van de zijkanten op. Het viel me op dat ze geen oorbellen droeg – sterker nog, ze had niet eens gaatjes in haar oorlellen.

'Ik wil naar Marrakech.'

'Daar kom ik serieus net vandaan!'

'Ik wil daar het huis van Yves Saint Laurent bezoeken.'

De fotograaf gaf zijn assistente de opdracht om een andere lens te pakken terwijl hij de lens afschroefde zoals een huurmoordenaar een geluidsdemper van z'n pistool af draaide.

We vielen even uit onze rol.

'Ik vroeg me af, spreek je trouwens ook Marokkaans?'

'Vloeiend.'

'Ik kan daar namelijk wel een reisgids gebruiken.'

'Heb jij wel nodig daar. Denk dat je anders gauw zal verdwalen in die soeks.'

'Ik wil daar dus echt niet verdwalen.'

'Soms kan verdwalen met een vreemde in een onbekende stad best opwindend zijn.'

'Ik weet het.'

'Maar ik weet niet of je mijn tourgidstarieven aankan, Gala. Ben nogal prijzig.'

'Ik ook.'

'Is dat zo?'

'Ik verkoop mijn huid heel duur.'

De fotograaf had een andere lens op zijn camera gedraaid, vond die toch niet geschikt, kreeg een andere aangereikt, draaide die erop terwijl hij geïrriteerd naar de lichtassistente wees, die het aluminiumkleurige reflectiebord ietwat naar ons draaide en begon toen weer snel achter elkaar te schieten. ‘Gezichten geleidelijk naar elkaar toe bewegen. Omhels elkaar maar even.’

We volgden zijn advies op. Tot we ineens in een innige omhelzing stonden

Ik zei: ‘Even iets taaltechnisch… Is het je opgevallen dat al je zinnen met *ik* beginnen?’

‘Nee,’ begon ze boos. ‘Waarom zeg je zoiets? Wat wil je daarmee zeggen?’

‘Niets. Ik dacht: ík zeg het maar even.’

‘Wat kan mij dat nou schelen, sukkel?’

‘Ho, ho –’

Ze rukte zich van me los en zei fluisterend: ‘Je denkt echt dat je wat bent, hè? Met je arrogante kuthouding.’

‘Waar komt dit ineens vandaan?’

‘Zogenaamd geletterd. Laat me niet lachen, hoor.’

Als vanzelf probeerde ik haar hand weer vast te pakken, maar zij sloeg die weg.

De fotograaf zei: ‘Dít wil ik zien! Ga door met wat jullie aan het doen zijn!’

Ik zei zachtjes: ‘Niet zo doen. Staat je helemaal niet.’

‘Hou je smoel, sukkel.’ Ze keerde haar veel te slanke rug naar me toe, stak haar kin over haar ranke schouder en vertelde: ‘De enige reden waarom jouw boek succes heeft en jij nu het voorrecht hebt om naast míj te zitten, dat je überhaupt met míj gefotografeerd mag worden, is omdat het hele land versteld staat dat één of ander Marokkaantje van de straat twee volzinnen foutloos op kan schrijven. Dus krijg het niet hoog in je bol, flapdrol. Eendagsvlieg. En alsjeblieft, kap even met die belachelijke blik van je. Wie probeer je te zijn? James Dean?’

Terwijl de fotograaf snel en veel achter elkaar klikte, vertelde hij: ‘Dít wordt dus echt waanzinnig *epic*, jongens.’

Ik zei: ‘Zo. Dat is tenminste het meest inhoudelijke wat je vandaag hebt gezegd. Dat over Dean. Maar dankjewel voor het mededelen van je mededogen. En, en, en je eerste ik-loze zin!'

De fotograaf staakte het schieten, liet zijn fototoestel zakken en zei: 'Heerlijk, die furieuze, geplaagde, bijna verwoestende blik, Gala. En O-M-G, die geweldig gespeelde gedweeheid van jou, Mo. Mooi dat je de macht soms zo makkelijk opgeeft. Getuigt juist van enorme kracht. Prachtig spel. Om maar te zwijgen over hóe goed jullie bij elkaar passen –'

Hij keek naar Jacques, wees naar zijn camera en zei verontschuldigend: 'Op de foto's natuurlijk. Wat ik wil zeggen is... ehm... Wat wilde ik nou zeggen? O ja. Jullie zijn *natural born beauties*.'

Ik zei: 'Hoor je dat, Gala? Je bent een natural born beauty.'

Ze zei: 'Vertel me iets wat ik nog niet weet.'

'Je bent echt een schitterend secreet. Maar dat wist je vast ook al.'

De fotograaf overlegde met zijn assistenten vanuit welke hoeken hij nog meer kon klikken, decorontwerpers om ons heen leukten de boel op met tierelantijntjes en nepsneeuw, assistenten gaven ons glaasjes prikwater. Vlak voordat ik een slok nam, hief ik het glaasje en zei op uiterst vriendelijke wijze: 'Cheers, fucking bitch.'

Vanaf dat moment gaf ze mij een cold shoulder. We moesten ons daarna een keer of vier verkleden en werden steeds in andere settings gefotografeerd – één keer was ik helemaal naakt, met alleen zwarte sokken en nette lakschoenen aan. Tot Gala ineens met haar vingers knipte naar haar manager, die de hele dag naar zijn smartphone had gekeken en naar haar vriend, die nu op de grond zat en gebiologeerd naar zijn haarlokje staarde: 'Ik heb het gehad. Ik wil weg hier.'

Ik zei: 'Nou, hebben we toch iets gemeen.'

Het leven van een schrijver viel niet mee.

Hoewel.

Vijf dagen na verschijning van het tijdschrift ontving ik een mailtje van de uitgeverij.

Gefeliciteerd!
Je boek wordt weer herdrukt!
Indien je nog correcties hebt, ontvang ik deze graag.
Uiteraard ontvang je t.z.t. een aantal exemplaren van ons.
PS Lekker literair, die foto's in de LINDA.
Xx
Anna Tuitjer

5de druk

Ik hoorde van de receptioniste dat Mai zich suf lachte toen hij de glossy in zijn handen geduwd kreeg van de pr-dame – de medewerkers proestten het uit.

Hij ontbood mij weer op de uitgeverij en zei: 'Jij wil echt je carrière om zeep helpen, hè? Ik ga er niks meer van zeggen. Je doet maar waar je zin in hebt.'

Ik zei: 'Begint de dementie erin te sluipen? "Iedereen is een potentiële boekenkoper," *remember*?'

'Dat is waar.' Hij bladerde door het blad, bekeek iedere bladzijde met een bespottelijke blik. 'Doet me denken aan Mapplethorpe.'

'Meppel-wie?'

Hij schoof met zijn stoel van tafel: 'Vanochtend vroeg hiernaartoe gefietst, zie ik dat hoofd van jou met één of andere opgemaakte pop op iedere tramhalte staan. Met daaronder: DE LINDA.: HÉT CADEAU VOOR KERST!'

'Zichtbaarheid, Mai! Onconventionele marketing. Wat is er mis met beide kanten van het marktspectrum betreden en bespelen voor maximale boekverkoop?'

Hij keek op: 'Dus jij wil mij een lesje geven in marketing?'

'Helemaal niet. Ik wil alleen die oogklepjes van je er voorzichtig af peuteren.'

Hij stak lieflijk zijn middelvinger op.

'Ik geef mezelf meer bloot in mijn boek dan in dat blaadje.'

'Bewaar die onzin voor je volgende interview.'

'Ik meen het. Mijn schrijven is veel intiemer dan die naaktfoto's. Daarover gesproken, lezen is intiemer dan seks. Vind je niet?'

Mai zei: 'Dan heb je een belabberd seksleven, jochie.'

Hij schoof aan tafel, checkte zijn telefoon, beantwoordde wat WhatsApp-gesprekjes en zei ondertussen: 'We gaan volgende maand meteen even een literaire postercampagne lanceren.'

'Kijk, *now we're talking.*'

Hij keek even op van zijn telefoon, staarde naar mij alsof hij schrok van wat hij zojuist zei: 'Je weet het allemaal wel goed te spinnen, hè jochie? Moet ik nog iets weten? Je volgende stap op dit prachtige, literaire parcours van je?'

Ik blikte nadenkend naar het plafond.

Hij begon: 'Ben je toevallig al gevraagd voor de Toppers?'

'Kijk! Wat een briljante ingeving.'

'Laat ik mijn tailleur in Milaan meteen even zo'n opzichtig glimmend pakje voor je maken.'

'Hoe strakker, hoe beter. Nu we het toch over ordinair hebben... Kunnen we de show in dit pand geven? Een literair-muzikale cross-over!'

Mai pakte wat papieren van tafel, schikte ze door met de onderkant twee keer op de tafel te tikken, rolde ze op en sloeg mij ermee.

'Koopkrachtige lui, die LINDA.-lezers. We moeten weer vijfduizend units inzetten.'

6de druk

Het was niet de eerste keer dat het schrijven mij in de problemen bracht.

Een paar jaar geleden, toen ik nog op het gym zat, raakte een motoragent die me regelmatig aan de kant perste en mijn rijbewijs, scooter- en verzekeringspapieren controleerde, betrokken bij een dodelijk ongeval. Op de Beethovenstraat ging de motoragent met een hoge snelheid door rood, zonder sirenes, en schepte een vrouw op het zebrapad. Ze was een speeltje voor haar hond vergeten en ging dat even thuis ophalen terwijl haar kinderen en man haar opwachtten in het Beatrixpark.

Ik was op weg naar mijn wiskundebijles. Toevallig scooterde ik erlangs. Zij lag bewegingloos op de zwart-witte strepen, de agent was van slag en stond er in shock bij terwijl automobilisten uitstapten om hulp te bieden en voorbijgangers zich ophoopten.

Het dodelijke ongeluk werd breed uitgemeten in de pers. In alle gevallen van ongevallen waarbij dodelijke slachtoffers worden gemaakt, wordt degene die het veroorzaakt heeft meegenomen voor verhoor en blijft dan vastzitten tot de zaak volledig onderzocht is.

Maar de agent mocht meteen naar huis.

En dat vond ik opmerkelijk. Want als het een Henk of Ingrid was geweest die met een rotvaart door rood was gereden en een vrouw had doodgereden, dan had hij of zij minimaal twee weken vastgezeten.

Opgejut door Moesi en zijn kompanen schreef ik op het pleintje een brief waarin ik de agent bij naam en toenaam noemde en hem uitmaakte voor motortuig dat niet oppaste en mensenlevens in gevaar bracht. Een beetje op het randje, maar niet feitelijk onjuist.

Moesi jatte een pak enveloppen uit de HEMA. Youssef kocht een vel postzegels bij een sigarenboer. Achmeds broer was manager in de Albert Heijn en kopieerde de brief gratis en voor niets in honderdvoud. Die avond stuurden we de brieven op naar alle grote kranten, stopten ze bij mensen in de brievenbussen en prikten ze op De Drie Gebroeders.

Met als afzender: De Diamantbuurtbende.

De volgende dag brachten bevriende krantenbezorgers ons in feestelijke stemming de kranten; mijn episteltje stond in alle grote dagbladen. Cameraploegen in de buurt bevroegen passanten; die stelden ons unaniem in het gelijk. Schaarden zich achter mijn brief. En loofden onze manier van uiten.

Onze missie was geslaagd.

We hadden altijd al een appeltje met de autoriteiten te schillen. En vooral wanneer ze elkaar de hand boven het hoofd hielden – 'Het is immers Nederland, niet Sri Lanka,' schreef ik.

We kwamen op voor de burgerrechten.

We zuiverden de naam van de buurt – tijdelijk.

En iedereen in het land wist die dag dat wij bestonden.

Maar toen gebeurden er rare dingen.

Voor mijn deur postte een meneer met zwarte oortjes in, met een fiets tussen zijn benen. Tussen De Drie Gebroeders stond ook zo'n mannetje. Aan de rechterzijde van de straat stond er nog een persoon, half verscholen in een portiek – ze deden geen moeite om zich te verbergen, wilden duidelijk laten weten dat ze er waren.

Drie stillen schaduwden iedere beweging die ik maakte. Als ik 's ochtends vertrok naar het gym, fietsten ze mee. Tijdens schooltijd postten ze voor het gebouw op het schoolplein. Ging ik even de klas uit om te pissen, zag ik vier mannen met aktetassen in de hand die op dat moment de kamer van de rector binnenliepen – mijn ingebouwde jutenalarm ging af. Wanneer ik naar huis ging, gingen de fietsers gedwee mee. Als ik ging sporten of naar Evelien ging, vergezelden ze me weer.

Drie dagen lang.

De eerste twee dagen deed ik het in mijn broek. De derde dag bedacht ik een strategie – als ze me wilden aanhouden, hadden ze dat al wel gedaan. Dus bracht ik ze koekjes en gevulde dadels van mijn moeder. Twee agenten konden het lolletje wel waarderen en aten de lekkernijen lachend op, de andere deed alsof hij doofstom was en me niet begreep.

Ik vroeg hem: 'Moet ik het anders even uitschrijven voor je? Dat je het kan lezen. Ik schrijf graag. Kan je wel lezen?'

Schudde jammerlijk mijn hoofd. 'Er zit heus geen cyaankali in, smurf.' En werd overmoedig: 'Hoewel mijn pen wel verdomd giftig kan zijn.'

Terwijl ik meteen op mijn Vespa stapte, vertelde ik: '*Buckle up, boys*. Jullie hebben wat suikertjes binnengekregen, nu wil ik wel zien hoe snel jullie kunnen racen.'

Ik scheurde de Van Woustraat op, bij het stoplicht stopte ik keurig voor het rode licht. Moesi en de jongens bij de snackbar alarmeerden mij op onopvallende wijze in het Arabisch: 'De schaduwen schaduwen je', 'Gooi alle brieven, enveloppen en postzegels in je buddy weg', 'Vertel ze niks!'

Ik knipoogde.

De Rijnstraat in, richting de Utrechtsebrug. Afslag naar rechts, langs de eindeloze weilanden aan de Amstel, telkens achteromkijkend en eisend dat ze het tempo moesten bijhouden, de bloedhonden. Om ze bij Ouderkerk lachend op te wachten om vervolgens weer naar huis te keren.

De volgende dag werd ik gearresteerd.

Wegens smaad en laster. Het bezoedelen van de eer en naam van de motoragent. Die overigens Harry R. heette, zijn achternaam laat ik voor de goede orde achterwege.

Zoals in alle gangsterfilms en de meesterlijke misdaadboeken van Elmore Leonard, hield ik wijselijk mijn bek en verraadde niemand.

De politieagenten waren zover gegaan, dat ze, ik verzin dit niet, godverdomme naar het gym gingen om mijn proefwerken te confisqueren, die ze naar het laboratorium van het Nederlands Forensisch Instituut in Rijswijk stuurden, waar vervolgens door van die in het wit geklede wetenschappelijk onderzoekers vastgesteld kon worden of het handschrift van mijn proefwerken overeenkwam met dat van de handgeschreven brief.

Het kwam 99,94 procent overeen.

Toch zei ik nee.

'Ik heb gewoon een heel algemeen handschrift. Bovendien zegt die 0,06 procent toch dat het niet mijn handschrift is? Kijk, als het nou de volle 100 procent was geweest, ja, dan snap ik het natuurlijk ook wel. Maar ik, een brief schrijven? Man, ik weet niet eens of ik dat kan. Ik weet echt bij God niet waar jullie het over hebben.'

DNA-sporenonderzoek wees uit dat er geen sporen waren gevonden – godzijdank. Ze waren serieus met zo'n wattenstaafje over de brieven en enveloppen gegaan. In van die buisjes gestopt, waarmee ze altijd even wapperen en daarna in zo'n wonderlijke machine worden geschoven om even later te kunnen achterhalen of er een match is.

Een halfjaar na de politieverhoren moest ik voorkomen in de rechtbank aan de Parnassusweg – de meest helse plek op aarde, waar de onderlaag van de samenleving flink werd vertegenwoordigd. Sloebers, kruimeldieven en dronkaards. Iedere zitting vertelde ik plechtig als Reve: 'Op advies van mijn raadsman beroep ik mij op mijn zwijgrecht.'

'En waarom?' vroeg een rechter soms, om toch te kijken of ik niet even uit mijn rol zou stappen.

'Op advies van mijn raadsman beroep ik mij op mijn zwijgrecht.'

En wat deden rechters met jongens die Mohamed heten, niet mee wilden werken en hun vriendjes de hand boven het hoofd hielden?

Ongenadig hard straffen.

Ik kreeg een taakstraf van honderdvijftig uur en moest een schadevergoeding van tweeduizend euro betalen aan de agent. Terwijl de agent voor het dodelijke ongeval een werkstraf van honderdtwintig uur kreeg en een rijontzegging van een fucking jaar.

Mijn advocaat zei: 'Tjongejonge, die rechter zat niet goed in zijn vel. Moet ik je zijn naam doorspelen? Schrijven we hem samen kapot, die rottige racist.'

'Ik wil in hoger beroep.'

Anderhalf jaar later moest ik me melden in het Paleis van Justitie op nummer 436 van de Prinsengracht. Op de voorgevel van het enorme rijksmonument prijkte het wapen van Nederland, de kroon die aan weerszijden bewaakt wordt door twee leeuwen. Met daaronder de eeuwig terugkerende *Je maintiendrai*, wat de fuck dat ook moge betekenen.

De grote marmeren hal met de enorme trappen straalde vooral autoriteit uit. En daarmee diende je niet te fucken. Dat ademde het pand vooral: 'Fuck niet met ons, vriend.'

Ik moest al mijn spullen in bakjes leggen, door een metaaldetector lopen en werd nog even grondig gefouilleerd door de bewaker die van achter de stenen balie opstond.

Werd door hem naar de rechtszaal geleid. En daar voor de deur wachtte mijn advocaat mij op met een andere meneer: de man van de vrouw die op het zebrapad was overleden. Hij was gekomen om me een hart onder de riem te steken. Omdat hij vond dat ik geen straf verdiende. We schudden elkaar de hand. Hij wenste me veel sterkte, bedankte me voor het landelijke nieuws dat de zaak vanwege mijn brief had gekregen, gaf me zijn nummer voor het geval ik ooit iets nodig had en ging er weer vandoor.

Pas op dat moment realiseerde ik me wat ik had gedaan.

Ik vroeg hoelang we nog hadden voor de aanvang. Een halfuur, zei mijn advocaat. Vroeg hem om pen en papier en dook het toilet in om, tegen het advies van mijn lieve advocaat, mijn pleitrede te schrijven.

Tot ik hem twintig minuten later het pleidooi liet lezen, hij steeds harder knikte terwijl hij met zijn wijsvinger op het papiertje tikte: 'Ieder woord dat hierop staat, ga jij voordragen op het moment dat je binnenstapt. Eis op dat je meteen wil spreken. Dan kantel je het hele proces.'

In de rechtszaal vroeg ik of ik als eerste mocht spreken.

Dat mocht niet van de rechters.

'Jouw spreektijd is pas aan het einde.'

Ik wist dat alles om timing ging en dat alles daarvan afhing, dus drukte ik mijn zin door: 'Nee, mevrouw. Ik wil nu spreken. Of anders helemaal niet. Zeg het maar.'

Een stilte.

Een lange stilte.

Een goedkeurende stilte.

Voor de rechters, griffier en de officier van justitie las ik nerveus en stamelend mijn brief voor: 'Ik ga vandaag het zwijgen verbreken omdat ik vind dat stil zijn niet bij een schrijver past. Zwijgen is niet echt een mooie gewoonte. Zwijgen is namelijk voor sukkels.'

Ik vertelde dat ik drie dagen lang gevolgd werd door undercoveragenten, dat niet echt leuk vond en dat ik niet zou twijfelen de brief opnieuw te schrijven, omdat ik geleid en gestuwd werd door mijn gevoel voor rechtvaardigheid. Hoewel ik een beetje beïnvloed werd door mijn vrienden uit de buurt, wier namen ik niet zal noemen, zou ik nooit mijn betrokkenheid op hen afschuiven.

'Ik draag de volle verantwoordelijkheid voor ieder woord dat in de brief geschreven staat.'

Dat mijn grootste fout niet het schrijven van de brief was, de verspreiding ervan of de oproep tot ontslag van de agent, maar dat ik zijn naam had genoemd. Met de wetenschap van nu had ik dát achterwege gelaten. Maar aangezien hij de openbare orde diende en ook geen crimineel was, vond ik het noemen van zijn naam niet misdadig. Maar ik had het gewoon niet moeten doen. Het was niet chic.

Ik vertelde dat ik druk bezig was met het schrijven van mijn debuutroman. Dat ik daar al mijn vrije tijd in stopte. En dat ik geen tijd en al helemaal geen zin had om een taakstraf van honderdvijftig uur uit te voeren waar ik toch niets van zou leren. Dat ik liever die uren zou gebruiken om te schrijven. En de schadevergoeding van tweeduizend euro, tja, die betaalde ik dan wel van het voorschot als ik ooit een boekcontract aangeboden kreeg.

De officier van justitie noemde het betoog 'nobel', 'bijna poëtisch' en 'van een zeldzaam gehoorde of geziene oprechtheid'. Ze gaf toe dat ze zich hier niet op had voorbereid, terwijl ze naar een dik stapeltje papier voor haar neus keek. En liet het vonnis aan de rechters over.

De rechters keken mij lang aan, zich ongetwijfeld afvragend wat ze nou met zo'n schrijfgraag kutkind aan moesten.

Tot de middelste vroeg: 'En wat als het schrijven niet gaat lukken?'

'Lukt wel.'

Een andere rechter vroeg met de bezorgdheid van een moeder: 'Heb je helemaal geen plan B?'

'Nee.' Ik werd wat comfortabel en begon mijn gedachtegoed verder uit te diepen: 'Kijk, mevrouw. Het moment dat je een plan B hebt, boet plan A in aan slagkracht. De B in plan B staat voor "Bullshit".' Ik wilde bijna mijn vuist in de lucht steken en roepen: 'Fuck plan B!' maar ik hield me gelukkig in.

De rechters bleven naar me staren. Ik keek even naar mijn advocaat. Hij stak ongemerkt zijn duim op. De rechters keken elkaar kort aan. Overlegden met hun blikken. En velden het vonnis.

Ik kreeg een rechterlijk pardon.

Hoefde geen euro te betalen aan die schoft van een agent. Nul uur taakstraf. En ook niet onbelangrijk: ik had geen strafblad.

Het schrijven bracht mij in de problemen maar was tegelijkertijd ook mijn redding.

7de druk

Een paar maanden nadat mijn debuutroman was verschenen, bonsden er zes filmproducenten op de grote, massieve deur van de uitgeverij. Ze wilden de filmrechten van mijn geesteskind verwerven. Ik moest even een paar keer diep ademhalen. Niet één, niet twee, maar zes fucking filmproducenten! Sommige belden mij op en vroegen me om langs te komen op hun kantoor aan de Johannes Vermeerstraat. Twee filmproducenten namen mij mee uit eten, in het Amstel Hotel – die eerste gast was een lul, had het alleen maar over zichzelf en over het Gouden Kalf dat hij in '82 had gewonnen.

Ik zei, tussen het prutsen met zo'n minimesje in een oester door: 'Dat kalfje is inmiddels al een koe geworden.'

Hij zei: 'Ha, niet grappig.'

Vanaf dat moment kelderden het niveau en de gezelligheid. Vijf minuten later vroeg ik om de rekening. Toen de kelner kwam, schudde ik de producent de hand en zei: 'Het bonnetje is voor meneer.'

De andere filmproducent belde mij op: 'Jij hebt dat beeldige pareltje geschreven waar ik iedereen hartstochtelijk over vertel, dus kies maar waar we gaan dineren. Een toprestaurant naar jouw keuze.'

Toprestaurant sprak de filmproducent overdreven deftig uit, op zijn Frans, *restauràn*.

Hij vroeg: 'Zeg, jouw uitgeverij zit op de Herengracht, toch?'

'*Das stimmt*.'

'Spreek je ook Duits?'

'*Sehr sicher, mein Freund*. Ben me alvast aan het voorbereiden op een literaire invasie bij onze oosterburen.'

'Zijn er Duitse uitgevers geïnteresseerd?'

'Ja, man. Hoorde het vanochtend van mijn uitgever.'

'Te gek, man. Prima markt, meer dan 80 miljoen moffen.'

'Ja, las het. Als 10 procent daarvan mijn boek koopt...'

'Jij hebt er ook al last van, groots denken. Maar voordat je de Reichstag gaat binnenwalsen, moeten we eerst het volgende tackelen: waar zullen we dineren? Librije's Zusje?'

'Wiens zusje?'

'Dat zit in het Waldorf Astoria. Naast je uitgeverij. Ik hoor het al: we moeten je culinair opvoeden.'

Een week later zat ik met de filmproducent te dineren in het Palladium – Librije's Zusje zat vol. We zaten aan het raam. Ik keek uit op De Balie, de Apple Store en de Stadsschouwburg. En terwijl hij het ene pilsje na het andere bestelde, vertelde hij me uitvoerig over de karakterpersonages van mijn roman – hij kende ze beter dan ikzelf.

Op een gegeven ogenblik dwaalde ik af met mijn gedachten en keek naar buiten.

Twee Marokkaanse jongens liepen voorbij en één van hen keek nogal kwaad mijn kant uit. Hij stootte met zijn elleboog zijn vriend aan en wees naar mij.

Op dat moment stormde hij het drukke restaurant binnen, beende onze richting uit, ik balde mijn vuisten onder de tafel.

De jongen trok de leren handschoenen van zijn handen, stopte ze in de zakken van zijn jas en stak toen zijn hand uit.

De filmproducent schrok even op.

Met tranen in zijn ogen vertelde de jongen: 'Beste Mo, ik heb je boek gelezen...' hij lachte beschaamd, 'in de gevangenis. Ja, ik ben er niet trots op natuurlijk. We maken allemaal wel eens fouten, toch?'

Ik zei: 'Zeker.'

'Enige wat ik wil zeggen... Dankjewel. Echt, man. Echt bedankt.'

Ik gaf hem een hand, hij legde zijn andere hand eroverheen, bleef die lang vasthouden en schudden. Als twee staatshoofden die elkaar begroeten tijdens een persmoment.

Ik zei: 'Thanks, bro. Waardeer ik.'

'Het was net een film, man.'

Ik keek naar de filmproducent, hij lachte. De producent zei: 'De lik is wel een goede plek om je in alle stilte te focussen op een boek.'

De jongen antwoordde: 'Ja, man. Door het lezen vielen de muren weg, bestonden ze even niet. Hoor dit dan. Ik moest tijdens het lezen soms zo hard lachen dat mijn celgenoten gek werden en tegen de muren trapten omdat ik mijn bek moest houden. Soms kwamen de bewaarders op mijn celdeur beuken en dreigden die motherfuckers met iso.'

We lachten.

Hij liet mijn hand los, ik wreef die onder de tafel schoon aan mijn bovenbenen.

'Iedere dag mocht ik van mezelf één bladzijde lezen. Toen ik je boek uit had, ik weet niet hoe het kwam... maar ik was gewoon echt verdrietig, man.'

Hij pakte zijn handschoenen weer uit zijn zakken, stak zijn wijsvinger op naar zijn vriend die buiten stond en vermande zich.

De filmproducent vroeg: 'Hoe kwam je aan het boek?'

'Het lag gewoon in de recreatieruimte. Niemand wilde het lezen omdat ze zeiden dat er lijpe dingen in stonden. Maar ik zei: vriend, gaan jullie oordelen? We zitten in de gevangenis!'

De filmproducent zei: 'Geweldig, dit.'

Na het diner met de filmproducent koerste ik naar huis, langs de geparkeerde rij taxi's die reikte tot aan het Leidseplein. Van het Kleine-Gartmanplantsoen wandelde ik naar de Albert Cuyp. De stad gonsde als een bijenkorf: de overvolle trams denderden voorbij, fietsers rinkelden hun fietsbel stuk voor dove toeristen. Voor Paradiso stond een lange rij mensen gekleed als krakers. Ze leken zich niet te storen aan de kou. Een enkeling had zelfs alleen een T-shirt aan.

Ineens dacht ik aan mijn ouders. Wat zouden ze nu aan het doen zijn? Zouden ze op dit moment ook aan mij denken? Waarom was dit alles gebeurd? Waarom was ik de lul? Waarom begrepen ze mij godverdomme niet? Maar ik probeerde meteen weer aan iets anders te denken, want ik werd er nogal depressief van. Tijdens het etentje moest ik mezelf ook al een paar keer scherp houden omdat mijn gedachten naar hen afdwaalden. Om gek van te worden. Als het eenmaal begon, kwamen er honderden van die depressieve gedachten op me af, als een kogelregen die ik niet ontwijken kon.

Mijn broer en Clyde hielden een huisfeestje. Beter gezegd, Clyde hield een huisfeestje in mijn broers huis. Soms ergerde ik me mateloos aan de onderdanigheid van mijn broer tegenover die zwarte gek.

Jay-Z's '99 Problems' klonk keihard uit een licht stuiterende JBL Boombox op een tafeltje.

Meisjes met behoorlijk uitgesproken rondingen dansten in de woonkamer op de maat van de muziek terwijl ze lange halen van jointjes namen en die doorgaven. Bij het refrein van de rapper schreeuwden ze synchroon: '*I've got 99 problems but a bitch ain't one!*'

Clyde had een bandana achterstevoren op zijn kop geknoopt, ongetwijfeld afgekeken van Tupac. Hij zat op het aanrecht, een jonge vrouw stond tussen zijn benen en voerde hem steeds snoepjes. Met zijn ene hand zat hij aan haar kont terwijl hij zo nu en dan uit een fles Hennessy dronk.

Een zestal donkere jongens zat druk kletsend te kaarten en keten terwijl ze de hele tijd naar elkaar wezen en opzichtig met stapeltjes bankbiljetten op de tafel smeten.

Mijn broer lag op de bank. Een meisje met een diadeemvlecht zat op zijn schoot. 'Broertje! Hoe ging het gesprek met die filmgast?'

'Goed. Ik denk dat hij het wordt.'

'Mooi!'

Het meisje op zijn schoot was jong. Waarschijnlijk nog geen achttien – alles wat mijn broer deed, was immoreel. Voor zo'n jong grietje keek ze trouwens behoorlijk listig uit haar ogen.

Hij vroeg haar: 'Oké. Wie is knapper? Mijn broertje of ik?'

Ze bekeek ons om en om en zei met een heel verlegen stemmetje: 'Als ik het zeg, ga je boos op me worden.'

Hij duwde haar hard weg.

'Ga van mijn schoot af, bitch! Geen drugs meer voor jou. Ga maar naar hem toe!'

Ik liep lachend naar mijn kamertje. Deed de deur open en schrok van wat zich daar afspeelde. Ze werden belicht door het laptoplicht: twee donkere jongemannen waren op mijn bed bruut bezig een jongedame uit elkaar te scheuren. Wat mij opviel, waren niet de gore geuren in mijn kamertje, de luid gillende gangbangporno die op mijn MacBook opstond ter stimulering van de geslachtsdaad of het met striae gezweepte caramelkleurige lijf van de dame. Maar wat mij echt opviel, waren de kroezige borstharen van de twee mannen. Ik had nog nooit zoiets schattigs in mijn leven gezien.

Ze deelden gebroederlijk een flesje Heineken terwijl de ene jongen haar hard neukte en zij de andere pijpte. Hun lullen leken op augurken.

Eén van hen stak zijn hand naar mij op, als hoe je een vage kennis vriendelijk op straat zou begroeten.

Ze gingen ongestoord verder.

Het was alsof ik een romanscène van Robert Vuijsje was binnengestapt.

Ik deed de deur dicht, zakte door mijn knieën en ging op de donkere gang zitten.

De gedachte dat ik vannacht op dat bed moest slapen, deed me kokhalzen. Vol spermavlekken en het smerige slakkenvocht dat uit haar snee droop.

Salinger schoot door mijn hoofd. Ik zei de zin zachtjes zuchtend op: '*I just want to go home, man, wherever the fuck that is these days.*'

Evelien was uit eten met haar vriendinnen, ik wilde haar niet storen.

Ik was moe, gaapte diep en doezelde eventjes weg.

Geschreeuw.

Ik schrok op.

Ik sprong op.

In de woonkamer lag het jonge meisje schuimbekkend op de vloer.

Mijn broer stapte naar achteren, keek naar het gespartel op de grond en stak zijn handen in de lucht als bij een arrestatie.

Ik zei: 'Bel een fucking ambulance!'

Mijn broer zei: 'Nee, nee, nee, gek!'

Clyde riep: 'Mond-op-mondbeademing! Wie van jullie kan reanimeren?!'

Ik pakte mijn telefoon tevoorschijn, maar mijn broer pakte die snel af. 'Het huis is heet, het zit vol met shit. Je gaat niemand bellen.'

Hij knielde even bij haar, maar durfde haar heftig trillende lijf niet aan te raken en stond weer op. Iedereen stond haar maar een beetje beduusd te bekijken.

Eén van de kaartende jongens pakte zijn mobieltje tevoorschijn. Clyde trok zijn pistool, laadde het met zijn duimtop en richtte de loop op hem.

'Niemand belt scotoe.'

De jongen gooide paniekerig het mobieltje op tafel, alsof het witheet was: 'Ik wilde alleen googelen wat je in deze situatie moet doen, *nigger*!'

Ik kon het niet aanzien. Het arme meisje vertoonde stuiptrekkingen alsof ze elektriciteitsschokken toegediend kreeg.

Een vriendinnetje van het meisje huilde heel hard naast haar: 'Stormy, Stormy, hou op! Word wakker! Alsjeblieft!'

Iemand riep: 'Gooi water op haar!'

Ik kreeg een idee, pakte mijn telefoon af van mijn broer en zei: 'Ik bel Vinn.'

'Je belt niemand, zeg ik!' zei mijn broer agressief.

Clyde gaf mij een doodsblik.

Ik riep: 'Fuck you! Deze chick gaat fucking dood hier! Ik wil die shit niet op mijn geweten hebben! Vinn is een mattie van mij, hij is personal trainer en heeft zo'n fucking EHBO-cursus gedaan! Hij woont hier om de hoek.'

Mijn broer blikte naar Clyde, Clydes ogen schoten pijlsnel heen en weer.

Hij knikte.

Binnen twee minuten was Vinn er. Hij sprintte de trappen op. Ik wees hem de weg naar de woonkamer en liep meteen door naar mijn kamer, waar het drietal nog steeds nietsvermoedend bezig was – het rook serieus naar stront. De andere jongen werd nu gepijpt terwijl hij aan het appen was. Ik klapte agressief mijn laptop dicht, trok de oplader uit de stekker, stopte beide in mijn rugtas en deed die vluchtig om. Ik zette het raam open, keek of er iemand buiten liep, knoopte de vier vuilniszakken met al mijn kleren goed dicht. En gooide die één voor één op straat – ze ploften met een knal op de stoep.

Vinn had het meisje weer aan de praat gekregen, letterlijk: ze waren zachtjes met elkaar aan het praten, ze volgde zijn instructies op. Daarna nam ze voorzichtig nipjes van een flesje water terwijl Vinn met een theedoekje haar gezicht depte.

Clyde riep: 'Geef die bitch wat Hennessy!'

Mijn broer zei: 'Nee, xtc!'

Iedereen in de woonkamer lachte hard. Ik was opgelucht dat het meisje niks mankeerde. Ze keek alleen wat verdwaasd rond. Vinn hield haar polsen eventjes vast, liet ze los en knipoogde naar mij. Hij tilde haar met gemak op, legde haar op de bank en ging naast haar zitten.

Clyde zei zittend vanaf het aanrecht: 'Die bitch deed alsof.'

De kaartende jongens barstten in lachen uit.

'Aandachttrekkerij. Stomme ho. Nog een keer zo'n scène schoppen en we schoppen je deze *osso* uit, kleine bitch.'

Op dat moment zag ik dat het meisje een tattoo van een palmboompje op haar pols had.

Vinn aaide haar onderrug terwijl hij mij met een zekere afkeer vroeg: 'Wát de fuck doe jíj hier, bro?'

Om de boel luchtig te houden, zei ik wijzend: 'Mooie tattoo, lady. Als kind tekende ik op school heel vaak palmbomen in mijn schriftjes. Vraag me niet waarom.'

Mijn broer was ondertussen op een spiegeltje lijntjes aan het maken met zijn zorgpas voor een ander meisje dat ongeduldig stond te wachten. Clyde zette weer keihard de muziek aan.

Tupacs 'Wonda Why They Call U Bitch'.

Ik voegde me bij Vinn en het meisje met het diadeempje op de bank en vertelde: 'Ik was een keer met mijn vriendinnetje en schoonouders op vakantie in Kenia. Op safari en shit. We reden door al die gelige vlaktes. Op een gegeven moment reden we langs een berg met allemaal bomen. En tussen al die fucking bomen stond ineens een palmboom. Als enige. Dus ik vroeg mij af, hoe de fuck kwam die daar terecht? Die vraag houdt mij al jaren bezig. Wat denk jij?' Ik keek het meisje aan.

Ze staarde een tijdje voor zich uit, keek naar Vinn, toen naar mij en zei: 'Ik weet het niet.' Schouderophalend: 'Misschien had-ie gewoon zin om daar te groeien, toch?'

'Wat denk jij, Vinn?'

'Wil je het echt weten?'

'Ja.'

'Ik denk dat wij hier heel snel weg moeten gaan. Dat is wat ik denk.'

Voor de deur waren Roemenen mijn vuilniszakken aan het doorspitten. Eentje trok mijn trui aan, een andere bevoelde bedenkelijk met zijn vingertoppen het stof van een linnen overhemd, alsof de klootzak in een kledingzaak stond en twijfelde of hij het moest kopen.

Ik sprak ze op kalme wijze toe: 'You can keep those two things. If you touch my stuff again, I will bite both your fucking heads off like I'm eating a fucking wortel.'

Vinn bracht me met de auto naar Evelien. Onderweg belde ik haar op om te vragen of ik de komende tijd bij haar kon logeren.

'Babe... Tuurlijk!'

'Vinden je ouders het oké?'

'Waarom vraag je zoiets? Tuurlijk vinden ze het oké. Ze zijn nu naar één of ander huiskamerconcert, een cellorecital waar papa al weken over aan het lullen is. Maar ze komen er zo aan.'

Toen ik mijn spullen aan het uitladen was, kwam Evelien met de eeuwig blaffende Sammy naar buiten. Ik ging op één knie zitten, kuste en knuffelde het keffende mormeltje terwijl Vinn de vuilniszakken naar binnen bracht.

Eveliens ouders kwamen op dat moment thuis.

'Hoe was het?' vroeg ik.

Haar vader keek met een blik vol genot: 'Oorgastisch.'

Eveliens moeder zei: 'Zeg, niet zo overdrijven, jij. Dat meisje was wel goed, maar ik heb wel mooiere uitvoeringen gehoord, hoor.'

'Dat meisje was een kleine Mozart.'

'O, god. Daar gaat-ie weer.'

'Hoe ze dat ding bespeelde, man, alsof het instrument deel van haar was. In het begin kwamen haar knikkende knietjes wat onwennig tegen de klankkast, maar daarna herpakte ze zich op meesterlijke wijze.'

Haar moeder zei: 'Ik heb vooral naar de muziek geluisterd, Mohamed.'

Ze pakte Sammy op en voordat ze naar binnen ging, zei ze: 'Evelien belde ons net. Gezellig dat je bij ons blijft. Hebben Evelien en ik eindelijk een goede gesprekspartner tijdens het eten.'

Schoonvader vroeg terwijl hij een arm om me heen sloeg: 'Dus de aankomende tijd gaan wij het met zijn tweetjes opnemen tegen de meiden?'

'Die strijd verliezen we geheid.'

'We kunnen het altijd proberen. Kom binnen, het is stervenskoud buiten!'

Het was tegen middernacht. Evelien en ik lagen lekker in bed. Ze vertelde over haar dag, wat voor een prachtige paper ze geschreven had en ze vroeg wanneer ik die zou willen lezen.

'Snel.'

De schijnsels van voorbijrijdende autolampen trokken over het plafond. Een motor raasde voorbij. Een sirene van een ambulance stierf zachtjes weg.

Mijn vader en moeder hadden me opgebeld, eerst met hun eigen nummers en toen ik niet opnam probeerden ze het met een onbekend nummer. Toen ik hun stemmen hoorde, viel het leven even stil, alsof ze wisten dat ze de afgelopen dagen door mijn hoofd gespookt hadden.

Er was weer een lijn met de vrouw aan wie ik ooit verbonden was.

Ze smeekten me terug naar huis te komen. Ze hadden spijt van hoe het was gelopen. Elke zin sloten ze af met 'lieve zoon'. Twee woorden die ik ze nooit eerder had horen zeggen. Ik hoorde hun gesmeek aan, het enige wat die mensen echt goed konden. Ze smeekten God dag en nacht voor een mooi leven. Maar ze vergaten dat zij daar verantwoordelijk voor waren en niet één of ander fictief figuur in de hemelen. Die ingewortelde nederigheid, de slaafsheid in hun stemmen.

Ik luisterde naar ze tot ik er genoeg van kreeg.

Vlak voordat ik ophing, zei ik: 'Ik ben jullie zoon niet.'

Evelien vond dat ik ze een kans moest geven. 'Niet alleen om hen. Maar vooral ook voor jezelf.' Ik vond het nogal liefdevol dat ze voor mijn ouders opkwam, aangezien zij haar nooit hebben geaccepteerd. Evelien vertelde: 'Echt, babe, ze weten niet beter. Weet je wat ik zie? Ik zie nu alleen verliezers. En ik snap dat je boos bent. Je hebt daar volledig recht op. Maar denk erover na. Oké, liefje?'

Ik gleed met begerige handen over Eveliens naakte lijf. Een vingertop voorzichtig langs haar lippen. Maar er gebeurde iets wat me nog nooit eerder was overkomen.

Ik was sterk, gezond en drieëntwintig jaar oud. En mijn *dick and mind connection* haperde verdomme alsof ik in een fucking vervroegde midlifecrisis zat.

Mijn pik liet me hangen.

Normaal gesproken hoefde ik maar 'kut' te zeggen of aan Evelien te denken en hij wees de maan aan. Ik stond op, dook de badkamer in en deed de deur op slot. Voordat ik het wist, zat ik huilend op de pot.

Evelien klopte zachtjes op de deur.

'Liefje, doe open.'

Ik snikte nog harder.

'Nee, ga weg.'

'Liefje, doe open, please.'

'Ga gewoon slapen, oké? Laat me.'

'Hoe kan ik je nou laten?'

De vier vuilniszakken voor de deur, de kaars door de computer, het moment dat ik het huis uit werd geduwd.

Ik begon nog harder te huilen. Langgerekt geweeklaag gevolgd door een salvo snakkende ademteugen. Snotteren, de hele fucking mikmak.

Het deurslot schokte.

Evelien kreeg de deur open, het lemmet van het broodmes in haar hand blonk door het badkamerlicht. Ze kwam binnen en knielde naast mij neer. Haar hoofd kantelde, haar voorhoofd rimpelde van verdriet terwijl ze haar tranen in bedwang hield.

'Liefje,' zei ze terwijl ze me stevig vasthield. 'Alles komt goed.'

Een halfuur lang lagen we daar op de grond. Ik voelde me als Holden Caulfield in de beginscène van *De vanger in het graan*: emotioneel zwaargewond. Waarom de fuck ontleende ik mijn identiteit en gevoelens godverdomme aan fictieve personages en gebeurtenissen?

Evelien tilde mij op, alsof ik een patiënt was, sloeg haar arm om me heen en dirigeerde me naar bed. Toen we weer in bed lagen, bleef ze zeggen dat het allemaal goed zou komen.

Maar ik wist wel beter.

De volgende ochtend werd ik wakker met een opgeblazen kop, als van een kogelvis.

Het was stil in Eveliens huis. Ik had het rijk alleen. Zette mijn telefoon aan, dat kloteding stond roodgloeiend, ieder telefoongeluidje bezorgde me een fucking paniekaanval.

Ik werd overdonderd door een lawine van mails. Instanties, humanitaire organisaties, bedrijven, middelbare scholen en universiteiten. Allemaal wilden ze dat ik lezingen kwam geven over literatuur. Interviewverzoeken van kranten, tijdschriften en modebladen. Talkshows die me aan tafel wilden hebben om het over uiteenlopende onderwerpen te hebben: van het oprukkende jihadisme onder Marokkaanse moslimjongeren in Europa tot aan de liquidaties in de mocromaffia.

Ik zette mijn telefoon uit en liep naar de woonkamer om een boek te pakken. Toen ik voor de immense boekenkast stond, werd ik draaierig. Mijn wijsvinger gleed langs de kleurige ruggen. Maar het lukte niet.

Ik durfde geen boek meer aan te raken.

Ik zocht naar de afstandsbediening, vond die onder het bed en zette de televisie aan. Ik zapte en zag een nieuwsitem op AT5.

'Politie stuit op drugshuis na schietincident op de Albert Cuyp.'

Ik zat meteen recht overeind, sprong op de rand van het bed en deed het geluid wat harder.

Een journalist ter plaatse vertelde dat de politie op een woning gestuit was doordat buren de politie hadden gebeld nadat ze schoten hadden gehoord.

'Tijdens een huisfeest heeft gisteravond een tweeëndertigjarige man, waarschijnlijk onder invloed van alcohol of drugs of allebei' – de jonge journalist kuchte even en vervolgde – 'een andere persoon in zijn been geschoten. Omwonenden klaagden in eerste instantie over de luidruchtige muziek en hoorden daarna twee harde schoten en een heleboel gegil toen de huisfeestgangers naar buiten snelden.' Mensen liepen langs de journalist. Een marktkoopman op de achtergrond claimde zijn *one minute of fame*: hij was continu wild aan het zwaaien. De verslaggever ging verder: 'De politie stuitte op die manier op het drugshuis. Een grote hoeveelheid drugs en contant geld is in beslag genomen. Het slachtoffer en de dader zijn beiden gearresteerd. De politie roept aanwezigen of getuigen op zich zo snel mogelijk te melden. Of te bellen met de anonieme tiplijn, Meld Misdaad Anoniem.'

Op het moment dat ik al mijn moed verzameld had en mijn telefoon weer aanzette, bedacht ik dat het misschien niet zo'n goed idee was om mijn broer te bellen. Ik had geen zin om in het web van politie en justitie verstrikt te raken. En al helemaal niet nu mijn carrière als schrijver was begonnen.

Maar ik belde hem toch.

Het telefoonnummer was onbereikbaar.

Wekenlang verbleef ik bij Evelien terwijl zij overdag naar colleges ging in de Oudemanhuispoort, haar ouders naar hun werk vertrokken en ik literaire lezingen gaf op middelbare scholen en universiteiten.

Vanochtend mocht ik in de Oude Lutherse Kerk driehonderdvijftig decanen vertellen hoe zij studenten konden motiveren en inspireren – ik verzin dit niet. Een meneer van Athenaeum Boekhandel verkocht stapels van mijn boek bij de uitgang. Na tien minuten was hij volledig uitverkocht. Hij had 'ruimschoots ingeschat' en er maar honderd meegenomen. Ik zei: 'Honderd? Maar je wist toch dat er meer dan driehonderd man zou komen?'

'Normaliter verkopen we dan tussen de twintig en vijftig exemplaren.'

Ik heb zo'n schijthekel aan mensen die het woordje 'normaliter' gebruiken. Mensen die dat woord gebruiken deugen niet.

Ik zei: 'Maar niet als ik een lezing geef, lieverd. Nu lopen we handel mis, man. Sterker nog, ik heb ze horen zeggen dat ze het via jullie grote vriend Bol.com gaan bestellen nu.'

Bij het noemen van de webwinkel kreeg de man zowat een hartverzakking. Ik werd ineens kwaad om zijn nalatigheid.

'Nee, maar even serieus. Dit is mijn brood, meneer. Kijk, u hebt het allemaal al gezien. Over tien jaar bent u dood. Ik moet het leven allemaal nog meemaken. Ik moet straks hiervan leven! Er een huis van kopen. En dat gaat niet als u dit soort miscalculaties maakt. Kom op! Blijf scherp. Blijf gretig. Elk fucking boek telt.'

Het enige wat hij deed, was verschrikt met zijn ogen knipperen terwijl hij iets wilde zeggen wat er maar niet uit kwam, als een vastgelopen plaat.

Dus deed ik zijn spastische trekjes na: 'K-k-kun je wel zo krampachtig doen met je kop. Maar daar verdienen we niets mee.'

Ik liep boos weg.

Hoewel ik overdag het spel aardig wist te spelen, de gevierde schrijver kon uithangen, zalen kon vermaken en braaf boeken signeerde, werd ik 's nachts geteisterd door nachtmerries. Vuur was een veelvoorkomend thema.

Eén droom kwam vaak voor. Met twee jerrycans gevuld met benzine sloop ik midden in de nacht het huis van mijn ouders binnen, goot die leeg op het rood geweven tapijt, dat de vloeistof gulzig opzoog tot er plasjes werden gevormd. Met mijn grote teen streek ik erlangs, als een luciferkop op een strijkvlak. Het begon te fikken. Vlammen, als klauterende handen uit de onderwereld, klommen op de muren, langs het schilderij met de vergulde opengeslagen koran, naar het zwartgeblakerde plafond. Een rollend wolkendekje van asgrijze rook. Het behang bolde op, als de buiken van hoogzwangere vrouwen. Krakend pleisterwerk, de muren die de draagkracht niet meer aankonden door de hitte. Op het moment dat ik weg wilde, versmolten mijn voeten met de vloer en kon ik geen kant meer op.

Ik, Mohamed, de stichter van de hel.

Dan schrok ik 's nachts wakker, gloeiend als een kachel. Zocht Eveliens hand, pakte die vast en vroeg haar, heftig hijgend, tussen de afzwakkende angstaanvallen door: 'Laat je me nooit in de steek? Alsjeblieft?'

'Tuurlijk niet. Nooit.'

'Beloof het me.'
'Ik beloof het.'
We kropen dicht tegen elkaar aan en tuimelden weer in slaap.

Hoewel ik er altijd sceptisch over was, ging het samenwonen best goed. Evelien en ik hadden eigenlijk nog nooit zo veel tijd samen doorgebracht, behalve op vakanties. We douchten en ontbeten samen, doken in bad 's avonds voor het slapen – zeepten elkaars lijven in, knepen elkaars puistjes uit. Eén avond, toen we te veel wijn hadden gedronken, schoren we onder water elkaars schaamhaar in de vorm van elkaars voorletters – het werd een enorm bloedbad.

Ik was meestal eerder thuis dan zij, dus verwelkomden Sammy en ik haar met likjes en kusjes. Iedere keer als ik haar zag, ontstak ze een vurige vreugde in me.

We dineerden bijna iedere avond met z'n vieren terwijl ik Sammy stiekem onder de tafel vetstukjes voerde. Ik dekte de tafel. Eveliens moeder stak de kaarsen aan. Evelien pakte de flessen wijn uit het honingraatwijnrek. Haar vader kwam met zijn schort voor aangelopen, pruttelende pannen in zijn handen.

Hij vertelde dat hij ons nog nooit zo happy had gezien, waarna Evelien en ik elkaar glunderend van trots kusten.

'We zijn ongelofelijk trots op jullie,' vertelde haar mama terwijl ze het eten opschepte.

Waarna haar vader begon: 'Zeg, wanneer gaan jullie ons een mooi kleinkind schenken?'

Zes ogen op mij gericht.

'Ja, Mohamed, wanneer gaan wij dat doen?' vroeg Evelien.

Haar moeder zei: 'Ja, wanneer gaan jullie ons grootouders maken?'

Ik aaide Sammy.

Ik dacht: wanneer mijn pik weer eens een keer naar behoren werkt. Maar ik zei lachend: 'Wanneer het zover is, toch?'

Haar vader zei: 'Neem de tijd,' en schepte sappige rundervinken met groente voor iedereen op. 'Jullie zijn nog zo jong.'

Haar moeder zei: 'Precies, neem de tijd. Maar laat ons niet te lang wachten, hoor. Hooguit een jaar. Of twee jaar. Zien jullie het al voor je? Die spelende kleinkindertjes in de tuin in Frankrijk? Op het schommeltje en zo? O, ik word daar zo vrolijk van.'

Ze deed zich voor als een kindje dat aan het trappelen was.

Evelien borduurde voort op mama's mijmeringen: 'Ja, in zo'n schattig klein plastic zwembadje. Of dan zijn Mo en ik rijk genoeg om een echt groot zwembad te laten bouwen.'

'Met een duikplank,' voegde haar vader toe terwijl hij met een pollepel naar Evelien wees.

Evelien zei: 'Met een duikplank voor papa,' en vervolgde terwijl ze d'r lange haren naar achteren sloeg en met haar kin op haar hand steunde: 'Lange tafels met lekker eten, stinkkaasjes, lekkere wijn. Het heerlijke leven vieren! En iedere avond sluiten we af met klassieke films die we met een beamer op een groot wit laken in de tuin projecteren terwijl iedereen lekker half in slaap aan het soezen is. Hoe vind je dat dan, babe?'

Ik zei: 'Heel beeldend.'

'Alleen dat?'

Ik vroeg: 'Wat moet ik anders zeggen? Je beschrijft het best beeldend. Ik zie het voor me.'

'Ja? Gaan we vanavond eraan werken dan?'

'Waaraan?' vroeg ik terwijl ik Eveliens blik ontweek.

'Baby's maken.'

Toen had ik het helemaal gehad. Aangezien zij bleven doorzagen, zei ik schaamteloos: 'Ja, dat zou ik wel willen, maar mijn pik doet het niet.'

Op dat moment sneed haar vader een stuk af van zijn rundervink. Prikte er met zijn vork in en at het fronsend op.

Evelien begon te lachen om mijn gedurfde opmerking, waarna zij haar ouders toevertrouwde: 'Maar meestal doet-ie het heel goed, hoor.'

Haar mama zei: 'O,' en vroeg aan haar vader: 'Jij hebt ergens nog van die pillen liggen, toch?'

'Welke pillen?!' vroeg hij verontwaardigd.

'Die je een tijdje geleden gebruikte, toen het ook niet lukte, met die Chinese extracten.'

'Chinese extracten? Waar héb je het over? Aah,' begon hij, 'je bedoelt de Chinese thee?'

'Nee,' zei ze, 'die pillen voor je pieleman!'

We kwamen niet meer bij van het lachen.

Na het eten waste ik de borden af terwijl Evelien ze afdroogde. Ik zette koffie voor iedereen terwijl Evelien en haar moeder op het balkon een sigaretje rookten. Daarna hielp ik Evelien door haar tentamens te overhoren tot 's avonds laat, om tegen twaalven de hond uit te laten omdat niemand meer zin had dat te doen.

Amsterdamse avondwandelingen.

Langs de Amstel, over de bakstenen bruggen, voorbij de Amstelsluizen naar een grasveldje aan de Achtergracht waar Sammy neuzig hondenkontjes besnuffelde. Als het beest scheet, keek het altijd even beschaamd of ik meekeek.

Laatst vroeg een vent vermanend of ik 'die keuteltjes even keurig in een zakje kon stoppen'.

Ik antwoordde op z'n Amsterdams: 'Als jij nou eerst effe laat zien hoe dat moet, ouwe pannenlikker. Lul-de-behanger. Houd je klep, man, klaploper. Keuteltjes, denk je het is een geit of zo? Of wilde je ze toevallig opeten? Zeg dat dan gewoon. Smerige strontvreter. Dat zou ik dus ook doen als ik jou was, gewoon doorlopen, ouwe droplul.'

Sammy begon te blaffen.

Toen riep de man: 'Ik wilde je boek nog kopen, maar dat ga ik dus mooi niet meer doen.'

Die kwam even binnen.

Pijlsnel riep ik: 'Welk boek, pik?! Waar heb je het over, pikketrekker?' en toen hij de hoek om liep, kon ik het niet laten: 'Dan koop je het toch niet, tyfushond!'

Keek naar Sammy: 'Sorry, zo bedoelde ik het niet.'

Op een avond liep ik langs de keuken en hoorde ik Eveliens ouders fluisteren.

Als ouders fluisteren, wist je altijd dat er iets aan de hand was.

Evelien was naar een klasje bodypump op de sportschool. Ze kon ieder ogenblik thuiskomen. Haar vader klopte ineens op de deur en kwam binnen.

'Dag Mohamed.'

'Hé.'

Ik zat op de bureaustoel naar muziek te luisteren terwijl ik palmbomen tekende op een notitieblaadje. Hij keek naar het onopgemaakte bed, de borden met etensresten op de tafel met daarnaast de stapel bijbeldikke studieboeken van zijn dochter.

'Willemijn en ik vinden het hartstikke fijn dat je er bent. Maar we hebben een punt van zorg.'

'O.'

'Om maar meteen met de deur in huis te vallen: wordt het niet eens tijd dat je iets voor jezelf gaat zoeken?'

Die vraag overviel me. Had ik niet zien aankomen. Bracht me in verwarring.

'Ja, naja, nog niet echt over nagedacht eigenlijk.'

'Oké. Dat kun je vanaf nu dus doen. Een klein kamertje ergens? Want zoals je weet heeft Evelien het de aankomende tijd heel pittig met haar tentamens.'

'Ik overhoor haar ook iedere dag.'

Hij lachte, stak zijn handen in zijn broekzakken en zei schouderophalend: 'Nou ja, ik weet niet of je dat overhoren kunt noemen. Ik hoor jullie vooral discussiëren over allemaal randzaken.'

'Randzaken? Waar heb je het over?'

'YouTube-filmpjes die jullie aan het bekijken zijn.'

'Ja, over O.J. Simpsons rechtszaak en Rodney Kings gewelddadige arrestatie en wat dat teweeg heeft gebracht in de media. Dat was mooi in lijn met wat zij –'

'Kijk,' onderbrak hij mij, 'ik wil helemaal niet de schoonvader uithangen. Jullie moeten jullie eigen verantwoordelijkheid nemen. Dat geldt net zo goed voor ons. Jouw carrière heeft natuurlijk een droomstart beleefd. Die van Evelien moet nog beginnen.'

'Oké.'

'En aangezien wij toch een beetje bezorgd zijn en Evelien nog bij ons thuis woont, moeten we wel de ideale omstandigheden voor haar creëren om nu even flink gas te geven met leren. Dus misschien is het beter als je even zou kunnen kijken of je ergens –'

'Duidelijk. Komt helemaal goed.'

'Mooi. Dat wilde ik even kwijt.'

'Oké. Ik ben ook heel blij dat ik hier in de tussentijd kon blijven.'

Terwijl hij op de gang liep naar de trap, vroeg hij: 'Zeg, zou je Sammy zo nog even kunnen uitlaten?'

Dat was de laatste keer dat ik de hond uitliet.

Ik deed de deur open, liet Sammy binnen en draaide me om.

De Amstel was bijna dichtgevroren: een harde oostenwind blies de ijsschotsen, die op gebroken glasplaten leken, over elkaar heen.

Voor de deur belde ik Mai op, legde hem de situatie uit en vroeg of hij een woning voor mij kon regelen.

'Ik ga voor je kijken.' Toen zei hij: 'Hé, overnacht anders in het muziekkapelletje in het Vondelpark.'

'Het fucking vriest, Mai, het is geen zomer.'

Hij zei: 'Dat is in ieder geval karaktervormend. Word je hard van.'

'Jij met je karaktervormend de hele tijd. Ben je een fucking legergeneraal?'

'Ja, van een legertje slappe schrijvers. Enfin –'

'Hé, hoe zit het met de uitbetaling van de royalty's?'

Een taxi reed hard over de weg, de banden gleden over de smurrie donkerkleurige sneeuw.

'Dat duurt nog even. Ben je al door je voorschot heen?'

Ik zweeg.

'Ik maak wel een paar mille over.'

'Hoeft niet. Ik wacht gewoon netjes op mijn duiten.'

'Prima. Mocht je iets nodig hebben, dan bel je me maar.'

'Komt goed.'

'En knul,' zei Mai voor het eerst met een nog niet eerder gehoorde tederheid in zijn stem, 'niet zo hard voor jezelf zijn.'

Ik zei: 'Dat is niet karaktervormend. Slaap lekker, Mai.'

'Slaap lekker, jongen.'

Hij had makkelijk praten vanuit zijn villa in Baarn. Ik zag hem in mijn gedachten voor me: telefonerend in zijn kamerjas van zijde terwijl hij uitkeek over zijn sfeervol verlichte tuin met fontein.

The fucking king of Dutch publishing.

Ik wist bij God niet wat ik moest doen.

Diep ongelukkig dwaalde ik door de stad.

Langs de drukke tentjes van het Rembrandtplein, waar de behendige barjongens cocktails stonden te maken terwijl ze druk gebarend met elkaar praatten.

Langs de eeuwig hooghoudende voetballer op het Leidseplein die nonchalant voorbijgangers een panna gaf. Liggend op de grond de bal met zijn schoenzolen likte. Opstond en als een slingeraapje de lantaarnpalen beklom terwijl hij de bal op ieder lichaamsdeel liet stuiteren, alsof ze magnetisch tot elkaar waren aangetrokken.

Ik wist wat hij met het geld deed dat hij van jubelende toeschouwers kreeg.

Een keer passeerde hij mij in het bordeel aan het Sarphatipark. De wangen rood aangelopen, net zoals nu.

De vuile hoerenloper.

Langs de Weteringschans.

Ik versnelde het looptempo naar het Weteringplantsoen, waar ik vroeger eens in het jaar beboterde poffertjes met poedersuiker at in het pannenkoekenhuis in het carrousel. Om daarna in de oudste speeltuin van Nederland te spelen, die zich daarachter bevond. Langs de bruine kroegen waar dronken opa's iedere avond sterke verhalen over vroeger oprakelden. Wat een geweldige stad Amsterdam in de jaren zeventig was, voordat de verschrikkelijke vertrutting erin sloop. Toen je je voor een knaak kon laten aftrekken op de Wallen. Toen een biertje een kwartje kostte. En als je ruzie kreeg met iemand, je elkaar opzocht in een nabijgelegen steegje om elkaar op de bek te rossen, om elkaar later op de avond de hand te schudden, te trakteren op biertjes en uiteindelijk gearmd en zingend stomdronken naar de Wallen slofte voor een hartstochtelijke, troostrijke pijpbeurt.

Ik liep langzaam langs de plek waar Freddy Heineken werd ontvoerd door Amsterdamse straatschoffies.

Over het Frederiksplein, waar 's zomers de hele dag door de fontein klaterde, de door zonlicht gekleurde gordijnnevels streken neer op het vluchtige verkeer.

Een vonkenregen op de weg: lassers met maskers waren bezig de tramrails te onderhouden. Een geconcentreerd geknetter vulde de straat, drong mijn gehoorgangen in.

Aan de voet van de feestelijk verlichte Utrechtsestraat – Willem Frederik Hermans die in gedachten tegen mij praat – zag ik iets in mijn ooghoek.

Drie grote posters op een elektriciteitshuisje waar mijn lachende rotkop op prijkte. Waarop mijn boek, dat godverdomme was afgeprijsd, groots gepromoot werd. Met daaronder klein gedrukte quotes. Ik kreeg het er benauwd van, begon ineens heftig te zweten en mijn hart klopte razendsnel.

Ik hield een taxi aan.

'Waar gaat de reis heen, meneer?'

Ik zei: 'Weg van hier. Richting… Spui.'

Stak mijn hoofd uit het raam terwijl ik mijn ogen dichtdeed. Rode flitsen achter mijn oogleden door de straatverlichting, onderbroken als vuurtorenlicht. De frisse windvlagen boden verkoeling. Ik ademde de ijskoude Amsterdamse lucht diep in – voelde de priemende ogen van de taxichauffeur via de achteruitkijkspiegel.

Ik rekende gedachteloos af, stapte uit en vervolgde mijn route naar nergens.

Slenterend door de Spuistraat over de met kinderkopjes betegelde grond. De schichtige junkies die keel krabbend gejatte fietsen aan me probeerden te verkopen. Ik snauwde ze af, verjoeg ze grommend alsof ik een roofdier was.

Ze liepen scheldend met hun handelswaar weg, keken zo nu en

dan achterom en zeiden: 'Die gast is helemaal lijp, man.'

Athenaeum Boekhandel had een etalage vol met mijn boeken staan, vergezeld van krantenkoppen en groot gedrukte leuzen als 'De nieuwe literaire voorhoede'. Ik voelde me misselijk worden. Daarna liep ik langs de grachtenpanden op het Singel, de Herengracht, Keizersgracht, Prinsengracht. Over de lege Leidsestraat terug. Ik had zin in iets zoets. Bij een kraam op het Koningsplein die de hele nacht open was, kocht ik een Snickers en een flesje spa rood. Ik liep de aangrenzende gracht op. Bekeek de prachtige panden waar het binnen warm, fijn en gemoedelijk was. De ruime woonkamers met hoge plafonds. Een verzameling kussens op de vensterbank bij de ramen. Overal zachtkleurige, ongetwijfeld milieubewuste lampen die de hele nacht brandden zodat voorbijgangers kwijlend konden kijken hoe mooi zij woonden.

Wie woonden hier?

Bijna wilde ik aanbellen om te vragen of ze misschien een kamertje hadden waar ik tijdelijk in kon zitten. Schrijven en slapen. Vooral slapen. En het liefst nooit meer wakker worden.

Ik rustte even op de ijskoude treden van een statige trapportiek die door een sierlijke gevellamp werd beschenen. Ik dronk mijn flesje water leeg, deed alsof ik er woonde maar zag er waarschijnlijk uit als een grote puber die aan het indrinken was.

Langzaam liep ik naar de waterkant, maakte mijn gulp open en trok het treurige mannetje eruit. Apathisch keek ik naar mijn verschrompelde piemel in mijn hand.

'Je staat al een tijdje offline, pik. Hoezo laat je mij zo keihard in de steek?'

Ik plaste tussen wat waggelende bootjes in het water, dampwolkjes stegen op als watergeestjes. Midden in de nacht weerspiegelde de glazige gracht de koopmanshuizen in al hun pracht.

Ik gaapte lang en diep. Keek naar mijn telefoon. Zeven oproepen gemist van Evelien. Ik druppelde af, stopte het merguezworstje weg en kreeg een heldhaftig idee.

Schatte snel de afstand in, zette een paar stappen naar achteren, rende en sprong op een bootje. Water en stukken ijs klotsten tegen de kant, voorzichtig haalde ik het zeil eraf. Ik ging even zitten. Keek op naar de Amsterdamse nachthemel, het was gitzwart. Geen ster te zien. Jezus, wat hield ik van deze stad maar wat verachtte ik mezelf.

Gewelddadig gepiep vanuit de voorkant van de boot. Twee ruziënde ratten verschenen uit het donker. Eén rat dook het water in toen ik van schrik opsprong. De andere rat leek voor niemand bang: hij bekeek mij terwijl hij nibbelde aan zijn staart die hij in zijn klauwtjes vasthield. Sporen van een straatgevecht: zijn flink gehavende oortjes, zegetekens die hij eervol droeg. Waarschijnlijk van een rivaliserende rat, die zich in zijn territorium begaf en die hij ongetwijfeld driftig bijtend verslagen had.

Ik bekeek het beest. Hoe zijn ogen, als inktzwarte speldenknopjes, schitterinkjes vertoonden. Hij was even groot als Sammy. Misschien wel groter. Tot hij zijn natte neusje in de lucht stak, snel snoof alsof hij een spoor oppikte en de gore gracht in dook.

Ik lag languit op versleten, muffe bootkussens – ze roken naar zolder.

Het gemoed werd gegeseld, vlagen van vragen.

Waarom in jezusnaam had ik dat boek geschreven? Waarom had ik al mijn gedachten gegeven aan een volstrekt onbekende lezer? Mensen die ik nog nooit gezien of gesproken had? Waarom wilde ik ze ergens op de velden van de verbeelding treffen? Lastigvallen met het enorme breisel van gedachtestromen?

Was het dit waard?

Ik lag alleen in de goot te rotten tussen de ratten.

Mijn broers voorspelling kwam uit.

Ik huilde en besloot: vanaf vandaag zou ik nooit meer afhankelijk zijn van iemand.

Vanaf vandaag zou ik alles uit mijn leven halen zoals ik dat niet eerder gedaan had.

Vanaf vandaag zou ik door roeien en ruiten gaan, godverdomme. En de allerbeste jonge schrijver van het land worden. Dwars door alle conventies heen. Dwars door iedereen heen die mij op welke manier dan ook dwarszat.

Er is maar één weg: volle kracht voorwaarts, verdomme.

Maar vooralsnog lag ik langs de gracht. Met mijn kont op de kapotte planken op de vloer. Ik sukkelde in slaap, laag in een smerige sloep, terwijl mijn boek hoog in de bestsellerlijsten stond.

Twee agenten stonden langs de kant, riepen dat ik wakker moest worden. Eén agent gooide een steentje dat op de ijzeren reling van de boot tikte.

Een ijsblauwe hemel. De veelvormige daken die als puzzelstukken aan de zijkanten van mijn blikveld lagen. De voorgevels van de huizen leken verguld door de opkomende zon.

Ik zei: 'Goeiesmorgens, heren.' Stond op, bewaarde mijn balans op het bootje en vroeg: 'Waar is mijn ontbijtje?'

'We hebben zat bevroren broodjes met kaas op het bureau. Ga je mee?'

'Wat een mooie ochtend in Mokum. Nee, dank je. Die broodjes ken ik, uit een ver verleden.'

'O ja?' vroeg de andere, wat jongere agent. Gretiger dan zijn oudere collega die zich op de achtergrond hield en duidelijk veel meer had gezien en meegemaakt. 'Ben je al eerder met ons in aanraking gekomen?'

Ik keek hem gapend aan: 'Als puber werd ik iedere week wel door één van jullie gezellige collega's van de straat geplukt. Negen van de tien keer voor iets wat ik niet gedaan had. Ik matchte op wonderbaarlijke wijze altijd met de verdachte.'

'Mag ik je ID zien?'

'Ja, hoor.'

Haalde eerst mijn handen door mijn haren. Modelleerde mijn warrige kuif puur op intuïtie. En doorzocht mijn zakken.

'Hé, was jij laatst niet op tv?' vroeg de andere agent ineens.

'Dat hoor ik wel vaker. Het is vast iemand die op mij lijkt. We lijken trouwens allemaal op elkaar.'

Hij wees naar mijn haren terwijl ik mijn ID in mijn zakken zocht.

'Je zou zweren dat jij dat was. Aan tafel bij die twee. Mijn vrouw heeft meteen zijn boek gekocht.'

De jonge agent vroeg uit geveinsde interesse aan zijn superieur: 'Waar ging het over? Wat was het onderwerp?'

'Een jonge Marokkaan die een boek had geschreven en daarna het huis uit werd gegooid door zijn strenggelovige ouders, omdat hij homo was of zo.'

'Ik ben geen homo, vriend.'

De oudere agent zei: 'Jij bent hem wel, hè? Die schrijver, zie je wel!'

Ik zei: 'Schitterend speurwerk. Heb je wel eens overwogen om agent te worden?'

We lachten, behalve de aspirant, die nu ongeduldig en geïrriteerd naar mijn ID vroeg.

'Ik vrees dat ik die thuis ben vergeten...'

'Dan moet je helaas mee.'

De andere agent vroeg vaderlijk: 'Waarom lag je te slapen in die sloep?'

'Gewoon. Wilde even voelen hoe zoiets was.'

Ik trok het zeil over de boot, sprong aan land en schudde de agent de hand.

Terwijl ik naar de politieauto staarde, vroeg ik: 'Welk bureau gaan we heen? Marnixstraat? Mogen de sirenes aan?'

Hij pakte zijn telefoon uit zijn zak, gaf die aan zijn zure collega, sloeg zijn arm om me heen en zei: 'Schiet eens een mooi plaatje van ons. Evaatje gaat dit geweldig vinden.'

'Wacht even,' zei ik.

Ik zette twee stappen opzij, nu stond het hoofd van de gereedstaande agent voor de zon en kon ik normaal kijken.

Ik wees glimlachend naar de agent, zo van: 'He's the man.'

Daarna bedankte hij mij, pakte zijn pen en bonnenboekje tevoorschijn, keerde het op de rug, fluisterde met zijn gebarsten lippen terwijl hij naar voren stapte: 'Zou je alsjeblieft iets vunzigs voor haar kunnen opschrijven?' De receptioniste van de uitgeverij fietste op dat moment toevallig voorbij.

Ze stopte, trok een wenkbrauw op en zei: 'Gaat het goed hier?'

Ik zei: 'Even een bonnetje uitschrijven. Deze twee hebben zich schuldig gemaakt aan landloperij.'

Daarna sprong ik achterop bij haar. Ze fietste fanatiek de bruggen op – ik hield haar heerlijke heupen vast.

Ze zei: 'Ik dacht net aan je.'

'Jij ook al?'

'Jij bent de eerste die ik moest mailen, sukkel.'

'Wat lief van je. Maar ik heb liever geen fanmail, schat.'

Ze zei: 'Er komt weer een nieuwe druk aan.'

'Alwéér? Ik ben inmiddels de tel kwijt. Hoeveelste druk deze keer?'

10de druk

We waren verdomme al bij de tiende druk beland. Vanwege de lezingen, optredens en honderden mails had ik heel wat dingen over het hoofd gezien. Bovendien kon ik mij moeilijk concentreren: ik had de laatste tijd last van een knallende koppijn die vanuit mijn schouders naar mijn nek opliep tot aan mijn kruin. Hels bonkende pijnen, alsof mijn kop geraakt werd door een meteorietenregen.

Ik wachtte Mai op in de hal. Pas toen vielen mij de grote foto's op van kleine jongetjes en meisjes op het strand. Een drietal meisjes met sproetjes, hun teentjes wroetend in het zand, de Noordzee op de achtergrond. De strakke badkleding gekkig geplooid bij hun kruisjes, aanzichten die pedofielen tot absolute gekte zouden drijven.

Mai kwam binnen, kreeg wat brieven van de receptioniste aangereikt en kwam erbij staan.

'Prachtig, hè?'

'Wie de fuck zijn deze kindjes?'

'Strandportretten van Rineke Dijkstra. Internationaal vermaarde fotografe. Vijftig mille. Per stuk. En ze worden met de dag meer waard.'

Verbouwereerd telde ik op de gang de grote portretten. Zeker een stuk of acht. Ik zei zacht: 'Ik heb het verkeerde beroep gekozen.'

In een rap tempo liep hij naar zijn kantoor.

'Jij kiest je beroep niet, het kiest jou. Kom je even een theetje drinken? We hebben iets belangrijks te bespreken.'

Ik overtuigde Mai ervan dat ik die nacht in het muziekkapelletje had geslapen. Niet op een matrasje zoals slappelingen dat deden, maar gewoon bikkelhard op de hardhouten vloer. Hij lachte zich suf. We hadden het over de verkoopcijfers, hoe de afgelopen tijd iedere vorm van publiciteit toch ervoor zorgde dat de boekverkoop toenam. Dat ik moest doorgaan met 'de onconventionele stijl van aanpak', dat ik die lijn moest doortrekken maar wel weer in de pen moest gaan klimmen.

Mai vond dat het de hoogste tijd was voor een nieuw boek.

Hij kwam terug uit het keukentje met twee glazen en een pot thee.

'Ik ben nog aan het bijkomen van alles, man.'

Ik wreef de slaap uit mijn ogen.

Hij zette twee glazen thee op tafel, gember met citroen, ik dronk wat.

'Bijkomen? Je bent in de twintig. Ga even een weekje op vakantie. En kom terug.'

'Ik dacht meer aan een fucking jaar.'

'Dan zijn je lezers je alweer vergeten. Vergeet niet hoe snel dat gaat. En vooral nu met alle technologie die al hun aandacht opvreet. Voor je het weet, staat er een nieuwe Mohamed op. Een broer of een neef die ineens denkt, dat kan ik ook. De concurrentie is moordend, jongen. Mensen gunnen je het licht in de ogen niet. Dat ga je nog allemaal ondervinden de komende tijd.'

'Oké.'

Mai zei: 'Dat meen ik. Soms zie ik je met een kinderlijke blik naar de wereld kijken en denk ik, die jongen moet nog wat goeie dreunen op zijn bek krijgen. Je ziet er trouwens beroerd uit. En je stinkt uit je bek.'

Hij pakte uit zijn la een rol KING-pepermunt, rolde die over de tafel naar mij.

'Oké, jongen. Zoals ik voorspeld had, gaat vandaag de tiende druk in. Eerder dan ik verwacht had, moet ik je eerlijk toegeven.'

Ik maakte de rol open, kauwde de pepermunt kapot en stopte de rest in mijn zak. Hij nam een slok van zijn thee. 'Tweede boek, Mohamed. Je vertelde dat je grote schrijfambities had. Dan moeten we nu meteen doorpakken.'

'Ik heb niet eens een fucking huis waar ik kan schrijven.'

'Ik heb al wat mensen gebeld die erachteraan gaan voor je.'

'Thanks, laat ze een beetje voortmaken.'

Mai zei: 'Hoor eens. Vooruit, ga twee weken met vakantie. Ik geef je een flink zakcentje mee. Rust lekker uit. Doe wat jongens van jouw leeftijd doen. Ga uit, ga comazuipen in Thailand, neuk een beetje rond. En in de tussentijd stuur je mij van die verschrikkelijke selfies zodat er tijdens zo'n saaie boekpresentatie vol stoffige skeletten wat te lachen valt. Kom dan terug. En stop al je energie in een nieuw boek.'

Een droge mond. Hoge hartslag. Tintelingen in mijn lijf. Prikken in mijn lippen. Een nieuw boek.

Kan ik het nog wel?

Ik vertelde Mai: 'Ik ga erover nadenken.'

Hij knikte met zijn kale kop.

'Doe dat, knul. Maar niet te lang. Je hebt schrijvers en je hebt mensen die wel eens schrijven. Welke van de twee ben jij?'

Op de majestueuze façade van de Stadsschouwburg stond in sierletters: HET BOEKENBAL.

De rij was gigantisch. Langs de rode loper stond het vol met cameraploegen en journalisten met microfoons. Schrijvers, dichters en boekhandelaren stonden zenuwachtig en uitgelaten met elkaar te praten.

Evelien frommelde aan mijn fluwelen strikje, gleed toen met haar hand over mijn licht bebaarde gelaat en zei: 'Ons eerste Boekenbal, babe.'

Ik pakte Eveliens hand stevig vast, liep meteen door naar de rode loper – soms moet een man leiden.

Op het moment dat we glimlachend van ondeugd de eerste stap zetten op de rode loper, zag ik iemand van wie ik woedend werd.

Evelien zag hem ook.

Ze zei: 'Babe, knijp mijn hand niet zo fijn.'

'Sorry.'

'Babe, please, hou je in.'

Op dat ogenblik stortten zich de fotografen en journalisten op ons. Ze interviewden ons, hielden een praatje, namen kiekjes terwijl we elkaar liefdevol vasthielden, en vooruit, ook nog even zoenden.

Tussen het geflits door hoorde ik de fotografen roepen: 'Even hierheen kijken!'

Maar ondertussen verloor ik hem geen moment uit het oog. Mijn broer Omar, die samen met een cameraploeg aan het filmen was. Hij zag mijn vuurspuwende blik. Hij zwaaide lachend met een microfoon in de hand naar mij. De klootzak was me aan het uitlokken. Het liefst wilde ik nu op hem afstormen, hem over het hekje trekken en hem op de rode loper gooien en tot bloedens en brekens toe slopen.

Evelien vroeg: 'Ben je oké?'

'Ik sta echt op het punt om hem iets aan te doen.'

Evelien trok me naar de zijkant van de rode loper.

Ze fluisterde: 'Dat ga jij niet doen. Dat laat ik jou niet doen. Ik ga jou echt niet je carrière laten verpesten. No way.'

'Maakt mij allemaal geen moer uit.'

'Wel. En hou op met die straatonzin, Mohamed. Kijk even waar we zijn. Je staat niet meer met straatjochies op een plein. Wilde je hem in elkaar slaan? Voor al deze camera's? Wat denk je dat de kranten morgen gaan koppen? "Marokkaanse schrijver blijkt vechtmachine. Hij had nog niet eens een stap binnengezet en het ging al pontificaal mis."'

Evelien beschikte over het vermogen om duizend stappen vooruit te denken. Iets wat ik tegelijkertijd bewonderde en benijdde.

Ik lachte en zei: 'Prima, toch?'

'Ja, heel prima. En dan word je door iedereen met de nek aangekeken, overal geboycot en dacht je dat ze je dan volgend jaar weer zouden uitnodigen?'

‘Op een beetje Boekenbal mag toch best gebeukt worden?’
‘Hou op, babe.’
‘Ik kan niet niets doen.’
Mijn handen balden zich tot vuisten – alles in mijn handpalmen zou ik tot poeder hebben verpulverd.
‘Dat kan je wel. Sterker nog, we gaan nu naar binnen, drinken champagne en gaan een geweldige avond hebben.’
Knarsende kaken.
Mijn gezichtsveld verdonkerde.
Evelien legde haar hand op mijn borst. Haar voorhoofd op het mijne. En kuste mij.
‘Kom,’ zei ze, ‘laten we de gemiddelde leeftijd eens even flink naar beneden halen.’

In de entreehal verwelkomde de Stadsschouwburg-directeur ons hartelijk: ‘Dag prachtige jongedame, beste Mohamed, welkom op de meest magische avond van het jaar. Willen jullie iets moois horen?’
‘Altijd!’
‘Ik heb met kerst maar liefst vijftien exemplaren van *Mohamed, de proleet* cadeau gekregen.’
Ik zei: ‘Kijk eens aan. Weet je wat dat betekent?’
‘Nou?’
‘Dat je heel leuke vrienden hebt!’
Hij lachte zich suf, vertelde dat hij nu genoeg verjaardagscadeaus had verzameld voor het komende jaar.
‘We zien elkaar nog ongetwijfeld later op de avond. Je bent toch al wel begonnen aan een nieuw boek, hoop ik?’
Ik deed alsof ik iemand achter hem begroette.
Hij gaf mij een reeks schouderklopjes, kuste Eveliens hand – ik zei: ‘Hé, pas op, jij’ – en verwelkomde andere auteurs met anekdotes en gebbetjes.
Evelien en ik kregen champagne aangeboden. We struinden door de luisterrijke gangen met portretten van grote acteurs, theatermakers en regisseurs naar de grote zaal.

'Je telt pas mee als je wordt uitgenodigd voor het voorprogramma,' vertelde Mai ons knipogend terwijl hij Evelien kussend begroette. 'Daarna stormt al het vee binnen.'
Ik zei: 'Mooi pak.'
'Cesare Attolini.' Hij rechtte zijn rug, deed zijn donkerblauwe das goed en vroeg met een knikje: 'Raad eens hoeveel het kostte?'
'Vertel het ons eens.'
Hij zei: 'Acht mille.'
Ik keek Evelien aan, zij schudde lachend haar hoofd en zei hardop tussen alle drukte door: 'O mijn god, stelletje proleten zijn jullie. We zijn verdomme op een líterair bal. Poch eens over dode dichters en schrijvers!'
Ik zei: 'Acht ruggetjes? Da's toch een koopje, man!'
Evelien zei: 'Daar kan ik een jaar van leven.'
'Dat hoop ik niet voor je,' zei Mai terwijl we verder liepen. 'Ik ga jullie aan iedereen voorstellen. En daarna we gaan de boel even goed op stelten zetten. Zeg, Mohamed, ben je al begonnen aan je tweede boek?'
'Jazeker,' loog ik.
Evelien trok haar wenkbrauw op.
Ik gaf haar een knipoog.
'Goed zo, jochie.' Twee schouderklopjes. 'Zie je wel, zo moeilijk is het allemaal niet.'

Vlak voor de ingang van de grote zaal kwamen we een bekende tegen.
De redactrice van uitgeverij Platform. Ze had een op een giraffe geïnspireerde jurk aan.
Mai stopte, bekeek haar stilzwijgend en zei: 'Kon je een nog lelijkere jurk aantrekken?' Hij keek even om zich heen, begroette knikkend wat mensen en vervolgde: 'Wat een wansmaak.'
'Laten we het vooral niet over smaak hebben, Mai.' Toen keek ze naar mij. 'Dag Mohamed. Het gaat goed met je, hè?'
Ik zei: 'Met mijn boek veel beter. Het schijnt heel populair te zijn.'
Nam een nipje van mijn champagne.
'Mai, op de hoeveelste druk zitten we ook alweer?'

Evelien schudde haar hoofd.

Ik kwam er laatst achter dat de redactrice vroeger voor Mai gewerkt had. En dat hij haar ontslagen had vanwege hoogoplopende meningsverschillen.

Mai zei: 'De tiende. En de elfde is al in zicht.'

Tien keer hadden de daverende drukpersen, lawaaierig en stomend, duizenden boekjes moeten drukken die eigenlijk niet voor publicatie geschikt waren, stomme trut, wilde ik haar eigenlijk vertellen. Want als het aan haar lag, stond ik hier vanavond niet.

Ze feliciteerde mij.

'Ben je al begonnen aan een nieuw boek?'

Ik wenste haar een fijne avond, aaide haar bovenarm en liep verder.

In de grote zaal werden we naar de Prometheus-tafel geleid door een dame van de CPNB. Het was de prominentste tafel, helemaal vooraan in het midden, bij het podium. Daar legde Evelien haar handtasje neer. Mai stelde ons voor aan iedereen. Ik schudde de handen van al mijn helden. De schrijvers wier boeken ik binnenstebuiten kende. Sommigen van hen hadden zelfs mijn boek al gelezen. Joost Zwagerman tipte zijn zonen erover en vertelde dat we op dezelfde leeftijd hadden gedebuteerd. Ik zei dat hij met *Gimmick!* deuren voor mij had geopend. Giphart kwam erbij staan, nooit eerder ontmoet, maar we omhelsden elkaar.

'Wát een geile seksscènes kan jij schrijven, zeg, tjongejonge.'

'Ik heb het van de grootmeester geleerd!'

'Jouw boek,' verklapte hij het gezelschap, 'heb ik serieus rukkend gelezen.'

We barstten in lachen uit.

'Dat meen ik echt, hoor. En niet alleen thuis. Ook in de trein, in de rij bij de Albert Heijn.'

Robert Vuijsje voegde zich bij ons.

We omhelsden elkaar.

'Goed je te zien, ouwe,' zei ik.

Hij zei: 'Ja, wederzijds. En, ben je alweer aan het schrijven?'

'Ja,' vroeg Joost, 'ben je al begonnen aan je tweede?'

'Jazeker.'

Hij zei: 'Goed zo. Maar laat je never nooit opjagen. Neem vooral je tijd.'

Ronald vroeg: 'Hebben jullie al wat geile wijven gezien?'

Vuijsje zei, alsof de avond niet meer te redden viel: 'Ik niet.'

Jan Siebelink wandelde voorbij, ik complimenteerde hem met zijn prachtige boeken én zijn schitterende laarzen.

Hij zei: 'Ze zijn van Indiaas cobraleer.'

Kluun kwam erbij staan, schoof zijn slangenlaarzen naast de zijne en zei: 'Mijne zijn veel mooier. Veel smaakvoller. Da's nepleer, man.'

Kluun keek op en zei: 'Mohamed Zebbi.'

Ik zei: 'Kluun. Oftewel Raymondus Godefridus Norbert van de Klundert.'

'Zo, iemand heeft zijn huiswerk gedaan.'

'Braaf, hè? Staat gewoon op Wikipedia, hoor.'

'Dat weet ik. Ik heb namelijk die pagina zelf geschreven. Zeg, ben je al aan iets nieuws bezig?'

'Jazeker.'

Siebelink stak zijn vinger op als bij een ernstige mededeling en verkondigde: 'Deze schoenen waren het eerste wat ik kocht van mijn royalty's van *Knielen op een bed violen*.'

Kluun zei: 'Ik kocht van mijn eerste boekcentjes concertkaartjes voor Bruce Springsteen. Nee, nee. Ik lieg. Ik kocht van mijn eerste royalty's een vibrator voor mijn vriendin. Zodat ze zichzelf bezig kon houden terwijl ik de hort op ging.'

Siebelink staarde naar mijn haar. Hij vond het te gek staan. Vroeg of hij het mocht aanraken.

'Jij altijd.'

Een tv-presentator met schrijfaspiraties liep langs en ging ook ineens met zijn hand door mijn haar. Ik zei wijzend: 'Ten eerste, doe dat nooit meer.'

'Waarom niet?'

'Het is nu uit model. Ten tweede, waarom trek je smerige sneakers aan naar een bal? En ten derde, wát de fuck doe jij hier?'

Siebelink en Kluun knikten en vroegen om en om: 'Ja, wat doe je hier eigenlijk?'

Mai riep van verderop: 'Inderdaad, wat doe jij hier?'

Connie Palmen stond naast hem terwijl ze Mai innig omhelsde en zei met rollende ogen en diepe afkeer: 'Inderdaad, wat doet die afschuwelijke man hier?'

Hij zei dat hij wel eens een keer iets gepubliceerd had. En dat hij vroeger als redacteur bij *Propria Cures* zat.

'En wat de fuck is dat?'

Midden in zijn uitleg zei ik: 'Hou nou maar je bek dicht,' en ik liep weg om Evelien te zoeken.

Toen ik haar vond, vertraagde ik mijn pas. Ze stond bij een pilaar met wat mensen te kletsen. Hoe ze daar stond, met een aanlokkelijk gracieuze loomheid, hoog op haar hakken, in een elegant gelaagd cocktailjurkje met die verdomd fijne kont. De welvingen van haar lijf. Hoe ze haar haarlokje achter haar oor schoof zodat haar heerlijke hals en mooie oorbellen met zwarte steentjes zichtbaar werden. Hoe ze het laatste beetje bubbels opdronk, de steel tussen haar vingers, haar vingertoppen rondom de tulpvormige bolling van het lege champagneglas. Stijlvol, slim en sexy. Ik kon wel uren naar Evelien blijven turen. Alles aan haar was zo verdomd mooi.

Rodaan kwam erbij staan.

Hij zei: 'Dat is een heel bijzondere dame.'

'Ja, hè?'

'Hoe jij naar haar kijkt, daar word ík zelfs gelukkig van.'

'Ik heb je nooit ontmoet, maar reken je toch tot mijn vrienden. *Koelkastlicht*, meesterlijke dichtbundel.'

Hij schudde nee, zijn paardenstaart bewoog mee.

'Rodaan, hou op. De meeste schrijvers zijn taalverkrachters. Maar jij... Jij bedrijft de liefde met taal.'

Hij vroeg: 'Ben jij al begonnen aan je tweede boek?'

'Jazeker.'

'Ik wens jou heel veel succes.'

'Fuck succes. Wens mij veel schrijfplezier.'

Ik liep naar de mooiste vrouw van de wereld toe om haar te kussen. Mijn ogen besloegen zoals de keukenramen dat deden wanneer mijn moeder kookte. Ik bekeek de majestueuze schouwburg. De hoefijzervormige zaal met de drie grote balkons. De koninklijke loge in het midden van het eerste balkon. Het uitbundige sierpleisterwerk. De versleten fluweelrode stoelen. De opgedirkte mannen en vrouwen – de vrouwen deden altijd veel meer hun best dan de mannen.

De man van de avond kwam binnen. Iedereen begroette hem. Elegant, gesoigneerd en op bijna mythische wijze bewoog hij de zaal binnen, zijn vrouw aan zijn zijde. Sommigen staarden hem met weinig verholen jaloezie na.

Zijn kale kop glom paarsachtig door de theaterbelichting.

Hij stak letterlijk en figuurlijk boven iedereen uit.

'Kijk, je held.'

Ik zei: 'O, fuck, ik kan wel huilen.'

Hij kwam richting ons lopen, ik probeerde me gauw achter Evelien te verschuilen. Ze lachte me uit en zei: 'Waarom doe je zo gek?'

Hij streek twee tafels verderop neer, keek ietwat nors mijn kant uit, dus ik durfde hem niet te groeten.

Ik zei: 'Volgens mij mag hij me niet, babe.'

'Hoe kom je daar nou bij?'

'Ik zie dat toch!'

Gongen klonken, alsof het personeel wachtte tot de grootmeester was gaan zitten. De aanwezigen liepen naar hun tafels en stoelen.

Het voorprogramma zou over een paar minuten beginnen.

Maar iemand kwam op ons toelopen.

Een chique mevrouw met een parelketting om stelde zich aan ons voor. Een uitgeefster van romans en dichtbundels.

'Onlangs kocht ik jouw boek voor mijn lieve moeder. Het ging de afgelopen tijd niet zo goed, ze kwakkelde met haar gezondheid. Dus bleef ze op doktersadvies veel in bed liggen. En las veel. Ze belde mij op om te vertellen hoe hilarisch ze sommige passages vond. Het taalgebruik vond ze "vulgair en ongepast maar in de goede zin des woords", ze lachte dan en vervolgde: "Om het maar niet over de expliciete scènes te hebben met zijn vriendin. Want poeh, daar krijg ik op mijn leeftijd nog rooie oortjes van." Als ik bij haar langsging, lag het boek bij haar op bed. Dan legde ze haar hand erop. Ze vertelde dat ze haar jeugd aan het herbeleven was terwijl ze jouw boek las. En ze vertelde dat als ik jou ooit zou tegenkomen, dat ik van haar moest zeggen dat ze zich "kostelijk geamuseerd had". Mijn lieve moeder is overleden. Vredig in haar slaap. Jouw boek was het laatste dat ze heeft gelezen. Dat wilde ik even zeggen. Dankjewel, Mohamed.'

11de druk

Ik woonde tijdelijk bij een stel piloten in huis in de Beethovenstraat. De meest smerige gasten van de wereld. Ze lieten drollen voor elkaar achter in de wc. Soms ook ernaast. Vaak was er weer een raam of spiegel kapot, bloedspetters door het huis leidden naar de kamer van de dronken dader.

De jongens, allemaal eind twintig, zopen zich bijna iedere avond een coma in de barretjes van De Pijp. Sommige waren net begonnen bij KLM of Transavia. Er waren keren dat ze na een avondje doorzakken even snel een lijntje snoven om weer kwiek en krachtig te zijn omdat ze een paar uur later moesten vliegen.

Een keer trof ik Martijn, de knapste van het huis, op de grond vlak voor de deur. Hij probeerde steeds op te staan, maar het lukte hem niet.

Hij lag daar te wauwelen en te zwammen met een fietssleuteltje in zijn uitgestoken hand terwijl hij van de ene kant naar de andere viel, alsof hij op een bootje lag in een golvende oceaan.

Via wat steekwoorden begreep ik dat hij met een vriendinnetje had afgesproken in De Pijp – hilarisch hoe hij dat uitsprak, 'D' Paaaaip'.

Toen hij met zijn benen in het luchtledige begon te bewegen omdat hij dacht dat hij buiten aan fietsen was, sleurde ik hem naar zijn kamer en stopte hem in bed. Vlak voordat ik de deur uit liep, kotste hij zichzelf onder, een natte omelet op zijn dekbed die steeds groter werd.

Ik zei: 'Slaap lekker, vriend.'

Diezelfde knul was de volgende dag tussen zijn kameraden flink aan het opscheppen in de keuken. Nog nooit had ik iemand zulke smerige taal horen bezigen over vrouwen. Ik dacht dat Marokkanen van de straat verschrikkelijk waren. Maar deze witte knulletjes bereikten een dieptepunt waarvan ik niet wist dat het bestond.

Hij dweepte over de keer dat hij een meisje mee naar huis nam terwijl hij een soa én genitale wratten op zijn lul had die duidelijk niet te missen waren, 'één heel dikke gemene op mijn Duitse helmpie'. Maar hij was straalbezopen en retegeil en dat meisje ook, dus dat kwam mooi uit. Alleen hadden ze allebei geen condoom bij zich. Het meisje wilde niet seksen, stelde voor om nu alleen te zoenen en de rest voor volgend weekend te bewaren.

'Volgend weekend? Nee, joh, gek. Ik moet nu klaarkomen, slet.'

Dus pakte hij haar hoofd beet, duwde haar naar zijn kruis en dwong haar te pijpen.

'Wat die smerige teef ook deed tot ik kankerhard klaarkwam in d'r fokking face. Alsof d'r gore kop in een pot behangplaksel was gepropt.'

De huisgenoten vonden het hilarisch.

Ik sloeg serieus een kruisje.

Martijn kende ik via de sportschool. Vroeg hem toevallig of hij iemand kende die een kamer te huur had. Ze hadden een klein zolderkamertje vrij waar vrienden soms crashten na het uitgaan.

Toen ze me drie weken later op televisie zagen bij een boekenprogramma waarin ik vurig vertelde over Nescio, wilde Martijn met me praten in de Coffeecompany.

De huurprijs werd verhoogd.

Met 50 procent.

Ik zei: 'Tuurlijk, man. Geen punt.' Ik had nog geen borg betaald, dus pakte diezelfde nacht mijn spullen in, smeerde 'm uit dat pilotenhol en logeerde bij Vinn in de kamer. Sliep op een stapel fitnessmatjes. Tussen de roestige haltergewichten, kettlebells en stinkende bokshandschoenen.

Ondertussen was ik op zoek naar een eigen huis. Toen ik een keer te vroeg was voor een lezing op een middelbare school, struinde ik smerige koffie drinkend door het schoolgebouw – schoolkoffie is serieus kankerverwekkend. Mijn oog viel op een klaslokaal met oude schooltafels en stoelen. Ik kreeg een dringende behoefte om die weg te ruimen, schoon te maken en er te wonen. Ik wilde er mijn kamer van maken – ik kon het de rector altijd vragen.

Als ik in de trein zat en langs de bossen reed, fantaseerde ik dat ik aan de noodrem zou trekken. Er slingerend uit zou stappen om een fijn plekje op te zoeken, de bomen om te hakken, een hut te bouwen en daar, ver weg van alles en iedereen, te gaan wonen.

12de druk

Mai hield zich aan zijn woord en had onderdak voor zijn zwervende schrijver geregeld. Toen hij mij vertelde wat hij geregeld had en vooral wáár, kon ik het niet geloven.

Via een vriend van Mai, die het pand samen met een groep Japanse investeerders voor 60 miljoen euro had opgekocht om er een hotel van te maken, kon ik er voor het komende jaar zitten vanwege de trage voortgang met alle vergunningen.

Toen ik voor het eerst als bewoner de zware deur opende en naar binnen stapte, dacht ik: dit is verdomme wel een momentje van triomf.

Ik had de sleutels van het voormalige Paleis van Justitie aan de Prinsengracht 436 in handen.

Het gerechtsgebouw waar ik jaren geleden moest voorkomen.

Het was nu mijn huis.

Lachend liep ik door de metaaldetector die uitstond, langs de stenen balie waar voorheen stevig gebouwde kerels in blauwe uniformen koffie dronken en vermoeid opstonden om je te fouilleren. Ik stond in de hal met de bordjes die verwezen naar de rechtszalen.

De machtige muren die ik ooit vervloekte, zouden mij nu beschutting bieden. Op mijn dooie akkertje zwierf ik vol ontzag door het prachtige pand, dat ooit een weeshuis was. Het immense gebouw met de geweldig lange gangenstelsels en honderden ruimtes: kantoorkamers, arrestantencelletjes met volgekalkte muren en stoffige rechtszalen in alle soorten en maten. Ik vroeg me af hoeveel jaren gevangenisstraf hier waren uitgedeeld. Vast net zoveel als de prijs van het pand. De sleetse marmeren trappen. Van de schurende schoenen van alle advocaten, rechters en misdadigers.

Voor tweehonderd euro per maand kreeg ik een enorme rechtszaal tot mijn beschikking op de eerste verdieping. Zes oude ramen boden uitzicht op de Prinsengracht, tegenoverliggende grachtenpanden met Hollandse steden op de gevels en een geurende plaskrul. Ik stapte via een treetje het verhoogde gedeelte op, legde mijn vier vuilniszakken met kleren op de vier stoelen waar de rechters zaten.

Bekeek de lege ruimte die naar kantoor rook, ging midden op de vieze vloer liggen terwijl ik naar het afbrokkelende pleisterwerk op het plafond keek.

'Eindelijk een fucking eigen plek.'

Na vurige onderhandelingen werden de filmrechten van mijn roman verkocht. Mai en ik tekenden de filmcontracten met de filmproducent terwijl we dineerden in Moon, het roterende restaurant op de negentiende verdieping van de A'DAM Toren.

Na het toetje keken Mai en ik uit over Amsterdam.

Hij zei iets waar ik kippenvel van kreeg.

'De stad is van ons, jochie.'

Ik reserveerde een tafeltje voor twee bij het allerlekkerste sushirestaurant van de wereld: Izakaya in het Sir Albert Hotel aan de Albert Cuypstraat.

In het trendy, stadschique restaurant schoof ik hoffelijk de stoel naar achteren voor Evelien.

'Dank u, dank u, meneer.'

Victorine, een oud klasgenootje van me, was de gastvrouw die ons kussend en knuffelend ontving en ons met een heel hautain loopje naar ons tafeltje bracht. 'En supergefeliciteerd, lieve schat. Ik zag vanochtend op Nu.nl dat je filmrechten zijn verkocht! Toen ik daarna je naam op de reserveringslijst zag, dacht ik, ik ga jou een heel dikke knuffel én het mooiste tafeltje geven.'

'Dat is lief van je.'

'En wanneer verschijnt je tweede boek?'
'Snel, schat.'
'Schiet op! Ik kan namelijk niet wachten om het te lezen.'
Evelien zei bits: 'Je bent niet de enige.'
Op dat moment zei Victorine: 'Nou, heel fijne avond, lieverds.'
Max deed alsof hij ons niet kende en stelde zich op formele wijze voor als onze kelner vanavond.

Ik ontweek zijn blik terwijl ik het servet uitvouwde, het op mijn schoot legde en tussen het gezwets van die papzak door zei ik: 'Het leven is soms zo mooi. We gaan een heerlijke avond hebben, hè, babe?'

De muffe brugklasochtenden tijdens Nederlands wanneer ik noodgedwongen naast hem zat, een vraag van de lerares goed beantwoord had en Max mij een schouderklopje gaf: 'Wat goed van je, klein, miezerig Marokkaantje.' Wanneer hij zich wijzend afvroeg of mijn schoentjes met kapotte neusjes ook konden praten. Dan pakte hij zijn Ajax-broodtrommel, scheurde een stukje brood af en probeerde dat in mijn schoenen te stoppen. 'Ze hebben honger. Het lijken net open mondjes, visjes die lucht aan het happen zijn. Je hebt geen schoenen, je hebt muiltjes.' Of als ik door de fietsenstalling liep en hij steeds 'Fietsendief! Fietsendief!' riep.

Tegen Eveliens zin in bestelde ik bij Max een speciale fles champagne.

Ik vroeg Evelien: 'Sinds wanneer heb jij iets tegen alcohol?'
'Sinds je honderden euro's uitgeeft aan –'
'Babe, vanavond mogen we gek doen. We hebben verschillende dingen te vieren. De filmrechten die verkocht zijn, de twaalfde druk –'
'En dat ik op stagereis ga naar Cambodja!'
Ik vroeg: 'Wat?'
'Ik heb vandaag te horen gekregen dat mijn aanvraag is toegewezen, babe!'
'Echt?'

'Ik mag negen maanden stage lopen in Phnom Penh!'

'O, oké.'

'Alleen dat?'

'Ja, nee, geweldig.'

Evelien was via een publicerend strafrechtadvocaat die wij, nee, die zíj ontmoet had op het Boekenbal op de hoogte gesteld van een uitdagende stage bij het internationaal tribunaal in Cambodja dat de Rode Khmer aan het vervolgen was. We hadden samen in bed een motivatiebrief op mijn laptop opgesteld.

Max bracht de fles, liet ons de Dom Pérignon Vintage 2006 zien, het jaar dat Evelien en ik elkaar na het schoolfeest hadden ontmaagd.

'Schenk maar in.'

Dat deed hij, eerst voor mij, toen voor haar, wat mij nogal irriteerde. Hij legde de fles in een champagnekoeler naast het tafeltje, dekte hem af met een servet en vertrok. Via de koeler keek ik of mijn kuif nog kek was.

Evelien en ik proostten terwijl ik haar wees op het mooie jaar van de fles.

'Daarom bestelde ik die.'

Ze reageerde alsof ze een schattige baby zag.

'Aaah, súperlief.'

Na vier glazen vond ik dat Max ons niet naar behoren bediende. Hij vergat sommige gerechten te serveren die we toch echt besteld hadden.

Dus toen hij dit keer alles opschreef, zei ik op gepaste wijze: 'Vlug, vlug, vuile, vergeetachtige vetklep.'

Evelien zei: 'Mohamed!'

Waarna hij een soort van verstarde, 'Eh, eh' zei en wéér wegliep.

'Wat? Ik moedig hem alleen aan.'

Even later kwam de manager.

'Volgens onze kelner, Max, gedraagt u zich onbehoorlijk.'

Max stond bij de bar met zijn bolle bakkes naar ons te kijken.

‘Dat valt denk ik best mee. Ik ben best binnen de perken gebleven, toch, schatje?’

‘Volgens Max –’

Wijzend zei ik: ‘Fuck Max. Die lul heeft mij jarenlang stelselmatig gepest op de middelbare school, lieve manager.’

‘Babe, hou op nu.’

‘O,’ zei de manager terwijl hij zich omdraaide.

‘Dus als we geen toetje van het huis krijgen ter soelaas, schrijf ik deze kuttent kapot in een recensie in de krant.’

‘Ter, sorry?’

‘Soelaas. Soe-laas. Soelaas. Troost. Verzachting, verlichting. Wat is het slecht gesteld met jullie Nederlands, zeg. Wijs mij het klachtenboek!’

Ik stond licht wankelend op, prikte met mijn wijsvinger in zijn borstzakje waar zijn naambordje opgespeld zat. ‘Schiet op met de rest van het eten, niet zo klieren, we hebben honger en wat moois te vieren. Hè, babe?’

Ze bleef stil.

Een tafel naast ons was iemand jarig. De obers brachten zingend een taart met sterretjes naar de jarige job, ze deed alsof ze het niet leuk vond maar stiekem zag je dat ze toch wel genoot van alle aandacht. Het rook eventjes naar oudejaarsavond.

De vriendinnen van de jarige maakten om de elf seconden foto’s van elkaar, van hun cocktails, het voorgerechtje, het GERESERVEERD-bordje, de Cartier-armbandjes en Rolexen om hun zonnebankgebruinde polsen – om gestoord van te worden.

Evelien zei: ‘Ik schaam me dood.’

‘Waarom?’

‘Kijk hoe je doet!’

‘Wat doe ik verkeerd?’

‘Moet ik het even gaan opsommen?’

‘Graag.’

‘Waarom doe je zo dom?’

Zingend zei ik: ‘Komt door de Pérignon.’

‘Als je dit niveau aanhoudt, ben ik benieuwd naar je tweede boek.’

‘Hé, no low blows tonight, my lady.’

Evelien zei: ‘Ik schaam me serieus echt kapot om met jou nu hier te zijn.’

‘Hoezo? Híj zou zich kapot moeten schamen.’

‘Wie?’

‘Híj is een kelner, hoor.’

‘Wat was jij dan vorig jaar?’

‘Een liefhebber van vunzige porno die zo nu en dan schreef aan zijn magnum opus.’

‘Jij werkte net zoals hij in een restaurant, maar dan met een Hello Sushi-schortje om, dus ga niet zo gek doen hier.’

‘Babe, betaal jij de rekening straks?’

‘O, hou alsjeblieft je bek, hoor. Ik heb m’n hele leven voor jou zitten betalen.’

‘Lulkoek.’

‘En al die vakanties met m’n ouders dan? De etentjes? En was je de urenlange telefoongesprekken soms vergeten? Toen je geen beltegoed en abonnement had?’

‘Ik weet niet waar je het over hebt, liefje.’

‘Je weet dondersgoed waar ik het over heb.’ Ze ging op het puntje van haar stoel zitten, ademde diep in en begon te ratelen: ‘We weten allemaal waar je vandaan komt, Mohamed, en wat je allemaal hebt meegemaakt de afgelopen tijd, maar dat rechtvaardigt niet dat jij je zo ongelofelijk debiel gaat gedragen tegenover hardwerkende lui hier.’

‘Ben je toevallig hun bedrijfsadvocaat?’

‘Rot op, Mohamed.’

‘Zal ik ze even vragen of ze een bedrijfsjurist zoeken? Regelen we meteen een baantje voor je.’

‘Jij hoeft niks voor mij te regelen. Ik ga al lekker naar Cambodja binnenkort.’

Ze lachte.

Ik niet.

'Maar ga verder, *my lovely lady, go on*. Ik hou ervan als je die advocatentermen op tafel smijt. *Keep me on point, sister.*'

Evelien zei: 'Hou eens fucking op met die Engelse zinnetjes tussendoor, strontvervelend. Ben je Regilio Tuur of zo?'

Ik riep: 'Regilio! *My man Regilio is a brilliant boxer*. Wil je soms dat ik jou regiliotuur?! Mag jij raden wat het betekent. Het is een werkwoord… Ik regiliotuur, jij regiliotuurt, wij regilioturen.'

'Hou je mond, lul.' Evelien stond op, vroeg vriendelijk haar jas aan Victorine en liep naar buiten. Ze stapte een gereedstaande taxi in.

Ik zei: 'Nou, dan blijft er lekker meer sushi over voor mij.'

Victorine kwam langs met mijn jas nadat ik zag dat ze kort met de manager gesproken had. Ze boog haar knieën zodat haar gezicht dicht bij het mijne was – ze rook fucking lekker. Ze vertelde dat we niets hoefden af te rekenen als er geen slechte recensie zou verschijnen maar verzocht mij uiterst vriendelijk om de zaak dan wel nu te verlaten.

'Als ik je een dikke smakkerd mag geven, prachtige vrouw. Prachtige, prachtige vrouw.'

'Dat mag.'

'Echt?'

'Ja.'

'Nu?'

'Ja, nu.'

'Op je lippen?'

'Op mijn lippen.'

Ik kuste haar snel, pakte mijn jas en ging naar huis.

13de druk

De rechtszaal begon steeds meer als thuis te voelen. Het was waarschijnlijk goed dat Evelien en ik niet in dezelfde ruimte woonden. Zo konden we allebei afkoelen na het sushidebacle.

Met de ellebogen op de reling stonden Evelien en ik op haar balkon te praten over haar stagereis naar Azië. Nog nooit eerder had ik haar zo nerveus horen praten.

'Ik wil niet gaan,' zei ze.

'Hou op.'

'Ik wil echt niet gaan.'

'Je gaat wel. En je gaat de tijd van je leven hebben.'

'Dan sta ik daar straks op het vliegveld. En dan?'

'Dan laat je je naar je appartementje rijden door een tuktuk, drink je onderweg lekker een kokossapje en begin je een nieuw hoofdstuk van je leven. Hoe tof is dat? Ik wou dat ik in jouw schoenen stond.'

'Waarom ga je niet mee dan?'

Mijn roman was inmiddels verschenen in Duitsland nadat er een biedingsoorlog tussen tien uitgevers was losgebarsten. De *Frankfurter Allgemeine Zeitung* en nog wat andere kranten hadden de Duitse vertaling behoorlijk bewierookt. Die moffen vonden het een soort wereldwonder dat een tweeëntwintigjarige zoon van een gastarbeider niet de criminaliteit of een uitkering maar de literatuur had omarmd. Nu had mijn Duitse uitgever een lezingentour georganiseerd in dertig steden in Duitsland, Oostenrijk en Zwitserland. Mijn Duitse hoofdredacteur noemde het: *Die grandiose Triumphtour des Mohamed Zebbi.*

Ik zei dat ze even normaal moesten doen met hun diepgewortelde grootheidswaanzin.

Ik vertelde Evelien: 'De Duitsers, babe.'

'Zijn die lezingen belangrijker dan de liefde van je leven vergezellen naar een volstrekt onbekende bestemming vol gevaren?'

'Je gaat al tien jaar met een Marokkaan. Je kan op dit moment de hele fucking wereld aan.'

'Dat is waar.'

'Hé, babe,' begon ik terwijl ik zo gewoon mogelijk probeerde over te komen. Ik had dit al wekenlang in gedachten gerepeteerd. Allebei hadden we dit onderwerp vermeden, eromheen gedanst. Maar nu was het zover. 'Aangezien we elkaar negen maanden niet gaan zien, moeten we wel wat afspraken gaan maken.'

'Wat voor afspraken?' vroeg ze ietwat geveinsd.

'Naja, hoe het verder moet met ons.'

We bleven lang stil.

Meeuwen vlogen in cirkeltjes boven het water, vlak voor de ramen van de hotelkamers, waar hotelgasten en schoonmakers te zien waren. Ik herinnerde me de zomerdagen dat ik hele gesneden broden kocht, de sneetjes vanaf het balkon de Amstel in frisbeede zodat er wateroorlogen tussen eenden en meeuwen uitbraken. Ik volgde de vlucht van een solitaire meeuw, tot die achter de tegenoverliggende panden vloog en verdween.

Evelien vroeg: 'Wat vind jij?'

'Ik zou niets anders willen dan voortzetten wat we nu hebben.'

'Ik ook.'

'Maar ik snap heus wel dat als jij daar iemand tegenkomt die aardig voor je is...'

Ze lachte en zei: 'Dat gaat niet gebeuren.'

'Nee, natuurlijk niet. Maar stel nou dat dat wel gebeurt... Dan is dat oké. Maar wel op twee voorwaarden.'

'En die zijn?'

'Zolang je het maar veilig doet.'

'Mohamed,' begon ze, 'ik zou zoiets nooit onveilig doen.'

'Ik zeg het toch even.'

'Nou, tenzij het een knappe advocaat is die een kindje met me wil maken…'

Die uitspraak trof me als een slag in het gezicht.

'Prima, hoor. Ben ik eindelijk af van dat babygezeik.'

Ze sloeg een arm om me heen, ik draaide mijn hoofd weg. Ze zei: 'Dat zou ik nooit doen, babe. Dat weet je. Ik ben zo loyaal aan je als de pest. Dat is mijn probleem ook een beetje.'

'Nu hoeft dat niet meer. Tijdelijk, althans. Toch?'

'Zó raar dit. Hoe zijn we in godsnaam op dit punt beland?' Ze draaide zich om. Een nadenkende blik naar haar kamer gericht. Ik bekeek beneden twee slalommende scholieren op de fiets. Waarschijnlijk waren ze stoned of stomdronken.

Uit mijn ooghoek zag ik dat ze lachend haar dunne wenkbrauwen optrok: 'De andere voorwaarde?'

'Zolang je het maar niet met een neger doet.'

Ze sloeg me hard op mijn onderrug en zei: 'Niet zo fucking racistisch zijn! Hoe kom je op zoiets?'

'Ik heb laatst heel enge dingen gezien, trust me.'

'Oké,' zei ze, 'mócht er iets gebeuren, wat ik helemaal niet wil, alleen de gedachte van iemand anders'… dingetje… Gatver.'

'Goed zo,' zei ik lachend.

'Oké,' zei Evelien, 'dit is mijn voorwaarde.'

'Eén en al oor.'

Een meeuw aan de kade viel me op, hij had maar één poot en hinkelde rond op zoek naar iets. Vond niets, dus steeg weer op. Toen hij vloog, zag je niets terug van zijn handicap.

'Je neemt geen enkel meisje mee naar je belangrijke dingetjes. Dus ook niet naar feestjes of etentjes. Kijk me aan.'

Ik keek op van mijn schoenen die tussen de spijlen uitstaken en staarde naar haar kamer.

'Alleen afstandelijke seks als de nood echt heel hoog is en verder helemaal niks.'

'Hoe bedoel je?'

'Gewoon, erin en eruit. Geen gezoen of gekus. En helemaal geen oogcontact.'

'Verliefd worden? Mag dat wel?'

'Flikker op. Ik maak haar dood. Serieus.'

'Aah, nú pas weet ik dat je echt van me houdt. Als je niet voor de liefde hebt willen moorden, kan je het geen echte liefde noemen.'

'Welke schrijver quote je nou weer?'

'Verzon ik net. Ter plekke. Je weet toch dat jij de schrijver in mij naar boven haalt?'

'Dus als ik wegga?'

Ik zei lacherig: 'Dan sterft de schrijver.'

We keken elkaar voor het eerst aan. In haar ogen lag een mengeling van angst en verdriet verscholen. Maar ook een twinkeling bij de gedachte het onbekende te zullen gaan verkennen. Ik legde mijn handen op haar heupen, zij legde haar handen om mijn nek, alsof we op het punt stonden om te schuifelen. Maar we dansten niet.

We stonden stil.

'Hé, knap meisje.'

We kregen allebei ineens tranen in de ogen.

'We gaan niet janken, oké?'

Ze knikte terwijl ze kort wegkeek. Ze kieperde even haar hoofd naar achteren om de tranen tegen te houden. En vroeg: 'Gaan we dan samenwonen als ik terugkom?'

Ik knikte.

Eveliens ogen werden zo groot als schoteltjes: 'Echt?'

'Zou niets anders willen, liefje. Elke dag de rest van mijn leven naast jou wakker worden met mijn meurende bek. Ik bak zelfs iedere ochtend pannenkoeken voor je. Op elkaar gestapelde *American pancakes*, met warme *maple syrup*, wat grof gehakte pecannootjes, blauwe besjes en Marokkaanse muntblaadjes om het af te maken. Wel eten op eigen risico, want er bestaat een kans dat je doodgaat van mijn geheime pannenkoekenmix.'

Ze zei: 'Dit vind ik nou zulk fijn nieuws.'

Toen begon ze te huilen.

We omhelsden elkaar lang en liefdevol. Maakten elkaars schouders nat terwijl de stad zich woelig om ons heen voortbewoog. Mijn mannelijkheid keerde terug: mijn pik werd weer hard.

De meeuwen begonnen te krijsen, alsof ze ons afscheid bezongen.

'Hoor je dat, babe? Zelfs de Mokumse meeuwen gaan je missen, ouwe.'

Toen moest ze harder huilen.

Die avond hadden we de meest intieme seks van ons leven.

Huilende hoofden terwijl we ieder centimetertje van elkaars lijven liefdevol afkloofden.

Seks om van te janken zo mooi.

De volgende dag vertrok ze vanaf Schiphol.

14de druk

Lente, een studente Nederlands, stuurde mij een berichtje via Facebook. Of ik tijd en zin had in een interview.

Daar had ik natuurlijk helemaal geen zin in, dus ik werd een beetje baldadig en antwoordde: 'Dag Lente. Ik doe het op één voorwaarde.'

'En dat is?'

'Als je langskomt in jarretels.'

Waarop ze antwoordde: 'Ik interview je met liefde in lingerie. Wanneer heb je tijd?'

Ze kwam langs in het Paleis van Justitie in een witte trenchcoat. Een lief blond meisje met opgespoten lippen, geglaceerd met glinsterende lipgloss.

Ze hield zenuwachtig een doosje vast.

'Een cadeautje voor jou.'

'Wat lief van je.' Ik pakte het aan, maakte het open en zag gekleurde vierkantjes. 'Geurblokjes?'

Ze zei: 'Turks fruit. Een vriendinnetje heeft het me gister gegeven. Ze was daar op vakantie.'

Voorzichtig proefde ik er eentje, spuugde het uit in mijn hand en vertelde: 'Gatver. Oude, taaie, smakeloze shit.'

Ik bekeek de houdbaarheidsdatum, het was inderdaad ver over datum, deed het raam open en smeet het doosje in de half bevroren Prinsengracht – het gleed een stukje over een dun laagje ijs om vervolgens kopje-onder te gaan.

Ze vroeg: 'Is dat hoe je met geschenken omgaat?'

'Je wilde me vergiftigen.'

Ik deed het raam dicht.

'Niet mijn bedoeling, hoor. Sorry. Wat woon je tof! Lekker bohemien. Is dit een oude rechtszaal?'

'Ga zitten. Doe je jas uit. Wat wil je drinken? Appelsap?'

'Heb je iets anders?'

'Nee.'

'Appelsap is prima.'

Ze deed haar jas uit terwijl ze even vroeg of ik haar wilde helpen: 'Ik krijg dit dingetje maar niet dicht.'

Samen probeerden we haar jarretels dicht te knopen maar het lukte niet.

'Rotding, ik moet een nieuwe kopen.'

Ze trok het uit, stopte het in haar tas en ging naakt op de bank zitten met het A4'tje voor haar handvolle borsten.

Ik dook het keukentje in, gaf haar een glas appelsap, ze nam een slokje en op het moment dat ze wilde beginnen, zei ik: 'Sta op, draai je om, laat me je kont zien.'

'Nee.'

'Nee?'

'Eerst het vraaggesprek.'

'Ik duld geen tegenspraak, studentje. Sta op.'

Ze stond op, draaide zich om en liet haar billen zien.

Ik draaide op mijn bureaustoel, stond op en liep op haar af.

We zoenden. Ik trok zachtjes maar ferm aan haar haren zodat ze weer op de bank belandde. Likte mijn vingers, wreef haar clitje nat terwijl ik haar nek kuste. Daarna schoof ik zachtjes mijn ring- en middelvinger in haar terwijl ik mijn hand op haar onderbuik drukte – ze beet op haar onderlip.

Ze vroeg: 'Wat ga je doen?'

'Shhhhhht.'

Met mijn vingertoppen kittelde ik aan het sponsachtige stukje boven in haar kutje terwijl we elkaar kusten.

Ik schroefde het vingertempo langzaam op, afstemmend op haar gekreun en gekronkel. Op het moment dat ik een zacht, zompig geluid begon te horen, zij verbaasd naar mij keek en toen naar haar kruis, drukte ik mijn hand in haar onderbuik terwijl ik haar steeds sneller begon te vingeren.

Warm wit vocht stroomde uit haar, als een oververhit pannetje met pap dat overliep.

Ik vingerde door.

Tot haar ellebogen diep in mijn bank wegzonken, ze om zich heen begon te slaan en vaginavocht uit haar roze kut spetterde.

Ik vingerde haar nog sneller.

Ze schreeuwde terwijl ze mij, zichzelf en de bank besproeide met haar heilige water.

Ik stopte, sloeg twee keer zachtjes op haar licht gezwollen schaamlippen en stond op terwijl ik haar lachend bekeek. Haar trillende lijf wrong zich in allerlei bochtjes op mijn natte bank.

Ze was zo geschrokken dat ze even in tranen uitbarstte.

'Aah, liefje,' zei ik. 'Ik heb je toch geen pijn gedaan?'

'Nee, nee.'

Ze stond met moeite op, stommelde naar de wc op de gang en zei: 'Sorry, geef me een minuutje.'

'Neem je tijd.'

Ze kwam terug, haar mascara was uitgelopen, en zei: 'Jezus, dat was zo intens fucking geil. Wat deed je nou? Hoe doe je dat? Kan je het me leren? Ik wil nog een keer. Kan ik nog keer?'

'Steek je tong eens uit.'

Ik likte haar tong, duwde haar op de bank en ging naast haar zitten.

Lente en ik hadden de hele middag spetterende seks.

Waterpret in een woeste winter.

De rechtszaal stond zowat blank, het rook een beetje bedompt, dus opende ik de ramen. Ik wachtte op het moment dat Ron, de conciërge, achter zijn balie vandaan zou komen en op de deur zou kloppen omdat er druppels uit het plafond op zijn kruiswoordpuzzel terecht waren gekomen.

Maar hij kwam gelukkig niet.

Lente vroeg: 'Heb je nog tijd voor een interview?'

'Eigenlijk niet.'

'Mag ik dan hierover schrijven?'

'Mag dat wel van je universiteit?'

'Tuurlijk, ik heb een heel chille, gestoorde docent. Bovendien heb ik dan het tofste stuk van iedereen.'

'Goed zo. Drink je appelsap nog even op. Je moet wel gehydrateerd blijven.'

Ze dronk het lachend op.

Ik kuste haar gedag: 'Ben blij dat ik je geholpen heb. Laat je me weten wat voor cijfer je hebt gekregen?'

Ik lag op bed, naar het plafond te staren terwijl ik mijn koude handen opwarmde. Soms deed de verwarming het niet. Het was even ijzig als bij mijn ouders op de zolderkamer.

Ik herinnerde me de mooie momenten met mijn moeder.

Hand in hand, slenterend over de Albert Cuypmarkt, waar ze een pak café-noirkoekjes voor een gulden kocht bij een permanent fluitende marktkoopman – bij Evelien thuis hing een foto van haar als peuter op de schoot van haar moeder terwijl ze tevreden sabbelde aan een café-noirkoekje. De koekjes die mijn mama en ik eerst likten voordat we die oppeuzelden terwijl we langs de miljoen marktkraampjes meanderden. Kochten daarna een croissantje bij de bakker, liepen langs het drinkfonteintje van het Sarphatipark waar ik altijd mijn moeder probeerde nat te maken, naar de Pakistaanse belwinkel in de Ferdinand Bolstraat. Waar moeder in zo'n celletje urenlang telefoneerde en verhalen vertelde aan tantes in Marokko terwijl ik op de grond teksten met een balpen in de muur zat te kerven. Om daarna palmboompjes te tekenen op de voeten en benen van mijn moeder. Tot ze me geïrriteerd een schop gaf. Dan stemde ze alles met haar zussen af en bereidde ze alvast de zomervakantie voor: wie ze zouden bezoeken, welke hennafeestjes ze absoluut niet mochten missen, welke bruiloften ze met hun aanwezigheid zouden sieren, de geboortefeestjes die ze aan zich voorbij konden laten gaan. Alles kwam in het celletje voorbij: gemeende (en ongemeende) lachsalvo's, woede-uitbarstingen, gespeelde verbijstering. Soms huilde ze ineens. Probeerde ik haar tranen met mijn opengeslagen handje op te vangen. Wanneer ik een druppel ving, omklemde ik mijn handje eventjes en likte ik mijn handpalm om te proeven hoe zout het was. Moeder huilde als ze te horen kreeg dat een bekende gestorven was. Dat ze er niet voor de familie kon zijn, niet voor ze kon koken terwijl ze rouwden. Ze huilde dat ze niet bij de begrafenis kon zijn en omdat we het geld niet hadden om haar even het vliegtuig te laten pakken.

Op die halve vierkante meter van het belcelletje leerde ik mijn moeder kennen terwijl ik de mooiste gedeeltes van de gesprekken op de muur zat te pennen.

Ze belde op de pof bij die Pakistaan. Die met z'n poppenkop altijd even begrijpelijk knikte en lief zwaaide om vervolgens snel alle minuten op te schrijven op zijn notitieblaadje – voor de zekerheid hield ik het ook altijd bij, mijn onderarmen ondergekalkt met cijfers.

Daar leerde ik onbewust een belangrijke les: dat ik leefde voor de letters maar de cijfers niet mocht vergeten.

Mijn vader vertelde me vaak dat zijn moeder stierf tijdens zijn geboorte. Dat zij hem het leven had geschonken en hij het hare had ontnomen.

Hij vertelde dat ik geluk had, want het had niet veel gescheeld of ik had niet bestaan.

Nu dacht ik: was toen maar gestorven, vader. Dan had niemand van ons dit verdriet hoeven voelen. De hel waar zij zo bang voor waren, droegen wij nu in onze harten. De grootste misvatting over de hemel of hel is dat het buiten onszelf bestaat.

De hemel of hel is een staat van zijn.

Mijn vader en moeder hadden het er zo vaak over dat dit leven slechts een toets was, een soort proefwerk, en dat het echte leven pas in het hiernamaals begon.

Als kind zat ik keurig naast mijn vader geknield in de moskee.

Soms telde ik uit verveling de keren dat hel en hemel werden genoemd door de imam. Het was nogal een scheve verhouding – zoals alles in een hypocriete cultuur een scheve verhouding was. De hel was oververtegenwoordigd. De man was geen vertegenwoordiger van de vrede maar de waarschuwer van het vuur. Ik wilde hem altijd al op zijn bek slaan. Vooral omdat hij mij een keer tijdens de zondagse Koranles hard aangepakt had met zijn wandelstok toen ik de teksten niet uit mijn kop kende. Dan stak ik mijn hand uit, zette me schrap voor de klap en ramde hij zijn stok erop, de klootzak. Het adertje in mijn rechterhand zwol op alsof het op springen stond.

Zijn dag komt nog wel.

15de druk

'Ben jij het meisje van de blind date?'

'Ja, dat klopt. En? Ben ik wat je verwacht had?'

Ik zei: 'Ik heb nooit verwachtingen maar als ik ze had, heb je ze ongetwijfeld overtroffen.'

We zaten in een leeg cafeetje ergens in De Negen Straatjes. Ondertussen deed ik mijn jas uit, gleed met mijn hand door mijn haar en streek met de vingertoppen mijn wenkbrauwen recht.

Ik zei: 'Laten we meteen beginnen. Wacht even. Heb je mijn boek gelezen?'

'Tuurlijk. Ben je al met iets nieuws bezig?'

'Nog iets kleins maar niet onbelangrijk. Ik kan soms kribbig zijn, dat ligt dus helemaal niet aan jou maar aan je vraagstelling. Dus het ligt in zekere zin wel aan jou.'

Ze lachte. 'Nog meer dingen waar ik rekening mee moet houden?'

'Ehm, dat was het wel zo'n beetje.'

'Geen allergieën? Lactose-intolerantie? Dat soort dingen?'

Ik zei: 'Je bent heel geestig, jij. Ik mag je nu al.'

De journaliste was een goedlachse jonge vrouw met bruin haar en donkerblonde tintjes verweven in haar dikke vlecht die op haar schouder lag. Een lok zwengelde langs haar knappe gezicht, raakte soms haar dunne lippen. Groengrijze ogen, spits neusje en een lichtbruin gloedje over haar gezicht, alsof ze net terug was van vakantie – of dagenlang niet gedoucht had. Haar trui was iets te baggy en een beetje slonzig, er zat iets wat leek op een soepvlek bij d'r nek. Maar hoe langer ik naar haar bleef kijken, hoe knapper ze werd. Ze was enigszins smoezelig maar toch ongelofelijk opwindend, vooral ook omdat het haar niet echt iets leek te kunnen schelen. Ik stelde me levendig voor dat we samen in haar veel te krappe douche stapten en elkaar kussend inzeepten met goedkope douchegel. Zij was vast een Palmolive-type. Of Rituals. Nee, toen ze nog bij haar ouders woonde smeerde ze zich nog wel royaal in met Rituals Happy Laughing Buddha maar nu was het over met de pret en moest ze op haar centen letten. Het liefst wilde ik haar huid met puimsteen rauw schrobben. Met de douchekop langs haar lijf, alles wegspoelen met warm water en haar daarna afdrogen.

Ze haalde me uit mijn dagdroom toen ze haar notitieblok pakte, haar minimalistische armbandje met het zilveren pijltje uit haar mouw viel.

Het wees naar haar handen.

Naar de zwarte viezigheid onder haar nagels.

Ze stelde een boel vragen waar ik zonder al te veel nadenken op antwoordde. Ze lachte soms, ik ook. Op een gegeven ogenblik vroeg ik me af wat ik hier deed. Waarom ik hier zat. En zei wat ik zei. Ik was mijn kostbare tijd aan het verdoen. Mijn tweede levenswerk moest godverdomme geschreven worden en ik zat hier voor één of ander nietszeggend blaadje een slag in de rondte te lullen.

Dus vroeg ik ineens: 'Hoeveel vragen nog? Want ik moet echt zo weg.'

'O. Nog een paar maar. Is dat oké?'

'Een paar is prima.'

Ze schrok van mijn onverwachtse botheid. Ze veranderde van humeur en begon de vragen wat zakelijker te stellen. En keek mij twee keer best wel streng en tegelijkertijd slaafs aan, wat mij nogal opwond.

'Hoe zou je reageren als blijkt dat je partner overspelig is geweest?'

Die vraag maakte me een beetje misselijk.

Ik zei: 'Verheugd. Ik gun haar af en toe ook een verzetje.'

Ze viel uit haar rol: 'Echt?'

Ik vertelde haar de situatie waarin Evelien en ik zaten. Ze reageerde met: 'Knap,' en vervolgde: 'Ben je als minnaar geslaagd of is het een permanente educatie?'

'Ik ben altijd wel nieuwsgierig naar allerlei vormen van vunzigheid. Jij?'

'Ik?'

'Ja, jij. Of mag ik je dat niet vragen?'

'Wel maar meestal stel ik alleen de vragen.'

'Vandaag niet.'

Ze gaf me een blik, dé blik. Het moment dat de visser beetheeft. Het vishaakje dat door de lippen van iets glibberigs priemt.

Ze vertelde dat ze ook wel eens experimenteerde.

'Waarmee?'

Ze lachte guitig, werd knalrood en keek om zich heen.

Ik zei: 'Vertel me wat je nu denkt.'

'Neeee.'

'Wel. Anders trek ik dit interview in.'

'Doe maar. Je hebt toch bijna alle vragen beantwoord.'

'Niet zo stom doen. Ik gaf me net helemaal bloot, beantwoordde al je vragen.'

'Oké,' begon ze, 'wij krijgen dus op kantoor soms, best wel vaak, van die seksspeeltjes opgestuurd van allemaal bedrijven.'

'Om reclame voor ze te maken?'

'En te testen.'

'Ga verder.'

'Die verzamelen mijn collega's allemaal in een hok op kantoor. Het speeltjeshok. En eens in de zoveel tijd leven we ons uit en nemen we allemaal spulletjes mee naar huis.'

'En dan?' vroeg ik, net iets te gretig.

'Doe eens rustig, jij.'

'Sorry, ik hang aan je lippen.'

'Anyways. Dus op een avond keek ik porno, pakte het eerste het beste speeltje uit de tas. Van die balletjes aan een touwtje. Dus ik stopte die dingetjes in mijn kont en vingerde mezelf.'

Haar brute onbeschaamdheid deed mij blozen. Haar oprechtheid wond mij ongelofelijk op – ik schrok er zelfs van.

'En toen…' vertelde ze, 'toen ging het touwtje kapot. Goedkope kutzooi uit China.'

We lachten lang. Van de spanning, gekkigheid en geiligheid.

'O mijn god,' zei ik tussen het lachen door, 'ik denk dat ik net onder de tafel ben klaargekomen.'

Ze vroeg: 'Toch niet op mijn knieën, hoop ik?'

Ik had haar gevonden, mijn schaamteloze soulmate in seksuele smerigheid.

Ze vervolgde: 'Anyways. Dus ik bel al mijn vriendinnen, zij lagen helemaal in een deuk. Zat ik zeker een uur te klooien –'

'Had je mij moeten bellen,' begon ik.

'Wat zou je hebben gedaan dan?'

'In een wit pak, stethoscoopje om mijn nek op de scooter stappen en bij je aanbellen. Doktertje spelen.'

'En dan?'

'Dan zou ik de zoekgeraakte balletjes met mijn pik eruit lepelen.'

Ze slikte.

'En dan?'

'Zou ik je verder neuken. Terwijl je een vibrator uit je tas trekt, ik erop spuug en je hem zacht vibrerend op je clitje legt.'

'En dan…'

'Dan neuk ik je lang, hard en liefdevol terwijl we elkaar diep in de ogen aankijken. Ik je polsen vastpak zodat je nergens heen kan. En met mijn andere hand je borsten bevoel. Tot één van ons knapt. En ik vrees dat jij eerder zal klaarkomen dan ik.'

'En dan…?'

'Spuit ik je onder, klieder ik je kutje en kont helemaal onder en zoenen we nog wat na. Dan smeer jij wat sneetjes met pindakaas en jam. Die vreten we dan in je bed op terwijl we elkaar verhaaltjes vertellen en uiteindelijk in elkaars armen in slaap vallen.'

Ze vroeg: 'Moest je nog weg zo?'

'*Ça dépend.*'

'De quoi?'
'De toi.'

We gingen samen uit eten, daarna dronken we gin-tonics en strawberry-daquiri's op de bovenste verdieping van het Volkshotel. Ze vertelde dat ze in Parijs had rondgezworven voor een tijd. Dat ze veel interviews afnam maar eigenlijk een boek wilde schrijven. Dat was haar grootste droom. Alleen durfde ze het niet. Ze kon niet genoeg moed bij elkaar schrapen.

'Leer je me hoe ik dat moet doen?'

Ik zei: 'We zitten in hetzelfde schuitje.'

'Wat bedoel je?'

'Ik ben het ook kwijt.'

'Hoe dan?'

'I don't know.'

Ik nam grote slokken van mijn gin-tonic. Een ijsblokje belandde op mijn tong, ik duwde het tegen mijn gehemelte, perste het naar mijn wangen tot het slonk en kauwde het kapot. 'Het is gewoon door mijn vingers geglipt. Ik ben het kwijt. Schrijven was alles wat ik wilde doen van kinds af aan. Maar ik kan geen fucking toetsenbord of boek meer aanraken of mijn hart ratelt als een fucking drilboor uit mijn borstkas – superslechte vergelijking, hoor je het al? En nu moet ik een tweede boek zien te schrijven. Kansloos.'

'Is er grote druk vanuit je uitgeverij?'

'Nogal.'

'Wat voel je dan?'

'Ik ben gewoon bang, man. Echte angst. Acute fucking angst. In mijn buik, in mijn kop. Het gaat maar niet weg.'

Ze legde haar hand op mijn onderarm. En vertelde dat ze daar wel iets op wist.

'Wat dan?'

'Ik heb thuis echt een heel mooie fles whisky staan. Van een vriend uit Schotland gekregen. Ik mocht de fles van hem alleen op heel speciale gelegenheden openen.'

Ik vroeg: 'Is dit het moment dat ik moet zeggen dat ik dit eigenlijk nooit doe?'

'Nee, sukkel. Later pas.'

Het was inmiddels twee uur 's nachts toen we weggingen. Ik liet mijn Vespa verstandig staan. We pakten haar fiets. Zij sprong achterop.

'Dirigeer me.'

Ze woonde in een 'heel fijn appartementje boven een gaybar op de Wallen' maar verhuurde dat tijdelijk en kon in De Pijp verblijven in het huisje van haar beste vriendin, die nu met een depressie op Bali zat.

Ik zei: 'Ze is dus ziek aan het chillen daar.'

Toen ik door mijn oude buurt fietste, begon ik me behoorlijk onveilig te voelen. Vooral omdat ik wat groepjes schimmige jongens zag hangen bij de snackbar. Ze schreeuwden en scholden elkaar uit.

Het meisje vroeg: 'Wat is er toch mis met die jongens?'

'Ze zijn gewoon aan het keuvelen.'

Ik fietste snel door terwijl ik mijn gezicht de andere kant op draaide. Ik kon me nu niet goed verweren in deze staat, met een meisje achterop.

De buurt waar ik voor opkwam. Waar ik doorheen scheurde op mijn scooter terwijl ik kennissen, vrienden of familie om de paar meter begroette.

De straten waar ik me altijd zo vertrouwd voelde, voelden nu verschrikkelijk vijandig.

'Welke kant op nu?'

'Rechtsaf en dan rechtdoor.'

Door de straat waar mijn ouders woonden. We fietsten langs het Henrick de Keijserplein, langs De Drie Gebroeders, die ik in tijden niet had gezien. Ze leken ontzagwekkender dan ooit. Ik gaf ze een knikje.

Tot ik steeds dichter bij het ouderlijk huis kwam en me steeds akeliger begon te voelen.

'Op welk nummer woont ze?'

'8.'

'Nee, echt?!'

'Ja. Wat dan?'

'Nee, niks.'

We stopten voor het huis. Zij nam de fiets over, parkeerde die in een fietsenrek en zette hem op slot.

Mijn familie woonde op nummer 7.

Exact aan de overkant van het huis waar zij verbleef. Alle lichten waren uit. Iedereen sliep. Misschien zat mijn vader wel op het balkon, gehurkt terwijl hij een kopje koffie dronk. Om daarna een sjekkie te roken. Zijn ritueeltje na het nachtelijk gebed.

Voor de huisdeur graaide ze in haar handtasje.

Ik vroeg: 'Ben je je seksspeeltjes aan het zoeken?'

'Nee,' lachte ze, 'mijn sleutels.'

De eeuwige fucking zoektocht naar de sleutels.

'Op welke verdieping woont je vriendin?'

'De tweede.'

Het enige wat ik deed met mijn dronken kop was lachen.

God maakte een geweldig grapje.

Ze vroeg: 'Waar kijk je naar?'

'De architectuur.'

'Ga je mee?'

Ik vroeg: 'Is dit dan het moment dat ik moet zeggen dat ik dit eigenlijk nooit doe?'

'Naar binnen, jij!'

Exact dezelfde trappenhal als die van mijn ouders maar dan gespiegeld.

Terwijl we de trap op liepen, zei ze: 'Trouwens, ik had je mijn laatste vraag helemaal niet gesteld.'

'Langlopend interview.'

'De vraag luidt als volgt,' ze pakte het notitieblok uit haar tas en las voor: 'Ben je van mening dat een onenightstand per definitie onbevredigend zal zijn?'

'Daar mag jij op antwoorden.'

Binnen deed ze wat kaarsjes aan, schopten we onze schoenen uit en raakten we elkaars neusjes steeds plagerig voordat we elkaar tongzoenden.

Ondertussen pakte ze snel twee vierkante whiskyglazen uit een kastje, maakte de fles open en schonk allebei de glazen in.

Ik dook snel de badkamer in om te plassen, keek naar het scheef hangende doucherekje en zag een goud glimmend flesje Palmolive-douchegel, Mediterranean Moments. *With argan oil from Morocco.*

Lachend depte ik mijn jongeheer met toiletpapier, waste mijn handen en ging weer naar het meisje toe.

In één teug sloeg ik de whisky achterover. 'Lekker rokerig.'

Zij nam een slokje, veegde haar mond en zette het glas op de vensterbank.

Ze legde haar hand op mijn kruis. Kneedde erin terwijl ze nieuwsgierig mijn reactie peilde.

'Is dit dan eindelijk het moment –'

'Hou je bek.' Ze knoopte lacherig de knoopjes van mijn spijkerbroek één voor één los.

'Het lachen zal je snel vergaan,' waarschuwde ik. 'Ik heb nooit boxers aan.'

'Beter. Kan ik er meteen bij.'

Ik nam haar oorlel in mijn mond, daarna likte ik haar oorschelp terwijl ik via mijn neus uitademde in haar oor.

Rillend fluisterde ze: 'Mag ik je pik alsjeblieft in mijn mond nemen?'

Ik fluisterde: 'Zeker.'

'En daarna diep in mijn keel?'

'Nog beter.'

'Wil je dat ik gorgel en hem helemaal onderkwijl?'

'Hoe meer spuug, hoe beter.'

Ze likte mijn lippen.

'Geef me wat spuug dan.'

Mijn speekselklieren maakten in rap tempo veel speeksel aan. We deden kussend de overdracht. Ze knielde op de grond. Pakte gretig en opgewonden mijn harde pik vast. Ze spuugde erop, rukte en pijpte me terwijl ze zichzelf zachtjes vingerde. Ik gleed licht kreunend met mijn hand in haar trui, wurmde me in haar beha en voelde haar warme borsten en harde tepels. Trok haar trui uit, maakte haar beha los en smeet die weg. Ze stopte wat van haar warme vocht in mijn mond. Ik tilde haar toen op, droeg haar kussend naar de slaapkamer, bonkend tegen wat muren – twee houtskooltekeningetjes dwarrelden op de grond.

De gordijnen in haar kamer waren open. Aan de overkant zag ik de donkere woonkamer. Ik liet haar voorzichtig op het bed vallen. Ze deed een lampje aan, toverde uit haar nachtkastje een roze vibrator en legde die naast haar kussen.

Ze trok met moeite – maar wel in één keer – haar broek, slipje en sokken uit. Midden op bed spreidde ze haar benen, vingerde zichzelf en op het moment dat ik naar haar toe wilde, strekte ze haar been, voet en tenen uit tegen mijn borstkas.

'Daar blijven, jij.'

'Mag ik je niet likken?'

'Misschien. Straks.'

Ze streek met haar middelvinger zachtjes tussen haar slijmerige schaamlipjes terwijl ze er zichtbaar van genoot. Na een halve minuut vroeg ze me te komen.

Op mijn knieën kroop ik naar haar toe.

Ze stopte met vingeren, verzamelde al haar vocht met haar vingers en smeerde mijn kloppende pik ermee in. Daarna vingerde ze zich weer, gleed lachend met haar hand langs mijn billen en smeerde haar plakkerige vaginavocht rondom mijn kont en stopte haar natte vingertopje in me terwijl ze mijn pik weer in haar mond nam.

In een staat van spastische verrukking vroeg ik: 'Je hebt iets met kontjes, hè?'

Ze stopte even met zuigen: 'Ik ben in mijn anale fase blijven steken.'

Toen stak ze haar vinger nog iets verder in me en pijpte me dieper. Tot ze flink ademhaalde, me aftrok terwijl ze met haar tong over haar lippen ging en zei: 'En in mijn orale fase.'

Slierten speeksel dropen als stalactieten van haar kin op haar tieten.

Ik pakte haar bij haar nek, trok haar vlecht ietsje naar achteren zodat haar kin omhoogstak en tongzoende haar wild. Toen befte ik haar. Haar geur – ze rook een beetje naar gefruite ui – wond mij nog meer op.

Ze zei: 'Ik wil je in me voelen. Ik wil dat je me neukt.'

'O, wil je dat?'

'Ja.'

'Hoe graag?'

'Heel graag.'

'Waar eerst?' Ik hurkte neer en voelde haar gladde, natte vagina. 'Hier?' Toen naar het lagergelegen knopje: 'Of hier?'

'Eerst mijn kutje, daarna mijn kontje.'

Ze trok mijn trui uit. Ik liet me op het bed vallen, lag op mijn zij en bekeek de mooie, jonge naakte vrouw terwijl ze haar been omhoogtilde en haar bil spreidde zodat ik erbij kon. Een reepje licht viel op de blonde donsharen op haar bovenbenen, ze glansden als een zonbeschenen graanveld.

Ze vroeg: 'Weet je nog hoe ik heet?'

'Vertel het me morgen maar, oké?'

Met mijn pik pesterig langs haar lipjes.

Op het moment dat ik zachtjes in haar gleed, haar rollende ogen zich inwaarts keerden, lichtte haar kamer ietsje op.

Vanuit mijn ooghoek ving ik iets op.

Het licht in de woonkamer bij mijn ouders was aangegaan.

Ik staakte het seksen, stond op, liep op mijn tenen naar de zijkant van het raam en ging uiteindelijk op de rand van het bed zitten.

Kijken.

Mijn moeder slofte slaperig door de woonkamer naar de kamer van mijn zus, deed het licht aan – waardoor het bij ons nog iets lichter werd – en wekte haar.

Het meisje vroeg me steeds van alles maar ik hoorde haar niet.

Toen hing ze om me heen, haar warme borsten tegen mijn rug behaagden me.

'Is dat familie van je?'

'Mijn ouders.'

'Echt waar?'

Ik knikte.

'Waarom vertelde je dat niet?'

'Niet relevant.'

'Waarom zijn ze nog zo laat op?'

Ze keek achterom, vast naar de wekker naast haar bed.

'Het is halfvier 's nachts.'

Ik begreep er geen fuck van.

Mijn vader liep met zijn gebedssnoer in de ene hand en een gebedskleed in de andere naar de tv. Deed het toestel aan. Beelden uit Mekka. Een in het wit geklede mensenmassa die almaar rondjes bleef lopen om de Zwarte Steen. Vader keek er hoopvol naar, maakte van zijn handen een kommetje, deed een smeekbede terwijl hij naar het plafond staarde en kuste toen zijn handen. Hij haalde daarna wat borden uit de keuken, at er iets van en zette ze toen op tafel. Mijn zus strekte zich gapend uit, hielp mijn moeder in de keuken, pakte wat schaaltjes van het aanrecht, zette die ook op tafel en ging naast mijn vader op de bank zitten onder het grote schilderij met de opengeslagen koran. Kaftans over de deur gedrapeerd. Moeder legde een stukje aluminiumfolie op de gaspit, pakte uit de middelste keukenkast de grote doorzichtige tas met *bgor* uit Mekka. Ze sprenkelde wat kruiden, gedroogde blaadjes, takjes en doorzichtige steentjes op het zilver en stak het vuur aan.

De rook beschermde het gezin tegen de djinns, kwaadwillenden en het boze oog. Ook bedoeld om familievetes te voorkomen of op te lossen.

Mijn broer kwam van de trap, waste zijn gezicht in de keuken, kuste mijn moeder, hield zijn hand boven de rooksliert en voegde zich bij het gezelschap in de woonkamer, kuste de hand van mijn vader en op het moment dat hij het driehoekige bladerdeeg van tafel pakte, viel het kwartje.

‘Het is ramadan.’

‘Dus worden ze wakker en gaan nu eten? Omdat het overdag straks niet mag, toch?’

Ik knikte.

‘Mogen ze dan ook geen water?’

Een jaar geleden maakte ik nog deel uit van de familie. Schrijvend in het zolderkamertje. Klaarwakker. Ik was toen degene die, kamer voor kamer, iedereen zachtjes wekte.

Nu zat ik hier.

En zij daar.

Recht tegenover elkaar.

Ik zat praktisch met ze in de woonkamer. Kon de geuren van de heerlijke harirasoep van mijn moeder ruiken. Rijkelijk gevuld met een bosje koriander, stukjes lamsvlees en verse kikkererwten.

De met honing doordrenkte *chebekia*-koekjes bestrooid met sesamzaadjes. Met feta en gekruid gehakt gevulde bladerdeegpakketjes die mijn moeder overdag al klaarmaakte en in de koelkast bewaarde om ze ’s nachts in de oven te stoppen. De vierkante *rgajef*-pannenkoekjes. De knapperige visloempia’s. En minipizzatjes.

Nadat mijn ouders me smekend belden, lag de bal aan mijn voeten. Maar ik voelde er niets voor om op hun verzoek in te gaan. Ze moesten mijn pijn maar voelen.

Ik kon nu mijn kleren aantrekken, de trap af denderen en bij ze aanbellen. Vertellen dat ik ergens toch wel spijt had van het leed dat ik ze aandeed. Ze zouden misschien wel hetzelfde zeggen. Ik zou kunnen vertellen dat ik mijn hart volgde. Dat ik deed wat goed voelde, hoe slecht zij dat ook vonden. En dat ik het oneerlijk vond dat ik daar zo hard voor gestraft werd. Afgesneden te worden van je geliefden, omgeving, je kamer, je bed, dat dat zielonterend is. Hoe graag je alles en iedereen soms hekelde. We zouden elkaar in de armen vallen. Vooral in deze maand. De heilige maand waarin de mensen elkaar vergaven en meer dan gewoonlijk om elkaar en de behoeftigen gaven. We zouden elkaar dan vertellen dat de familie nooit meer uit elkaar zou mogen vallen. Dat de buitenwereld geen enkele invloed meer mocht hebben op wat er zich binnenshuis afspeelde. Dat de meningen van de zonen en dochters zwaarder wegen dan de meningen van anderen. Dat we elkaar vrij zouden laten in onze hemelse hunkering naar alles wat ons vreugde, plezier en wijsheid bracht, ongeacht hoe de buitenwereld daarover dacht.

Maar ik wist dat dat nooit zou gaan gebeuren. Dat zo'n gedachte fucking fictie was. Een domme droom die nooit in vervulling zou gaan. Zittend op het bed van een meisje wier naam ik niet eens wist, kijkend naar de nachtelijke bedrijvigheid van wat ooit mijn familie was, kwam ik erachter wat ik uiteindelijk was.

Een wees met levende ouders.

De volgende ochtend scheen de zon volop, waaiden de toppen van De Drie Gebroeders zo nu en dan in beeld en aten we op bed *scrambled eggs* met geraspte oude kaas en knapperige bacon. Ik zou liegen als ik zou zeggen dat ik me bij de eerste hap niet een beetje schuldig voelde. Daarna ging het prima.

We waren niet van bil gegaan gisternacht. Niet echt in ieder geval. Nadat ik in mijn vreselijke emotoestand concludeerde dat ik een weeskindje was, had ik de gordijnen dichtgegooid en waren we nog even onder de warme douche gestapt. Die fantasie was wel werkelijkheid geworden: ik had haar vingers in een blok zeep geduwd en alle smerigheid onder haar nagels vandaan geschraapt.

'Dank je,' zei ze, 'is houtskool, hoor. Van het tekenen. Voordat je denkt dat ik een vunzigerd ben.'

'O, ik dacht dat het van mij was.'

'Getsie, viezerik.'

Daarna dronken we vier glazen koud water om de kater tegen te gaan.

16de druk

Lieve Evelien,

Ik heb mijn eerste huisje gekocht!

Liet mijn boekhouder mijn spaarrekening zien, hij floot en zei: 'Zo, jongen. Ik zou ook een boek moeten schrijven.'

'Ik raad het je af. Wat moet ik hiermee doen?'

'Koop een huis.'

Een tweekamerappartementje aan de Herengracht, van een oude vriend van Mai. Het was verschrikkelijk lelijk, het stonk en er was zeker vijftig jaar niets aan gedaan. Maar ik zag dat het potentie had om een klein paleisje te worden, dus liet ik alle oude meuk eruit slopen.

De 125 jaar oude visgraatparketvloer in de immense woonkamer liet ik opnieuw schuren, verven en waxen. Voor de zwartmarmeren open haard liet ik een schoorsteenveger langskomen, die de boel goed schoonmaakte. Ik kreeg een veegbewijsje van hem, dat belangrijk was voor de verzekering mocht de boel ooit in de fik vliegen. Een kleine balzaal van een woonkamer met vier grote ramen die uitzicht bieden op de tuin, drie magnoliabomen en de tegenoverliggende panden van de Keizersgracht. Daartussen staan stenen tuinhuisjes die vroeger dienden als paardenstallen. Een grijze Jan des Bouvrie-bank in de hoek. Een zwart bureau in de andere hoek. Borek Sipek-vazen met zebrastrepen. Een grote filmlamp beschijnt de prachtige, drie meter lange beige gordijnen. Door het hele huis staan moderne, milieubewuste lampen. Misschien te veel maar ik hou van verlichting. Een drieluik van Roy Lichtenstein aan de muur dat perfect kleurt bij het Mondriaan-achtige glas-in-lood aan de bovenkant van de ramen en in de deuren door het hele pand. Een grote uit ebbenhout gesneden tafel met acht witte Eames-stoelen, die mooi passen bij de grote witte rendierhuid voor de haard en de witte Eames-loungestoel met houten accentjes. Dan zit ik welverdiend in dat wanstaltige ding te chillen na een lezing. Ik zet dan meestal films en series op die de beamer op de muur projecteert terwijl ik Häagen Dazs-ijs vreet en aan jou denk.

Toen ik het goudkleurige naambordje met M. ZEBBI tussen de andere naambordjes schroefde, leek het wel een droom. Soms wacht ik op het moment dat er aangebeld wordt. Dat de huidige eigenaar ineens vraagt: 'Wat doe jij nou in hemelsnaam in mijn huis?'

En dat ik mijn spullen pak, sorry zeg en weer door de stad slenter op zoek naar onderdak.

Laatst hoorde ik iemand zingen, sprookjesachtig mooi, opende de ramen om het geluid te lokaliseren, bleken mijn buren in de tuin te lunchen terwijl ze genoten van het gezang van een fucking operazangeres.

De deftige doerakjes.

Verder heb ik aardige buren. Een kunstenaarskoppel aan de voorzijde, een vermaarde jazz-dj, een topadvocaat en een architectenkoppel.

Toen ik bij ze aanbelde om mezelf voor te stellen, gaf ik ze De proleet cadeau. Maar wat bleek? Ze hadden allemaal mijn boek al in huis, op de topadvocaat na.

'Wanneer komt je tweede?' vroegen ze.

'Ongetwijfeld na het eerste.'

Vanochtend hoorde ik geroffel. Zag ik een specht met zijn snaveltje tegen de boomstam tekeergaan, houtsplintertjes vlogen om zijn oren. Ik had zoiets nog nooit in mijn leven in het echt gezien! Drie halsbandparkieten, van die groene papegaai-

achtige vogels die oorspronkelijk uit India en Afrika kwamen, maken me iedere ochtend wakker met hun gezang. Ik kocht laatst een verrekijkertje, bekeek hun prachtige veren terwijl ze tjirpten. Soms floten ze ineens gedrieën bedroevend hard, alsof ze door heimwee werden getroffen. We waren de exoten aan de Herengracht.

Laatst waren mijn nieuwe Nikes uit de trappenhal verdwenen. Best wel gek, toch? Bij mijn ouders in de Pijp werd er nooit iets gejat, nu werden m'n fucking pata's genakt!

Het grachtengordelgespuis.

Kan niet wachten om je hier te zien dartelen, babe. Samen films kijken, douchen en chillen.

Leven.

Ik stel me levendig voor dat je je voetnagels op de vensterbank lakt, ik onderuitgezakt terwijl jij eist dat ik wijntjes en kaasjes voor je pak – ik doe alles voor je.

Hoe je je make-up na een avondje uit met natte wattenschijfjes wegveegt in de met Marokkaanse mozaïeken betegelde badkamer. Onder de douche shampoo in je haren smeert, die weelderig laat schuimen en je je daarna met dichtgeknepen ogen wast. Om je natte haren vervolgens voorovergebukt te föhnen, de lokken sierlijk door de lucht vliegend, de wereld op een heerlijk haarfestijn trakterend.

Ik mis je vreselijk,

Omhels jezelf zoals ik je zou hebben omhelsd.

Ik had een lezing in de Rode Hoed afgezegd om naar een *Playboy*-feestje te gaan in het Amstel Hotel.

Er werd een speciale editie van het blad gelanceerd, het werd gevierd met 'het heetste feestje van het jaar' en er werd mij op het laatste moment gevraagd of ik een stuk wilde schrijven én voordragen, 'een ode aan de vagina'. Tijdens de voordracht zou ik worden omringd door plezierig uitziende playmates in lingerie.

Ik droeg een stuk voor uit *Mohamed, de proleet* omdat ik helemaal geen zin had om te schrijven, laat staan om een fucking ode aan de vagina te fabriceren – geef me drank en drugs, de prachtigste playmate en laat me met rust.

Na de lancering hing iedereen rond de bar, werden er liveshows opgevoerd van schaars geklede dansers die in de luchtkunst zaten. Ze vertoonden Cirque du Soleil-achtige kunstjes met van die zijden doeken waarmee ze steeds zwierig van het plafond naar beneden leken te denderen maar vlak boven de vloer stopten om die op sensuele wijze te likken. Een zogeheten 'tissueact'. Een toepasselijke naam voor een uitvoering om van te janken zo slecht. Hoewel naarmate de show vorderde de strawberry daiquiri's steeds soepeler naar binnen werden gegoten, kreeg ik toch enorm veel respect voor die luchtkunstenaars. Hun sneuvelbereidheidsgehalte was namelijk enorm hoog. Iemand die zijn beroep uitoefent en grote risico's riskeert, daar neem ik mijn pet voor af. Toch hoopte ik stiekem dat één van die acrobaatjes mis zou grijpen en heel hard zou vallen, dat er bloed uit zijn ogen zou spatten zodat wij allemaal geschokt zouden reageren om er vervolgens foto's en filmpjes van te maken.

Gestorven tijdens een *Playboy*-feestje. Ik weet niet of dat nou geweldig of juist triest is.

Ik had de laatste tijd levendige ideeën over de dood. Hoe ik zou willen gaan. Als het dan toch een keer moet gebeuren, zou ik het liefst tijdens de seks willen sterven. Net voordat ik klaarkom. Met mijn pik in het troostrijkste plekje op aarde, de geboorteplek van iedereen. Dan is de cirkel ook meteen rond. Het meisje zal even schrikken natuurlijk, een paar dagen moeite hebben met slapen maar zal door vriendinnen gerustgesteld worden, dat ze de man de mooiste dood van zijn leven heeft geschonken. Die gedachte zal ze heel lang tegenhouden maar later zal ze het van dat perspectief bekijken en na verloop van tijd en heel wat sessies bij de psychotherapeut zal ze tijdens vrijdagmiddagborrels en verjaardagen erover opscheppen om iedereen met zijn eeuwige kutverhaaltjes compleet te overtreffen.

'Ik heb dus iemand doodgeneukt,' zou ze haar verhaaltje iedere keer met gepaste trots eindigen terwijl ze schouderophalend haar lippen tuitte. 'Voor je het weet, overkomt je zoiets. Ja, ik wilde het ook niet maar het is toch echt gebeurd. Ik ben er ook niet trots op of zo, naja, misschien een beetje, hij heeft wel een mooie dood gehad, ik bedoel, ik ben niet blij dat het is gebeurd of zo, begrijp me niet verkeerd, toch is het gebeurd. En ik moet ermee leven.'

Het applaus voor de circusact haalde me uit mijn gestoorde dagdroom.

Playmates op lichtgevende rollerskates brachten behendig hapjes en drankjes rond. Op de muren werden filmfragmenten van Hugh Hefners huisfeestjes geprojecteerd.

Ondertussen deed een aanstellerige dj in de hoek alsof hij heel geconcentreerd met de knoppen bezig was, met zijn Beats By Dre-koptelefoon zo half nonchalant over zijn oor zodat hij kon peilen hoe het publiek duidelijk niet onder de indruk was van zijn muzikale performance.

Ik dronk het laatste beetje van het roze spul, pakte het aardbeitje van het randje en mikte het in mijn mik.

Mijn aandacht werd getrokken door een voluptueuze brunette in zwarte jarretels en op hoge hakken met spikes en rode zolen – Christian Louboutins. Ze stond bij een groepje sexy geklede vriendinnen maar zij was de enige die steeds op haar telefoon zat te tikken. Ze verveelde zich overduidelijk te pletter. Ze ging even zitten op de leuning van de loungebank terwijl haar vriendinnen om haar heen stonden.

Hoe de zwarte netkousen als een strak visnet haar kuiten omknelden. De voorste jarretelbandjes met zwarte strikjes op haar bovenbenen terwijl de achterste bandjes in haar uitstekende billen sneden.

Ik wilde zo snel mogelijk weg van deze nouveau-richerige rampplek, haar op mijn Vespa meenemen terwijl ik braaf voor alle rode lichten of overstekende voetgangers stopte om haar behoorlijke borsten tegen mij aan te voelen. Om haar vervolgens bij mij thuis langzaam uit te kleden, de flonkeringen van het haardvuur op haar naakte lijf te aanschouwen en haar voorzichtig op mijn rendierhuid te leggen terwijl mijn vingers over haar venusheuvel gleden om tussen haar doorweekte lippen te stranden – alleen al van die gedachte kreeg ik een harde.

Ik wierp een Sportlife in mijn smoel, stapte op het groepje af terwijl ik mijn hand door mijn haar liet glijden.

'Hé, jij daar.'

Haar vriendinnen keken naar haar, zij keek ietsje later pas van haar telefoon op.

'O, hé.'

Ze stond op.

In een oogopslag merkte ik iets op. Ze had een veel te lieve uitstraling om een Amsterdamse te zijn.

Toen de playmate lachte, verschenen haar gebleekte tanden – ze had iets waar ik even de rillingen van kreeg: een smileypiercing precies in het midden van haar tandvlees. 'Leuk verhaaltje had je net!'

Ze legde haar telefoon weg. Het viel me op dat ze totaal niet zo heftig was opgemaakt als de meeste dames die vanavond aanwezig waren. Ze deed geen moeite om de minieme puistjes op haar voorhoofd te bedekken. Ze had hooguit wat rouge op haar gezicht aangebracht en koos vanavond voor een lichte *cat eye look.* Ze was alleen onder haar rechteroog een beetje uitgeschoten met de eyeliner, dat lijntje was net iets langer. Ik hoorde haar in gedachten vloeken toen ze zich een paar uur geleden voor haar half beslagen badkamerspiegel gekke bekken trekkend stond op te maken terwijl ze met een half oor luisterde naar een muziekje op de radio.

Mijn lieve grote zus maakte al haar vriendinnen meestal op voordat ze op dates gingen. Ik was het make-upassistentje. Dan staarde ik gebiologeerd naar het geconcentreerde tekenen terwijl ze de strategieën doorspraken, het meest genoemde advies was: 'Gewoon lekker *hard to get* spelen. Niet te snel tongen. En hem lekker alles laten betalen. Trouwens, trek een paar van mijn hakken aan, komt je dikke kont nog beter naar voren.'

Dan gaf ik de kohl, mascara of foundation aan als mijn zus er geïrriteerd om vroeg.

Ik vertelde het *Playboy*-meisje: 'Leuk outfitje heb je aan. Ik ben zó fucking dol op jarretels. Wanneer mag ik dit supersexy setje van je lenen dan?'

Ze lachte: 'Wanneer je wil! Ik heb een hele kast vol met deze krengetjes. Maar dit is één van mijn mooiste.' Ze trok een bandje eventjes naar voren zodat het tegen haar bovenbeen aan zweepte. 'Het maakt me echt vrouwelijk. En ik voel me er gewoon heel goed in.'

'Dat is belangrijk. Als ik een vrouw zou zijn, zou ik elke dag sexy lingerie aantrekken. Ik ben Mohamed, trouwens.'

Ik ging naast haar zitten op de leuning van de bank. We keken uit over een saaie, afwachtende menigte waar geen reuring in kwam.

'Weet ik. Ik ben Daphne.'

'Shit, dat had ik kunnen raden als je het me vroeg.'

'Laatst was ik bij mijn ouders in Almelo en toen hadden ze een column van jou op de koelkast geplakt. Mijn moeder is tandarts, krijgt elke maand dat blad waar je voor schrijft. Vet leuk.'

'Vet kut, bedoel je. Die shit moet je dus echt niet lezen.'

'Zijn je ouders niet supertrots op je?'

'Heel trots.'

'Want jij schrijft toch ook van die grotemensenboeken en zo?'

Veel te overmoedig door de cocktails en ter overcompensatie van die suffe stukjes zei ik: 'Klopt, ik schrijf grote meesterwerken.'

'Nou, jij bent ook lekker bescheiden gebleven.'

Ik pakte twee toastjes van een schaal die rondgebracht werd door een jongedame op rollerskates: 'Toastjes met mimosa van ei en kaviaar.' Ik at er eentje op, gaf het andere aan het meisje met de jarretels en zei, tussen het kauwen door: 'Moet jij zo nodig zeggen, met die borsten van je.'

'Jij bent zó erg!' zei ze overdreven en toen heel speels: 'Ik heb ze bijna een jaartje nu. Lief en schattig zijn ze, hè?'

'Sorry maar die woorden zou ik niet hebben gekozen.'

'O nee? Welke woorden dan wel?'

'Daar moet ik even goed over nadenken voordat ik daar uitspraken over doe.'

Ik veegde met een servetje mijn mond schoon, pulkte met het puntje van mijn tong wat toast tussen mijn tanden weg en zei: 'Ik stel voor dit stomme gedoe hier te skippen en bij mij een privéfeestje te houden. Onderweg zal je het fucking koud krijgen, dus gooi ik gelijk wat houtblokken in de open haard als we thuiskomen.'

De bas uit de immense speakers golfde door de zaal. De dj begon warm te draaien, leek eindelijk de smaak te pakken te hebben. Een paar meisjes begonnen midden in de zaal te dansen terwijl de heren, als hongerige hyena's, hen van de zijkanten bekeken – de laffe sukkels.

Ze vroeg: 'Zeg je dit tegen alle meisjes?'

'Jezus, waarom zeggen jullie dat allemaal?'

Daphne en ik wisselden wat schalkse blikjes, ze wierp een blik op haar telefoon, stopte die in haar tas en vroeg: 'Geef me één reden... Oké... Waarom zou ik met je mee moeten gaan?'

'Waarom niet?'

Zij keek om zich heen en zei: 'Oké, ik doe dit soort dingen echt nooit.'

'Ik ook niet.'

'Even mijn vriendinnen gedag zeggen. En daarna nog even naar het toilet. Over tien minuten bij de ingang?'

'Cool.'

Terwijl ze met haar handtasje schudde, vertelde ze vrolijk: 'Ik heb trouwens G bij me.'

'Geweldig.'

Terwijl het haardvuur knetterde, bracht ik Daphne een glas jus d'orange. Ze zat op de vensterbank, met haar benen opgetrokken was ze druk bezig met haar telefoon. Haar gezicht lichtte op door het scherm.

'Ben je vastgelijmd aan dat ding?'

'Sorry, heel even mijn vriendinnetjes mijn locatie sturen.'
'Voor het geval ze hier willen afteren?'
Ze keek me aan, zei met een zware stem: 'Voor het geval ik verkracht word.'
'Er ligt nog een meisje in de kelder dat best wat gezelschap kan gebruiken.'
'Oh my god, jij bent echt gestoord.'
'Valt reuze mee.'
Ze legde haar telefoon op tafel, sprong van de vensterbank en pakte het glas met jus aan.
'Thanks.'
Toen ze een flesje uit haar tasje pakte, vroeg ze: 'G'tje doen?'

Aandachtig schonk ze het dopje van het flesje vol met stroperige vloeistof.
'Is dat niet te veel?'
'Nee, joh.'
Ik zei: 'Ik heb het nog nooit gebruikt.'
'Echt niet?'
'Nee.'
'O, je gaat je zo lekker voelen straks.'
Ze dronk het op, keek alsof ze een hap had genomen uit een citroen en nam meteen een paar slokken jus d'orange.
Toen schonk ze het dopje voor mij in.
De GHB smaakte naar boerenland. Deed me denken aan Joe Speedboots habitat: mest, grasweiden en grazende koeien.
Daphne zei: 'Even een muziekje opzetten, hoor.'
Ze ging achter mijn bureau zitten, zette de boxen aan en zocht via Spotify wat muziek op.
Daphne vroeg: 'Ken je The Weeknd?'
'Nee.'
'Kén je The Weeknd niet?'
'Nu wel.'
'Dít is echt de allerlekkerste seksmuziek *ever*.'
Ze zette 'House of Balloons' op van het *Trilogy*-album van de

Canadees-Ethiopische artiest met gek haar die zich naar het weekend had vernoemd.

Ze vroeg: 'Kom je op mijn schoot zitten?'

Ik ging braaf op haar schoot zitten.

We kusten, ze trok haar beha naar voren zodat haar borsten er gedeeltelijk uit vielen, ik gleed van haar schoot af, zat op mijn knieen, pakte haar koude borsten vast en likte haar tepels.

Ik pakte ondertussen mijn telefoon van tafel, drukte op de cameratoets en vroeg: 'Mag ik een foto van je maken?'

'Waarom?'

'Dit is een mooi beeld.'

Ze poseerde een beetje. Terwijl ze een losgeraakt jarretelbandje dichtknoopte, schoot ik een foto met flits.

We bekeken het kiekje.

Ze zei: 'Best wel sexy.'

'Zal ik deze foto op Facebook of Instagram droppen en je taggen?'

'Nee, gek.' Ze vervolgde vrolijk terwijl ze haar borsten bevoelde: 'Ik hou er echt van om aan mijn tieten te zitten.'

'Snap ik.'

Op het moment dat ik mijn gulp openritste, krabde ik de visnetkous bij haar kruis kapot.

Ik zei: 'Mijn buik begint een beetje raar te voelen.'

Ze wreef over mijn buik, kuste mijn wang en zei: 'Mijne ook. Gaat zo over, liefje.'

Ik zag haar slaperig worden. Ze gaapte. Haar gezicht vervormde. We omhelsden elkaar.

Mijn nek en schouders ontspanden als nooit tevoren, zodat mijn hoofd langzaam alle kanten op bewoog. Ik zuchtte een paar keer diep. Enorme loomheid overspoelde mijn lijf. Ging van mijn knieen op de grond zitten, liggen, hij stak stokstijf uit mijn gulp.

Ze zat even op mijn bovenbenen, schoof haar string opzij en gleed voorzichtig op mijn pik.

Verdwaasd zei ik: 'Je pik past perfect in mijn poesje.'

Daphne zei: 'Je poesje past echt perfect om mijn pik.'

Mijn vingers verstrengeld in een visnet – ik ving zelfs een vleugje visgeur op. Het naakte meisje dat mij hurkend op haar naaldhakken zat te neuken, zei: 'Wakker blijven, jij!' en playbackte met de muziek mee terwijl ze naar me wees:

You're in my world now, you can stay, you can stay
Cause you belong to me, you belong to me.

Ik had me in tijden niet zo goed gevoeld. Soms voelde en zag ik helemaal niets. Een zwarte leegte. Doezelde zo nu en dan even lekker weg terwijl we de hele nacht overal in mijn balzaal seksten: elkaar omhelzend op de bank, op de tafel waarvan de houten poten bij iedere stoot gelijktijdig met ons kermden, zachtjes zenneukend op de vensterbank tegen de koele ramen, overal sekssporen achterlatend. Soms hoorde ik de muziek, een ontroerende, bijna beangstigend lange uithaal van de zanger die me kippenvel bezorgde. Het geknisper van het hout in de haard, een vonkenregentje dat opsteeg. De volle maan die boven de panden van de Keizersgracht hing, verscholen achter wat kale boomtakken, en zich geleidelijk aan verplaatste. Het witte maanlicht dat de contouren van de meubels op de vloer tekende, schoof mee naarmate de nacht zich uitvouwde.

Dan lag ik uitgeteld in mijn Eames-loungestoel, schrok ik wakker van het doortrekken van de wc, de harde straal van de kraan in de keuken terwijl er langdurig geslurpt werd. Daphne, die naakt op haar hoge hakken, steunend tegen de muren lachend op mij afkwam. Daphne, die haar koude borsten stiefmoederlijk tegen mijn gezicht aan drukte als ze op me plaatsnam. Daphne, die me slokjes water met een raar smaakje gaf terwijl ik nauwelijks kon praten en als een baby aan het brabbelen was.

De hele nacht dat ik met haar bezig was, kon ik alleen maar aan Evelien denken.

'Evelien is er niet, schat. Ik ben er.'

Ik lag ineens onder mijn bureau, in een dekentje gewikkeld. The Weeknds 'Loft Music' weerklonk in mijn woonkamer. De ijzingwekkende uithalen doordrongen van verlatenheid, eenzaamheid. Zijn bijna engelachtige gezang gaf me een gevoel van geborgenheid.

Daphne zat naakt bij het dovende haardvuur te mediteren op het witte rendiervel. Ze maakte een mudra: een o met haar duim- en wijsvingertoppen. De duim staat trouwens voor goddelijke energie en de wijsvinger voor het ego, heb ik me ooit laten vertellen door een muf geurende yogaleraar.

Ze liet zich daarna achterovervallen, lachte eventjes in zichzelf en dacht dat ze in een vers besneeuwd park lag, want ze bewoog alsof ze sneeuwengelen aan het maken was.

Luisterend naar de duistere klanken, zong ze deinend op de maat de refreinteksten van The Weeknd mee:

This is a happy house,
We're happy here,
In a happy house,
Oh this is fun, fun, fun,
fun, fun, fun, fun, fun,
fun, fun, fun, fun, fun.

Toen pakte ze haar telefoon weer.

Ik vroeg: 'App je nou nog steeds met je vriendinnen?'

'Nee.'

'Met wie dan?'

'Wil je het echt weten?'

'Ja.'

Ze zei: 'Hugo.'

Ik vroeg: 'Wie de fuck is Hugo?'

Ze vroeg: 'Wie de fuck is Evelien?'

Ik lachte: 'Mijn vriendin.'

'En Hugo is mijn vriendje.'

Ze knikte terwijl ze op haar zij ging liggen, haar ene borst drukkend tegen de andere. Nu pas zag ik de littekens van de incisies in haar borstplooien. Ze gloeiden grillig op door het zwakke schijnsel van het vuur.

'Wat heb je tegen hem gezegd?'

'Ik heb hem gezegd dat… Dat ik bij… Oké. Ik heb hem verteld wat ik nu aan het doen ben. Dat ik seks heb met jou.'

'Wát?'

'Ik vertel hem alles. Hij vindt het fucking geil.'

'Wacht even, hij vindt het geil dat jij nu met iemand anders seks aan het hebben bent?' vroeg ik.

'Ja.'

'Echt waar?'

'Ja.'

'Zit-ie aan zichzelf dan of zo?'

'Ja, duh.'

Ik vroeg: 'Maar waar is-ie nu dan?'

'Thuis. In Almelo. Hij is mijn highschoolsweetheart.'

'Jij bent verschrikkelijk. Mis je hem?'

'Niet echt. Soms. Altijd wel.'

'Maar hoe en wat vertel je hem dan precies?'

'Alles. Hoe je me neukt, hoe je me likt, dat ik zo geil werd van dat ik klaarkwam dat ik meteen erna weer klaarkwam, dat soort geile shit. Heb hem ook foto's van je gestuurd. Toen je sliep. Met je stijve lullie in je hand. Grapje, hoor.'

Evelien appte me midden in de nacht. Dat ze met een kater in bed lag. Dat ze me miste, van me hield en snel wilde skypen of facetimen.

Ik appte haar: 'Hoi.'

Ze vroeg of ik niet al lag te slapen.

Ik vertelde dat ik nog wakker was.

Ze vroeg wat ik aan het doen was.

'Welke versie wil je horen?'

Ze zei: 'Haha. Uit welke versies kan ik kiezen?'

'De fictieve of de non-fictieve.'

Evelien antwoordde: 'Waar jij je goed bij voelt, babe.'

Ik appte: 'Heb net de halve nacht seks gehad. Het meisje kwam naar me toe, jarretels, hoge hakken. Toen ik haar aan het neuken was, ik heb d'r echt helemaal suf geneukt, dacht ik alleen maar aan jou.

Ik heb je serieus nog nooit zo erg in m'n leven gemist.

Hoop dat jij snel iemand mee naar bed sleurt en lekker losgaat daar. Ik gun je al het plezier van de wereld.

Ik hou zoveel van je.'

Evelien antwoordde: 'Ik denk niet dat ik dit had willen weten... Heb je een foto van haar?'

Ik kreeg een idee. Ik appte: 'Fuck een foto. Filmpje?'

Ze was aan het typen. Toen weer niet. Toen weer wel.

'Doe maar...'

Daphne hield op haar beurt Hugo op de hoogte. Ik kroop onder mijn bureau vandaan, stond op, gooide het dekentje van me af en zei: 'Ik heb weer zin in je. Bel je vriendje op, zet je telefoon op luidspreker en leg hem op tafel. Laat hem lekker naar ons luisteren.'

'Dát is een geil idee!'

Ze belde hem meteen op, legde de telefoon op de schouw en ging op de rendierhuid liggen.

Ik plaatste mijn iPhone op de grond tegen de muur zodat Daphne en de volledige ruimte te zien waren.

En facetimede met Evelien.

Toen ik haar lieve gezicht zag, kuste ik het scherm.

Niet lang daarna begon het *Playboy*-meisje te kreunen en krijsen.

17de druk

Een week na het FaceTime-incident belde Evelien me via WhatsApp.

We zwegen erover.

Ze belde om te vertellen dat ze haar telefoon niet meer zou gebruiken. Dat ze haar Facebook- en Instagram-profiel verwijderd had want ze wilde 'detoxen van die stomme shit om zich compleet onder te dompelen in de Cambodjaanse cultuur'.

Ik vroeg: 'Mag ik je nog wel brieven blijven schrijven?'

'Als jij daar behoefte aan hebt.'

Daarna hing ze op.

Vlak voordat ik wilde beginnen met schrijven, werd ik huilend opgebeld door Roos, een ex-vriendinnetje. Ze had ruzie met haar vriendje – het meisje hield van drama, ze was niet voor niets actrice bij Het Nationale Toneel. Of ze vanavond bij mij kon slapen.

Ik haalde een theezakje uit een heet glas, pakte nog een glas, zette het op het aanrecht en vertelde haar: 'Ik moet wel nog even aan mijn boek schrijven straks. Maar mijn bank wacht op je. En er staat een kopje thee voor je klaar.'

Ik liep naar mijn bureau, ging zuchtend zitten en sloeg mijn laptop dicht.

Toen het een tijdje terug een halfjaar uit was met Evelien, hadden Roos en ik kortstondig iets met elkaar. Ze woonde op een bovenverdiepinkje van een appartement van een doofstomme weduwe aan het Harmoniehof, vlak achter het Roelof Hartplein. Haar slaapkamer keek uit op een langvormig plantsoen. Een stukje hemel midden in alle stadse hectiek. Eén van de meest verstilde plekjes van Amsterdam. 's Zomers werden we wakker door het kletterende fonteintje. Meestal rook ik dan de geuren van ovenverse croissantjes die zij even later naar me toe bracht – suiker en kaneel, kaas en naturel. Dan douchte ze, kuste ze me gedag en moest ze 'spelen'. Dat vond ik altijd fascinerend. Als iedereen naar werk gaan 'spelen' zou noemen, zou de wereld een stuk mooier zijn geweest. Ik ging eens in het jaar nog wel eens naar haar kijken als ze de sterren van de hemel speelde in *Othello*, *King Lear* of *Faust*.

Ze kwam langs, natgeregend, dronk een kopje thee, ging naar de koelkast, pakte een fles wit, maakte die open en dronk die leeg terwijl ze leegliep over haar vriendje. Ik probeerde te luisteren, maar bedacht alvast wat ik straks wilde schrijven. Ze huilde uit op mijn schouder, daarna pakte ik de dekens voor haar uit de kast, draaide me om, ze stond naakt voor mijn neus. Ze had een donkerblond landingsbaantje. Haar taille was slanker dan vroeger. De twee moedervlekken bij haar navel die ze haatte en altijd weg wilde laten halen, begroetten me als een oude vriend.

Ik vroeg: 'Wat is dit? Ben je op auditie?'

'Mag ik even douchen?'

Ik wees haar de badkamerdeur.

'Samen?'

'Ik moet echt schrijven.'

'For old times' sake?'

Ze stond op het punt te gaan huilen.

Ik zei: 'Nee, alsjeblieft, niet weer!'

Ze lachte: 'Ik kan het op commando.'

'Weet ik. Je bent niet op het toneel, afgericht wicht.'

Ik gooide de dekens op haar hoofd.

We douchten, seksten en vielen in slaap.

De volgende dag vroeg ze: 'O ja, liefje, zou je een rol voor in je boekverfilming voor me kunnen regelen?'

'Je vergeet iets te zeggen...'

'Wat dan?'

'Please, mister Weinstein?' Terwijl ik op de bank plofte, zei ik: 'Op je fucking knieën. Pijp me nog even.'

Dat deed ze.

Tot ze stopte, ernaar keek en weer ging lullen: 'Je pik is prachtig. De dikte, gewoon net iets te dik, zodat je het echt voelt, zelfs een beetje pijn hebt in het begin maar best wel fijne pijn. Hij is niet te groot, niet te klein, niet te lang.'

'Pas je op? Hij bijt.'

'Je eikel is mooi afgewerkt, alsof hij door een beeldhouwer uit zandsteen is gehouwen. En met zo'n takelwagen er heel precies en secuur op is gelegd, zoals een koepel op een gebouw wordt gezet. De aders vol en krachtig, bijna kunstzinnig mooi vertakt. Alsof er heel lang over is nagedacht, zeg maar. Geen gekke knik gelukkig. Goede piemelkleur ook, mooi lichtbruin, niet te licht, niet te donker. Nergens pigmentvlekjes, zo te zien. Weet je, ze moeten hem gewoon in een mal gieten en er dildo's van maken. Of nog beter, ik ga een landelijke peniscompetitie beginnen. En hem voordragen voor de mooiste pik van de wereld. En ja, je balzak, die mogen we natuurlijk niet vergeten. Wat moet ik daar nou over vertellen? Vol, speels, lijkt een beetje op olifantenhuid maar voelt veel zachter aan. Mag ik een dickpic maken van je dikke pik?'

Ik zei: 'Je mag me verder pijpen.'

Ze vroeg terwijl ze mijn lul tegen haar wang aan sloeg: 'Wat vind je van mijn penismonoloog? Moet ik hem gaan opvoeren in de schouwburg?'

'Wat een vunzig mondje heb je. Het moet even flink gewassen worden.'

Ze zei: 'Jaaa, heel graag. Spuit je hem schoon? Please? Doe, doe, doe!'

Vlak voordat ze wegging, zei ze: 'Dankjewel, lief. 't Was heel fijn. Zal wat vaker stennis schoppen thuis. Zal ik kaartjes voor je klaarleggen voor *Midzomernachtdroom* over twee weken? Of *Hamlet* volgende maand?'

'Ik voel me gebruikt.'

Ze deed haar beige Burberry-jas aan, kuste me gedag en zei: 'Hashtag *me too* me maar.'

Lieve Evelien,

Herinner je je onze eerste kus nog? Toen we na schooltijd naar huis fietsten? Tegenover het politiebureau op de Ferdinand Bolstraat?

Midden op het fietspad, de fietsen tussen de knikkende knieën terwijl we elkaar onwennig maar liefdevol kusten. De fietsers rinkelend om ons heen, vloekend dat we dat op de stoep of thuis moesten doen.

De sukkels.

Toen ik een keer vastzat, keek ik lachend, tussen de tralies door, uit op dat plekje.

Herinner je je het vrijpartijtje in Frankrijk nadat we drie dagen niet gedoucht hadden? Omdat ik had gelezen dat Napoleon zijn Joséphine schreef: 'Was je niet, m'n lief. Ik wil ruiken wat ik gemist heb als ik thuiskom van het slagveld.' Dat we op het schommeltje en de spoorlijn vreeën toen je ouders boodschappen gingen doen. En we elkaar daarna met de tuinslang besproeiden terwijl we elkaar inzeepten met Le Petit Marseillais. Lekker op de zacht wiegende hangmat lezend lagen te drogen.

Weet je nog toen we op zoek gingen naar bramen, bosbessen en frambozen? Jij die plukte en gulzig opvrat? En ik volledig verbaasd was dat je die gewoon zo van de boom kon eten? Als de avond viel, klampte ik me aan je vast op weg naar huis, doodsbang voor de geluiden van de beesten in de bosjes. Jij noemde me steeds 'mietje' en probeerde weg te rennen. Ik hoor je al lachen. Dat waren de engste momenten uit mijn leven, hoor. Het platteland kan behoorlijk beangstigend zijn voor een stadskind.

Weet je nog dat je vader boos werd op mij toen hij uit het raam keek en hij dacht dat ik een hoofddoek om je hoofd wilde wikkelen? Terwijl ik heel lief je lange sjaal omdeed, je goed instopte tegen de kou op de scooter.

Hoe hij kwaad het raam opende en eiste: 'Trek nú die hoofddoek van mijn dochter af!'

'Hoofddoek? Waar heb je het over?'

'Ja, pap, wat lul je nou? Dit is mijn sjaal.'

Dat hij toen zei: 'O.'

En ik vertelde: 'Ik ben niet zo'n fan van verhullende kleding. Hoe bloter, hoe beter.'

En dat je vader zei: 'Nou, niet te bloot, hoor.'

Weet je nog laatst op de verjaardag van Mai toen we met zijn allen in de tuin stonden? Toen Connie Palmen op ons afliep, onze handen vasthield, ons om en om aankeek en de tranen zich in haar ogen verzamelden? Dat ze ons iets wilde vertellen maar dat het telkens niet lukte? En dat we elkaar daar minutenlang stonden aan te kijken. Elkaars handen maar vasthielden, een lieve glimlach, een fijn kneepje, een knipoog.

Ik wist precies wat ze dacht.

We wisten precies wat ze wilde vertellen.

Dat we het leven voor lief namen. Dat we ons niet realiseerden hoe blij we eigenlijk moesten zijn. Dat we midden in de bloei van ons leven zaten, dat onze jeugd kostbaar was en dat we dat ieder moment dienden te beseffen. Ze wilde vertellen hoe fragiel het liefdesleven kon zijn. Dat we niet wisten hoe kostbaar het was. Dat het voor we het wisten over kon zijn. Ze wilde vertellen dat de tijd als een sneltrein door het leven dendert. Dat we moesten waken voor de sleur, die als grote vijand moesten bestempelen en die nooit moesten toelaten in ons leven, want als die toeslaat én je treft, ben je verloren. Ze wilde vertellen dat we elkaar nooit voor lief moesten nemen. Ons op het hart drukken dat we nooit moesten vergeten hoe mooi en vluchtig de liefde kan zijn.

Dat wilde ze ons allemaal vertellen.

Maar ze was te bezopen, dus daarom kneep ze onze handen maar fijn.

Heb het goed daar, liefde.

Omhels jezelf zoals ik je zou hebben omhelsd.

Hoop niet dat je me haat na het FaceTime-incident…

Ik wist niet wat me bezielde.

Het lieve, vunzige meisje dat tijdelijk tegenover mijn ouders woonde, stuurde mij een berichtje met foto's via WhatsApp.

'Heel feest hier voor de deur. Is dat je zus?'

Ik bekeek de foto's lang en ademloos. Midden op de weg stond mijn zus gehuld in een lange, mooie witte bruidsjurk. De sleep werd gedragen door twee vriendinnen. Mijn zus hield losjes een bos bloemen vast. En ze hield de hand vast van een trotse, lachende man in een zwart pak, mijn nog onbekende schoonbroer. Al haar hartsvriendinnen in kleurige kaftans stonden dansend om haar heen. Ongetwijfeld zongen ze rollend met de tongen het welbekende *zagratha*. Een eeuwenoude Arabische traditie om het bruidspaar te zegenen werd in de Amsterdamse straten in ere gehouden. Tijdens bruiloften in Marokko deed ik de vrouwen een keer na. Toen klapten mijn ooms op mijn achterhoofd terwijl ze eisten dat ik daar per direct mee moest ophouden omdat alleen vrouwen en flikkers dat deden. Ze vroegen me of ik één van de twee was. Ik schudde nee. 'Weet je het zeker?' Ik knikte heel hard ja. En toen zeiden ze: 'Stop dat tongetje dan terug in je mondje.' Diezelfde ooms, vergezeld van hun vrouwen, stonden nu applaudisserend om het bruidspaar heen. Tantes, neefjes en nichtjes uit Parijs, Brussel en hoogstwaarschijnlijk Osnabrück. Een viertal jongens in traditionele paarse kledij maakte deel uit van de Dakka Marrakchia, een muziekbandje geïnspireerd op de muziekstijlen uit De Rode Stad. De jongens brachten de menigte alvast in extase voor het grote feest van vanavond: ze klapten ongetwijfeld ritmisch op de derboeka's en bendirs, een jongen met bol geblazen wangen blies op een meterslange, koperen *neffar*. Mijn vader en moeder stonden blij maar beteuterd te zwaaien bij de deur terwijl mijn broer op zijn knieën het vrolijke tafereel vereeuwigde met een grote camera op zijn schouder.

Ik zag een paar goedgeklede gozers die ik niet kende, waarschijnlijk familie of vrienden van de bruidegom. Een stoet met bloemen versierde sportauto's met de knipperlichten aan en de deuren open. Buren die op straat gezellig stonden te kijken, zich ongetwijfeld afvragend wat een overdreven gedoe dit was maar misschien stiekem wel hoopten dat hun trouwdag er net zo uitbundig uit zou zien. Sommige buren hingen uit het raam om foto's te maken.

Ik slikte, lachte en huilde eventjes. Van blijdschap, woede en verdriet. Dat ik er verdomme op deze manier achter moest komen dat mijn zus ging trouwen. Dat ik niet aanwezig was op haar grote dag. Dat ik niet eens een berichtje had gekregen.

Ze mochten allemaal feestend doodvallen.

Ik scooterde naar Vinn, die in het Volkshotel aan het feesten was. Ik reed langs het water over de Weesperzijde. Uit het niets schoot ineens een fietser de weg op. Ik probeerde de man met een snelle manoeuvre te ontwijken maar was te laat en ramde hem frontaal.

Mijn wang op het ijskoude wegdek.

Ik stond snel op. Duizelde in het donker. Hoorde pijnkreten.

Hij leek op een monnik in een pij.

Zijn vingers krulden van de pijn.

Een bloederige bult ter grootte van een golfbal op zijn pols.

Ik herkende de krakerige stem. Een stem uit het verleden. Door de klap was ik even de kluts kwijt. Maar al snel legden mijn hersenen de link.

'Allah, Allah, Allah!' riep de imam creperend van de pijn.

'Voilà, kijk eens wie we daar hebben.'

Hoe de vrome man erbij lag, zijn handen om zijn knie gevouwen, als een kind dat gevallen was. Een schoen lag iets verderop – de imam droeg kanariegele Air Max. Hij was vast onderweg naar de moskee om het nachtgebed te leiden.

Ik bewoog voorzichtig m'n nek, mijn hart ging tekeer. M'n windscherm was aan diggelen, puntige uitsteeksels als een drakenrug. Ik gleed met m'n vingers langs wat deukjes en krasschade aan de voorkant van m'n Vespa. Rook en bezinegeur stegen op langs de haperende lichtbundel van de scooterlamp, grijze reflecties op zijn Nikeschoen lichtten op.

Ik kreeg knallende koppijn.

Maar ik was vooral verguld bij het aanzien van mijn naar hulp vragende verkeersslachtoffer.

Hij lag in zijn donker wollen djellaba op de weg, net uit de bocht van een zijstraatje. De zinderende vrieskou sneed vanuit de Amstel door ons heen.

Ik sprak: '*El mektab* heeft ons bij elkaar gebracht op deze prachtige winternacht.'

El mektab, het lot, vrij vertaald: datgene wat reeds is geschreven.

Ik stond over hem heen gebogen.

Hij zei: 'Moet politie bellen. Moet verzekering bellen!'

'Politie? Waarom? Allah is toch degene die over je waakt? Allah ís je verzekering.'

De imam keek mij niet-begrijpend aan.

Huiverend van de kou hurkte ik naast hem neer, moest even mijn balans houden, keek om me heen, er was in de wijde omgeving niemand te zien.

Ik zei zachtjes: 'Bismillah. Allah gaat je heel gauw beteren. Niet alleen fysiek maar ook mentaal. Zeg amen.'

Zijn onderlip trilde, hij kneep zijn ogen samen en zei: 'Ik begrijp niet.'

'Natuurlijk begrijp je het niet.'

Toen zei ik in vloeiend Arabisch: 'Als ik zeg dat Allah je gauw zal beteren, sluit jij als gewoonlijk af met je amen. Begrepen? Niet zo moeilijk, toch?'

Hij hakkelde: 'A-a-a-amin.'

'Kijk, goed zo.'

Hij keek naar mijn haar en had een herkenningspunt. Zijn ogen werden steeds groter. De wolkjes condens vermeerderden. Het was alsof hij oog in oog stond met een levensechte djinn.

'Wie gaf jou het recht om zo over mij te praten?'

Hij keek naar de zwarte hemel.

Ik vroeg: 'God?'

'Het was het lot,' zei hij.

'Moet je eens horen, vriend. Jouw lot ligt momenteel niet in Zijn handen maar in de mijne. Hij heeft dat gewoon aan mij overgedragen. Hoe mooi is dat? Ik kan alles met je doen, oude man. Het is tenslotte Zijn wil, nietwaar?'

Zijn voorhoofd was donkerder dan de rest van zijn gezicht, vanwege het jarenlange schuren tegen de gebedstapijten.

Ik pakte hem bij zijn baard beet, trok zijn gezicht naar me toe en zei: 'Jouw dag is gekomen.'

Hij zei: 'Sorry, sorry.'

Ik wierp hem mijn meest meedogenloze blik toe.

'Je snapt toch wel dat ik je nu moet doden. En dat niemand je zal horen.'

Hij begon te huilen.

Ik liet zijn baard los – zijn achterhoofd viel op het koude wegdek. Ik sloeg me op de buik van het lachen en zei: 'Godsamme, wat geestig dit.'

Stond snel op, pakte zijn schoen, schoof die aan zijn voet en strikte zijn veters. Toen ik zijn andere schoen veterde, wees ik met mijn kin naar zijn knie en vertelde: '"De wond is de plek waar het licht bij je binnenkomt," schreef Rumi. Jammer dat je niet op je kop bent gevallen.'

De voorband van zijn fiets was verwrongen, spaken staken eruit.

Ik tilde mijn scooter op, stapte erop en reed rustig verder.

Want Allah had het zo gewild.

18de druk

Ik werd vier keer gebeld door de uitgeverij maar nam niet op.

Vandaag zou ik echt beginnen met schrijven. Ik liep rondjes in mijn balzaal, probeerde de openingsscène te bedenken van mijn tweede boek. Toen er na een paar minuten een briljant idee binnenviel, pakte ik snel mijn Parker-pen van mijn oor maar die viel uit mijn handen en rolde weg onder de bank. Ik probeerde hem te pakken, strekte mijn arm uit, voelde niets, keek even waar hij precies lag, probeerde het opnieuw maar kon die klotepen weer niet pakken.

Ik trapte de bank van de muur, pakte de pen en liep naar mijn bureau om het idee op te schrijven maar het was alweer vervlogen.

Gooide met al mijn kracht de pen tegen de muur kapot, trok mijn sportkleren aan en vertrok naar de sportschool.

Op de sportschool was een helblond meisje met een paardenstaart schuine crunches aan het uitvoeren. Op het moment dat ik langsliep, kruisten onze blikken elkaar; ik stopte, liep naar haar toe omdat iets in haar blik mij aantrok. Alsof ze me riep.

Ik vroeg haar hoelang ze hier sportte, welke oefeningen ze vandaag deed en of ze zin had om vanavond uit eten te gaan.

'We kennen elkaar niet eens.'

'Een goed moment om elkaar te leren kennen, toch? Ik ben Mohamed.'

Ze stond op van het buikspierbankje, ze was een stukje langer dan ik.

'Sophie.'

Ik vroeg: 'Gaan we lekker zondigen vanavond? En gewoon een lekker pizzaatje eten?'

Die avond aten we truffelpizza's in de Pizzakamer in De Pijp.

Na anderhalf uur kletsen vielen we stil. We waren volledig uitgepraat. De mensen in de pizzatent waren druk met elkaar aan het lullen, de obers brachten de gerechten naar de tafels en wij staarden elkaar aan.

Zeker drie minuten lang.

Ze had blauwe ogen met donkere spikkeltjes in haar irissen.

Tot ik mijn blik afwendde, een slok nam van mijn scroppino en zei: 'Dat was diep.'

'Nogal.'

Ik zei: 'Dat je het even weet… Ik neuk pas op de derde date.'

Haar blonde haren los aan één kant over haar schouder, duidelijk na het sporten gewassen. Ze had een gouden veren oorbel in.

'O ja?'

Ze had haar wijntje op, pakte mijn scroppino en dronk ervan.

'Ik ben een heel principieel man.'

'O, is dat zo?'

'Ja, dat is zo. Dan kan ik je met een gerust hart neuken.'

Ze vroeg: 'Weet je waar ik een hekel aan heb?'

'Marokkanen?'

'Ook. Maar vanavond heb ik vooral een hekel aan principiële mannen.'

Haar huisje was veel te klein voor een jonge vrouw van haar postuur – op tien vierkante meter bevonden zich een doucheruimte, het keukentje en een bank. Haar slaapkamer was onder het dak, een ruimte die via een nauw trappetje te bereiken was.

Terwijl zij zich omkleedde, bekeek ik haar kamertje. Een verzameling cactusjes bij het raam. Geurstokjes van kaneel op een tafeltje met een fotoboek van Coco Chanel. Daarnaast lag een boek van de welbekende Amerikaanse psychotherapeut Wayne Dyer, *De weg naar verandering. 81 verzen van de Tao Te Ching*. Haar sportbeha's, sokjes en ondergoed hingen aan een droogrek – dat beeld ontroerde mij op de één of andere manier. Ik bladerde door een plakboek dat ze voor haar zus aan het maken was. Voor haar dertigste verjaardag. Haar moeder was, aan de foto's te zien, stewardess; haar vader vloog een enkelmotorig Cessnaatje.

Ze kwam terug in een ongelofelijk kinky, webvormig zwart pakje met gouden accentjes.

Kruisloos.

Ik sloeg het plakboek dicht, legde het weg en zei: 'Niet eerlijk dit, nou ben ik underdressed.'

Ze zei: 'Niet als je nu je kleren uitdoet.'

'Oké.' Ik deed gedwee mijn kleren uit.

'Tof pakje, hoor,' wees ik.

'Het is van Bordelle. Deze stukjes zijn 24-karaats goud.'

'Echt?'

Ze knikte. 'Ik zorg heel goed voor mezelf.'

'Zoals het hoort.'

Ik moest op mijn tenen staan om haar te kussen. Ze had een fantastisch fitnessfiguur. Terwijl ze door haar knieën zakte, me godverdomme goed pijpte, likte ze mijn ballen en verplaatste zich ineens achter me. Ze duwde me tegen de koude muur aan, spreidde mijn billen en terwijl ze mijn kontje likte, trok ze me geoefend af.

'Godverdomme, ga door.'

Ze stopte soms, blies op mijn nat gelikte kontgaatje, waardoor het heel koud aanvoelde – rillinkjes van mijn scrotum naar mijn hele lijf. Om me daarna in mijn billen te bijten. 'Au!' gromde ik.

Ze zei: 'Stil, jij!'

Toen drukte ik haar gezicht nog meer tegen mij aan. En vervolgde ze het gulzige likken. Ze stopte eventjes, klakte met haar tong en vroeg: 'Proef ik nou… Proef ik nou honing?'

Ik lachte hard en vertelde: 'Marc Jacobs Honey Douchegel.'

Ze zei: 'Je smaakt gewoon echt lekker. Het lekkerste kontje dat ik ooit in mijn leven heb geproefd. Ik ga dit echt aan al mijn vriendinnen vertellen, *honey*.'

'Als je dat maar uit je hoofd laat.'

Ik drukte haar hoofd weer tegen me aan. Hijgerig vroeg ik: 'Kan je voor altijd doorgaan met wat je nu aan het doen bent?'

Ze zei: 'Ik kan je niks beloven.'

Daarna pijpte ze me terwijl ze me bleef aankijken.

We klommen het trappetje op, mijn kop in haar kont, naar haar claustrofobische slaapkamertje en neukten erop los.

Sophie pakte ondertussen een doos uit een kastje.

'Wat is dat?'

Ze lachte: 'De doos van Pandora.'

Met een ondeugende blik maakte ze hem open: een schat vol seksspeeltjes.

Daarna liet ze zich op bed vallen, deed haar pakje uit en op dat moment schrok ik me rot.

'Wat de fuck heb jij allemaal op je lijf?!'

Haar buik en borsten zaten onder de vuistgrote blauwpaarse plekken.

Ze zei: 'Ik had vorig weekend een ruig feestje in Berlijn.'

Ze ging op haar buik liggen.

'Kijk dit dan,' zei ze trots.

Schrammen, zweep- en knokkelafdrukken op haar rug.

Ik zei: 'Jezus fucking christus. Ze hebben je wel toegetakeld.'

'Vind ik lekker.'

'En je zei nog dat je zo goed voor jezelf zorgde.'

'Neuk me. En sla me zo hard je wil.'

Ik deed beide.

Ze vroeg: 'Wat ben je aan het doen?'

Met een slap handje sloeg ik op de zijkant van haar kont: 'Slaan.'

'Noem je dat slaan? Dat is aaien. Ik wil vuisten voelen.'

Ik ging naast haar liggen. 'Sorry, liefje. Maar dat ga ik niet doen.'

'Waarom niet?'

'Waarom niet? Je bent geen fucking boksbal!'

Ze pakte mijn hand, legde die om haar nek en zei: 'Oké. Wurg me dan.'

'Nee.'

Ze zei: 'Wat een sukkel.'

Ik had nog nooit eerder in mijn leven iemand gewurgd, laat staan een jonge vrouw tijdens de seks. Maar op haar verzoek wurgde ik haar, eerst voorzichtig, daarna kneep ik krachtig haar luchtpijp dicht tot ze bijna stikte, liet toen los en stopte mijn harde pik als een stormram in haar mond, diep in haar keel. Ze haalde de woesteling in mij naar boven. Ik smeet haar tegen de muur, gooide haar grommend op de grond en bitchslapte haar kont.

Een halfuurtje later nam ze keurig plaats op mijn gezicht terwijl ze aan het rommelen was met haar doos.

Sophie pakte een ankervormig speeltje, zwaaide ermee en vroeg: 'Mag ik dit in je stoppen?'

'Wat is het?'

'Een schattige buttplug.'

'Nee. Dat is fucking eng.'

Ze zei: 'Je zegt op alles nee.' Ze pakte gewatteerde handboeien met roze veertjes. 'Misschien moet ik je even boeien aan het bed zodat je niets te zeggen hebt. Kut-Marokkaantje.'

Het geilheidsgehalte duikelde op één of andere manier flink omlaag – waarschijnlijk na die semiracistische opmerking. Ik dacht aan mijn tweede boek. De kleine zwarte etters van angstgevoelens vraten aan mijn buik. Dus vroeg ik: 'Heb je drugs?'

'Ik heb M.'

'Mooi. Pak het.'

We likten wat poeder van elkaars handpalmen – ik zei: 'Meer, meer, meer.'

'Het hele pakje is leeg.'

Het smaakte bitter. We lagen op bed vozend te praten tot de drugs zouden inslaan.

Ik vroeg: 'Wat vind je nou geil aan dat wurgen?'

'Als je me loslaat, voel ik die hele spanning door mijn kutje stromen.'

Ik kuste haar, streek over haar helblonde haren en vroeg: 'Ga je nog wel mijn boek kopen?'

Ze zei: 'Jij neemt mond-op-mondreclame wel heel letterlijk, hè?'

'Zei je nou mond-op-kontreclame?'

We lachten.

Daarna viel uit het plafond een klaterregen van gouden druppels.

Als je zou praten zoals je schreef, zou de wereld mooier zijn geweest.

Als je zou praten zoals je schreef, zou de wereld mooier zijn geweest.

Als je verdomme niet vertrok maar bleef, zou de wereld mooier zijn geweest.

Wat zou ik alles geven om Evelien nu even te zien.

Fuck het nu.

De kunst is juist om in je *verbeelding* te leven: de briljant gehouwen babyengelen kwamen barstend los van het plafond en tot leven – stukjes pleisterwerk vielen naar beneden. Ze vroegen me verlegen: 'Hoe oud ben je, jochie?'

Mai vertelde vanuit de tuin terwijl hij staarde naar zijn Jaeger-LeCoultre: 'Vierentwintig. Maar niet meer zo verdomd gretig.'

De babyengeltjes barstten in lachen uit, masseerden Mai's schouders en losten ineens op in den eeuwigheid.

Ik zei: 'Ik heb iets wat jij niet kopen kan.'

Hij vroeg: 'Wat dan?'

'Jeugdigheid, mijn vriend. Jeugdigheid.'

Time is on my side.

Mai zei: 'Ik zag drie prachtige bomen, ik ben op ze afgestapt en heb ze gekocht.'

'Waar heb je het over?'

De Drie Gebroeders schaarden zich achter Mai.

'Ik heb je jeugd, jochie.'
'Waarom doe je dit, man?'
'Ik ben Mai *fucking* Spijkers.'
'Mag ik alsjeblieft mijn jeugd terug?'
'Je bent te laat.'
'Geef me mijn fucking jeugd terug!'
'Wanneer lever je je nieuwe boek in?'
De bomen bogen naar voren, fluisterden in mijn oren: 'De tijd heeft verdomd veel haast.'
'Fuck jullie, stel verraders. Ik zoek wel andere beschermheren.'

'Hé... Dat boek van jou. Is dat wel literatuur?'
'Het is niet voor publicatie geschikt.'
'*Shhhhhhhhhht!*'
'Eendagsvlieg.'
'*Shhhhhhhhht!*'
Mohamed, hup, weer aan het werk!
'*Shhhhhhhht!*'
'Succes met schrijven, strijder.'

De stad slaapt, bliksemschichtjes op zijn linkerslaap.
'Ik mik op zo'n tien drukken.'
'Argan, argan. Argan, argan.'
De witte geiten bungelend met hun hoorns aan de takken, als kerstversieringen in een kerstboom.
De half aangevreten kameel sprong ineens op, de ingewanden vielen als slagersafval op de stoffige grond maar hij keek me glimlachend aan.
Ik vroeg: 'Waardoor stierf je?'
Hij zei: 'Een gebrek aan liefde.'

Ik draaide me ogenblikkelijk om, ging in kleermakerszit op de warme woestijngrond zitten en dacht: 'Fuck, deze kameel gaat wel diep.'
Misschien wil Mai hem wel tekenen. Mai zou hem sowieso tekenen. Hij zou hem zelfs een tweeboekendeal geven. Ja, dat ver-

dient-ie. Dit beest wordt sowieso de nieuwe literaire sensatie. Ik moet Mai bellen. Even tippen. Wit voetje halen. Ik probeerde mijn telefoon te pakken maar had hem niet in mijn zakken.

Ik draaide me om.

De kameel kauwde krachtig op zijn tong, stak zijn poot uit en zei: 'Onder het bed van Mohamed.'

Ik zei: 'Ik dacht dat je door de droogte was doodgegaan.'

'De droogte is mijn vriend, domme lul.'

Het beest zwaaide zijn kop richting het oosten: 'Volg je schapen, anders verdwaal je.'

De schapen waren zwartgeblakerd door de zinderende zon. Ze hobbelden weg van mij.

Renden rondjes.

Renden en renden achter elkaar aan. Bleven almaar rennen. Steeds harder en harder. Het doffe, roffelende geluid van hun poten werd steeds indrukwekkender.

Ze wierpen rijzige stofwolken op, een woestijnwind stak op, waardoor er razendsnel een weergaloze wervelwind ontstond die de hemel met de grond verbond.

Door een klap viel ik voorover op mijn knieën. Gedwee schreef ik met mijn wijsvinger krullerige Koranteksten in het zand maar de vermetele wind verwaaide de inscriptie en nam die met zich mee, slepend over mijn voorouderlijke vlakte tot alles verdween.

Het lichtrode zand kleurde bloedrood.

Bloedklonters vielen van mijn vingers.

Daverende donderslagen werden opgevolgd door bliksemschichten die zich als vallende zwaarden in de aarde kliefden.

Ik prevelde: 'Leid ons op het rechte pad. Leid ons op het rechte pad. Leid ons op het rechte pad.'

Een immens rommelend geluid van krakend pleisterwerk.

Treden in de tornado.

Het was akelig stil.

Geitenleren puntslippers schoffelden vanuit de hemel naar beneden.

'Kijk uit! Hij gaat je straffen!' hoorde ik mezelf als kind roepen.

Ik durfde niet op te kijken.

Reve maakte een o met zijn handen en schreeuwde vanaf een mistige kade: 'Kijk uit, knul! Ze gaan je pakken!'

Voorzichtig keek ik op.

Mijn moeder liep in een wit doorschijnend gewaad de treetjes af – hoofddoekloos en haar kleine borsten verschrompeld als lichtgekleurde krenten. Haar lange donkere haren als de sleep van een jurk aaiend over de trap. Een vogelnest op haar hoofd – witte raven vlogen af en aan.

Palmboombladeren wuifden haar geruisloos koelte toe.

Ik rende naar de voet van de trap, wierp me op de knieën om me vast te klampen aan haar kuiten als ze beneden aankwam.

Maar ze keek me niet aan. Ze kwam de trap af en liep laatdunkend langs me heen. Alsof ik een bedelaar was. Vlak voordat ik haar voeten wilde vastpakken, verdween ze.

Moederziel alleen.

Zielsongelukkig begroef ik mijn betraande, bestoppelde gezicht in mijn kinderhandjes en zei zachtjes: 'Kinderen hebben liefde nodig op het moment dat ze die het minst verdienen.'

De woestijngrond kraakte, ik tuimelde schreeuwend in een spleet en kwam ineens terecht in een onstuimige zee. De woest sterke onderstroom sleurde mij genadeloos mee – al mijn kleren werden van mijn lijf gescheurd.

Tot ik in mijn blote billen plofte op de bodem van de oceaan.

Een schitterende stilte.

Godzijdank.

God zei: 'Dank.'

Leid ons.

Leid mij.

Was het nou leid ons óp het rechte pad?

Allo?

Of leid ons náár het rechte pad?

Allooo?

Leid hen naar de hel.

Satan hier. Doe de deur open.

Leid ons náár het rechte pad impliceert dat we niet op het juiste pad zitten, strijder.

'Ik kan wel een reisgids gebruiken.'

Fair enough, schrijvert.

'We weten allen waar het pad van die verdwaalde naartoe gaat leiden. Volg hem niet. Ik herhaal: volg die duivel niet.'

'Alleen in de goot liggen rotten tussen de ratten tot je dood.'

Mensonterend.

Evelien, waar de fuck ben je?

Misschien ligt er iemand in je bed straks.

May I please lick Paris off your pussy?

Why?

It's absolutely the most lovely spot on the world.

Paris or my pussy?

Je vlinderachtige vaginaatje.

Ze vroeg: 'Kan ik iets voor je doen, babe?'

Lik *andermans* romige seksschuim van mijn pik.

Ik wil duizend babyengelen van je.

Een heel legertje van die uitvretertjes.

Het moment dat je klaarkomt, lichten al je breincellen op, als...

De skyline van New York.

Ik hou *zielsfuckingveel* van je.

Godverdomme, wat voelde ik me goed.

Maximum comfort. Maximum comfort.

Maximum comfort. Maximum comfort.

Wat ben je nou allemaal aan het doen?
Wat de *fuck* denk je dat ik aan 't doen ben?
Diepzeeduiken in mezelf.

Hoog, Sammy, kijk omhoog, lieve Sammy!
De oppervlakte wit van het zeeschuim.
Daarboven zijn de golven.
'n golf, na golf, na golf,
na golf, na golf, na
golf, na golf,
Na golf,
Golf
Golf mee
op de hartslag
van de fucking zee
Young man and the sea.
Golven van geweldig genot.
De zee van Ernest Hemingway.
'Zeg, je heet toch geen Cousteau van achteren?'

My family goes on without me, while I drown in a sea of pointless pussy.

Godverdomme, wat is deze drug hemels.

'Mag ik nog wat?'

'Je gaat wel naar de hel.'

'Eén likje maar. Voor de smaak. Please?'

'Op één voorwaarde...'

'Jarretels?'

'Hoe zou jij dit overheerlijke gevoel in een boek beschrijven?'

'Fuck, dit voelt zo fucking fijn. Sorry, wat was je vraag?'

'Hoe zou jij dit overheerlijke gevoel beschrijven?'

Ik haalde diep adem, blies die eindeloos lang uit en werd getroffen door een overweldigende hoeveelheid licht.

Alsof elke moeder op de wereld mij omhelsde.

En alsof elke vader op de wereld mij omarmde.

Lieve Evelien,

Joost Zwagermans redactrice belde me op, twee dagen nadat Nederland het verschrikkelijke nieuws hoorde dat hij zelfmoord had gepleegd. Ze nodigde me uit voor de begrafenis. Ik dacht: dat is attent. En toen vroeg ze of ik een voordracht wilde houden. Op de begrafenis. Als het gezicht van de nieuwe generatie jonge schrijvers. Ik wist even niet wat ik moest antwoorden. Ik had nog nooit eerder een begrafenis meegemaakt. Laat staan een voordracht gehouden naast een kist waarin de overledene ligt, voor een menigte rouwenden. Maar hoe kan je nee zeggen op zo'n vraag? Dat zou toch oneerbiedig zijn?

Ik heb die nacht niet geslapen. Pas in de ochtend kon ik de voordracht schrijven. Mijn eerste zin was: De ochtend nadat Joost overleden was, scheen de zon volop, ergens vond ik dat oneerlijk.

Man, het leven is toch soms zo maf. Laatst stonden we nog te dansen, nu lag de arme man in zijn graf.

Ik kreeg van de week nog een telefoontje. Een kennis uit de buurt. Hij vertelde dat mijn vader in het ziekenhuis ligt. Met een hartinfarct. Hij was geopereerd maar nog steeds in levensgevaar. Er is kans dat hij overlijdt. Ik kon hem bezoeken in het OLVG. *Het enige wat ik dacht, was: dan sterft-ie maar. Vader had het zo vaak over het hiernamaals dat je het hem bijna gunde om zo snel mogelijk de grote oversteek te maken. Hij leefde meer op van de gedachten over het leven na de dood dan van het leven zelf.*

Maar goed.

Hoe heb jij het daar?

Ik mis je,

Ik wil je knuffelen,

Wanneer stuur je me eens een brief terug?

Wees omhelsd, mijn liefde.

Tijdens een signeersessie in de Bijenkorf stond Moesi ineens in de rij.

Ik werkte de rij vriendelijk af, keek om me heen en zag bij de roltrap een groepje bekende jongens staan – de twee pratende beveiligers hadden niets in de gaten.

Toen Moesi aan de beurt was, legde hij *De proleet* op het tafeltje.

Ik zei: 'Ik wist niet dat je boeken kocht.'

'Deze krijg ik gratis van je.'

Ik sloeg het boek open, signeerde het en sloeg het dicht.

'Je gaat gewoon payen, pik,' zei ik. 'Of weet je wat. Dit exemplaar krijg je van mij. Door jou ben ik gaan schrijven. Jij plantte dat idee in mijn kop die dag in de bibliotheek. Dus bedankt.'

Moesi keek naar de grote posters op de muur, de stapels boeken en fluisterde: 'Je bent rijk geworden over onze rug, vieze kankerhond.'

Ik begon: 'Bro, niet hier.'

'Je hebt je boek op mijn laptop geschreven. Ik wil mijn deel. De jongens en ik hebben besloten dat je een boete krijgt.'

Ik vroeg: 'Stuur je een acceptgiro? Zorg ik dat mijn accountant het regelt.'

Moesi legde zijn vuisten op tafel, bracht zijn hoofd naar mijn oor en zei: 'Jíj gaat mij vijfduizend euro payen, vriend.'

'Ik word al door mijn uitgever afgeperst. Dus rot naar je moeders kut.'

Moesi griste het boek uit mijn handen, las wat ik geschreven had en werd furieus: 'Moesi houdt van kinderpussy?! Wat de fuck is er mis met jou?'

Ik zei: '"Moesi houdt van kinderpoëzie." Je moet wel het trema lezen, lul.'

Hij gooide de tafel om, alle boeken vielen met veel kabaal op de grond – ik stond net op tijd op. De mensen om ons heen schrokken. De twee beveiligers werden door de jongens tegengehouden. Ik wilde hem op zijn bek slaan maar hield me in.

Moesi zei: 'Ik weet waar je woont, leg alvast mijn vijf ruggen klaar.'

In café Herengracht kwam een Marokkaans meisje met een dienblad naar me toe: 'Zo, wat een mooie man ben jij.'

'Sorry?'

'Je bent een mooie man.'

'O, da's lief, dankjewel. Tot hoe laat werk jij?'

Ze zei: 'Lekker direct. Wat wil je bestellen?'

Ik zei: 'Zou ik van u een cappuccino mogen, een bosbessenmuffin en...' Ik gaf haar de menukaart maar toen ze die wilde pakken, trok ik hem terug: 'Jouw naam.'

We werden Facebook-vrienden, die avond kon ze niet, dus kwam ze in het weekend langs.

Het meisje vertelde, terwijl ze het ene sigaretje na het andere uit mijn raam pafte, dat ze Sarah heette. En ze vertelde, zonder dat ik ernaar vroeg, dat ze maagd was – ze was tweeëntwintig. Daarover zei ze: 'Ik wil wel een diamantje blijven, snap je?' Ze keek ernstig, lachte en zei: 'Je begrijpt precies wat ik bedoel.'

Voor de goede orde zei ik: 'Tuurlijk, je bedoelt een ruw diamantje.'

Ze zei: 'Ja, toch?'

'Zeker. Zeg, maar ik mag je wel polijsten, toch?'

'Hangt ervan af wat je daarmee bedoelt, schat.'

'Daarmee bedoel ik dat je een nog mooier diamantje gaat worden. Kanten van jezelf gaat ontdekken waarvan je niet wist dat je ze had. Waardoor je nog meer gaat schitteren dan je al deed.'

Wat in jezusnaam was ik nou allemaal aan het uitkramen?

Ze vroeg: 'Ben je zo'n gekke dichter of zo?'

'Ja, ik ben Mohamed de poëet.'

Niet veel later kleedden we elkaar kussend uit. Ze had een kettinkje met het handje van Fatima om. Ze wilde niet dat ik haar vingerde of überhaupt daar in de buurt kwam. Sarah was bang dat haar maagdenvlies kapot zou gaan. Haar gezicht werd knalrood, haar lijf stond in lichterlaaie.

Wat er daarna gebeurde, had ik nog nooit eerder meegemaakt. Ze was me zeker een uur lang aan het pijpen terwijl ze zwijmelde. Alsof ze stoned en stomdronken was. Hijgerig zei ze tegen zichzelf:

‘Wat is-ie hard, hè? Echt heel hard. Ik ben zó geil maar ik mag niks doen. Ik mag niks doen. Ik mag echt niks doen. Meid, je kan je inhouden. Je kan dit. Jíj kan je inhouden. Ik zweer het. Je wordt er alleen maar sterker van.’

Ik stond volledig versteld van wat zich voor mijn neus afspeelde. Ik vroeg: ‘Gaat het?’

Ze zei: ‘Dit is allemaal maar een beproeving.’

‘Een keiharde beproeving.’

Terwijl ze me pijpte, viel ze ineens volledig verslapt op de vloer, kroop naar de bank, klom erop en ging plat op haar buik liggen alsof ze in een halve coma lag. Om na een paar minuten weer te ontwaken uit haar geilheidsslaapje, zich excuserend op de knieën wierp en weer verderging.

Dat riedeltje herhaalde zich een paar keer.

Voorzichtig vroeg ik: ‘Mag ik jou nu even plezieren? Een likje geven misschien?’

‘Nee! Ben je gek?!’

‘O-ké.’

‘Je wil me verleiden, hè? Ik weet precies wat jij wil.’

Lachend vertelde ik: ‘Ik wil niks. Ik wil wat jij wil. Ik vind alles prima, lieverd.’

Ik strekte me uit en pulkte de roosvlokjes uit haar donkere haren.

Toen vroeg ze of ik haar wilde neuken.

‘Sorry?’

Ze zei: ‘Je moet me neuken. Hoor je wat ik zeg of niet? Jíj moet mij neuken! Je kan me wel met die puppyblik van je blijven aankijken maar je moet me gewoon neuken nu. Ik kan dit toch niet langer volhouden, Mo? Kan toch niet? Kán toch niet?!’

Ik begon ineens: ‘Waar heb je het over? Je hebt het al je hele leven volgehouden.’

‘Ja en kijk hóe fucking gestoord ik doe! Is toch niet normaal hoe ik hier over je vloer kronkel *fhel shi* bezetene. Is toch niet gezond?! Waarom hou ik mezelf tegen? En wie hou ik voor de gek? Ik ben je de hele avond aan het pijpen. Alsof Allah dát niet ziet. Ik wil dat je me neukt. Klaar. Einde discussie.'

Ik raapte haar spullen van de grond, gaf die aan haar en zei: 'Ga weg, dat wil je helemaal niet.'

'Jawel.'

'Nee, dat wil je niet.'

Ze schreeuwde: 'Díep in mijn hart en díep in mijn kut wil ik dat wel!' Ze pakte een sigaret, stak die op en rookte.

Ik liep op haar af, knuffelde haar en zei: 'Doe even rustig, oké? Ga op de bank zitten.'

Sarah zat rokend op de bank, spreidde haar benen en keek me lieflijk aan.

Haar natte schaamlipjes flapperden nog net niet ter verwelkoming. Ze had wat rode geïrriteerde plekjes van het scheren.

'Neuk me nou gewoon.'

'Ik ga je niet gewoon even neuken.'

'Doe het.'

'No way.'

Ze wees naar mij, toen naar zichzelf: 'Jij gaat mij –'

'Gaat niet gebeuren.'

Ze sloeg haar armen over elkaar, keek uit het raam en zei: 'Ik ga pas weg uit dit huis als ik geen maagd meer ben.'

Gods genade ontfermde zich over haar geslachtsdeel.

Twee minuten later deed de duivel zijn werk.

Een feministische man moet zich zo nu en dan hardmaken voor de bevrijding van de vrouw.

Lieve Evelien,

Je vader en moeder waren laatst bij me eten. Ik had voor de verandering gekookt – ik bakte er niets van.

Ze vonden het huis te gek. Er miste alleen wat kunst, vertelde je vader. Ik vroeg me af hoe hij mijn kuif over het hoofd kon zien.

Je werd gemist.

Sinds jij weg bent gegaan, is alles bergafwaarts gegaan. Ik heb weinig lol meer in het leven. Ik mis je vreselijk. Ik mis je ouders. Ik mis Sammy. Weet je nog de keer dat jij vertelde dat we familie waren? En ik dat superraar vond klinken? En ik je twee weken lang pesterig zusje noemde? Dat we uit eten gingen en ik iedereen vertelde dat je m'n zusje was. Dat ik de knappe kelner van café-restaurant Amsterdam vertelde dat ik jullie heel mooi bij elkaar vond passen. Dat ik hem aan je probeerde te koppelen terwijl jij steeds slaand en lachend vroeg om op te houden. En ik zei: 'Kom op, niet zo verlegen zijn. Je hebt het de hele tijd over hem, lief zusje! Ik wil toch ook niet dat je straks met niemand eindigt. Zit ik later met zo'n gek kniezend zusje thuis in een hoekje.'

Dat we die avond seks hadden en ik vroeg: 'Mag ik je likken, zusje?' En je me toen een klap in mijn gezicht gaf, de deken over je schouder sloeg en vertelde dat ik mezelf maar moest gaan pijpen. En ik toen zei: 'Ik zal het proberen, zusje.'

De kerstbomen liggen nu op straat. Het ziet er troosteloos uit. Ik wil ze allemaal in de fik steken. Liep net door de lege stad, het was ijzig. Over het Koningsplein schoffelden wat ingepakte toeristen. Ik liep nog langs je huis maar niemand was thuis. De Munttoren was omhuld met mist, de tijd was niet te zien. Vorig jaar liep ik nog verwonderd langs de grachten. Nu woonde ik er en boeide het me eigenlijk geen fuck.

Ik was alleen met kerst – geen mens zou alleen met kerst mogen zijn. Zelfs die redactrice van uitgeverij Platform niet. Ik probeerde ter verzachting te denken dat mijn ouders het toch niet vierden. Maar de afgelopen jaren vierden jij en ik het samen.

Weet je nog de eerste keer dat we de kerstboom gingen optuigen? Kerstliedjes op de achtergrond, chocoladekransjes op tafel, kaarsjes aan, Sammy die in zijn mandje lag en in zijn slaap gromde. Dat je vader en moeder ons de versieringen aangaven en vertelden waar wat precies moest hangen. En ik de piek erop mocht zetten maar dat ik dat samen met jou wilde doen. Dat we het houten trappetje op liepen, door het treetje heen zakten en in onze val bijna de versierde kerstboom meesleurden.

Ik ben lachend aan het huilen terwijl ik dit schrijf.

Weet je nog dat we voor het eerst samen mijn verjaardag vierden? Toen je in je suède hakjes, panty en je zwarte jurkje van Magali Pascal met het rode strikje mij in je kamer opwachtte. Met een taart in je handen. En een grote zwart glimmende tas met cadeautjes op je bureautje. Dat ik vertelde dat ik heel nodig naar het toilet moest. En ik daar op de pot van ontroering zo stilletjes mogelijk zat te janken terwijl de portretfoto's van familieleden, vrienden en kennissen mij aanstaarden.

Dat je dat deed voor mij.

Bij ons thuis vierden we geen verjaardagen. Nooit gedaan. Dat kostte geld. Als ik niet vertelde dat ik jarig was, kabbelde de dag voort als elke andere.

Over toiletten gesproken…

Weet je nog die keer dat het toilet niet meer doortrok? En je 's nachts in de gootsteen ging plassen, dat ding met een immens lawaai in elkaar stortte en de waterleidingen sprongen en we samen op de natte grond zaten te gieren van het lachen terwijl je ouders geschrokken naar boven kwamen. En dat papa de volgende dag aan tafel zei: 'Dat was de natste nacht van jullie leven.'

En jij toen zei: 'Nee, hoor. Ze zijn wel eens natter geweest.'

Kan niet wachten om je te zien.

Hou je goed daar,

Wees omhelsd.

Een volle tram 4 gleed voorbij. De Van Woustraat was veranderd: overal sapwinkeltjes, hippe koffietentjes en biologische supermarkten. De snackbars bestonden niet meer. De hangjongeren waren ingeruild voor toeristen met rolkoffers – ik vroeg me af of dat een vooruitgang was.

Bijgeloof trad op: als ik dicht bij de plek was waar ik mijn debuutroman had geschreven, zou het goddelijke schrijverslicht mij misschien weer vinden.

Dagenlang staarde ik in de Coffeecompany naar de angstaanjagend witte pagina's in Word – mijn vingers lagen verslagen op het toetsenbord. Bestelde mijn derde cappuccino bij de rondborstige serveerster. Misschien zou het schrijven lukken bij het derde cafeïneshot.

Ik staarde naar buiten.

Toen ik de klootzak toevallig uit de Albert Heijn zag lopen, klapte ik mijn laptop dicht, rekende af en snelde naar buiten. Onopvallend achtervolgde ik hem van een afstandje, als een undercoveragent. Hoek om, weg over, weer een hoek om, naar zijn donkere trapportiek.

Toen hij halverwege de trap was, zijn zwart-witte Adidasjes op ooghoogte, pakte ik één van zijn enkels beet en sleurde hem met al mijn kracht naar beneden. Schreeuwend stuiterde hij met zijn smoel over de trappen. Draaide zich wild trappend om, schrok toen hij zag wie hij tegenover zich had.

'Hé schattebout. Ik kom je vijf ruggen afrekenen.'

Moesi greep naar zijn mond. Zijn vingertoppen in bloed gedoopt. Een voortand door zijn lip. Bloed dat over zijn ongetwijfeld gestolen Stone Island-jas droop.

Ik greep hem bij zijn bontkraag.

Hij stribbelde tegen. Probeerde op te staan. Maar ik gaf hem een krachtige kopstoot waardoor hij met zijn rug terug op de trap viel.

'Ben je ooit ongelofelijk hard op je bek geramd door een schrijver?'

Hij keek op naar de bovendeur en schreeuwde.

Ik drukte meteen zijn mond dicht.

'Kom op, *strijder*. Ga je serieus om hulp roepen? Ben je echt zo'n bitch? Jij en ik gaan dit akkefietje oplossen. Als mannen. *Mano a mano*. Als schrijver,' begon ik grijnzend, 'ben je een soort schilder. Je dient een uitgebreid kleurenpalet te hebben. Zowel ijs- en ijskoude kleuren als warme, vurige tinten. Weet je wat mijn favoriete kleur is? Nee, laat ik het anders verwoorden. Weet je welke kleur heel mooi zal staan bij die hazelbruine ogen van je?'

Ik duwde zijn hoofd tussen de treden.

En bitchslapte hem ongenadig hard: backhand, forehand, backhand, forehand, forehand, backhand, forehand, backhand – de inslagen klonken als zweepslagen.

Tot mijn onderarm verkrampte, mijn trillende hand zinderend opzwol en zijn wangen openlagen.

'Ik vind het vreselijk om gelijk te hebben. Die kleur staat je prachtig.'

Rode vegen, als grove penseelstreken rond zijn smoel.

'Ik heb iets voor je, circusclown.'

Een mevrouw liep langs met haar hondje. Ze stopte, blikte naar ons, ik zei: 'Volgens mij is het verstandiger als u verder loopt, mevrouw.'

Dat deed ze.

Ik haalde rustig de laptop uit mijn rugtas, reikte hem die aan en ramde hem er onverwachts keihard mee – een knal echode in de portiek.

De witte MacBook was besmeurd met bloed.

'Hier heb je hem terug, *strijder*.'

Klapte de laptop open, pakte snel zijn achterhoofd beet en sloeg het scherm stuk tegen zijn smoel. Een regenboogkleurige vlek op het gebarsten glas.

Hij duizelde, webjes speeksel hingen uit zijn bloedende bek. Hij moest bijna huilen, spuugde op de grond, een halve voortand. Net voor mijn schoenen.

'Nog steeds niet afgeleerd, hè?'

De arme jongen keek langs mij.

'Ik sta hier, hoor, pikketrekker. Wacht even, hoor. Ik moet even een fotootje hiervan maken.'

Pakte mijn telefoon, tikte mijn toegangscode teringsnel in en maakte een portretfoto.

Een flits lichtte de boel eventjes op – hij stond er met dichtgeknepen ogen op.

Hij lag daar zachtjes kreunend op de trap voor zich uit te staren. Naar het troosteloze, bleke licht van de vierkante portieklamp, een kerkhofje van insecten aan de binnenkant.

De genadeklap: ik sloeg de laptop op zijn slaap in tweeën stuk. Ik gooide de andere helft op zijn hoofd, zette twee stappen achteruit en nam het geheel in me op.

Zwart-witte teken-, cijfer- en lettertoetsen sierden de trappen. De plaats delict was bezaaid met een stukje tand, bloedspetters en computeronderdelen: loshangende draadjes, koperkleurige processors, het moederbord, schijfjes en schroefjes.

'Als ik je ooit voor mijn deur zie, of bij een signeersessie, steek ik je in de fik, fucking kruimeldief.'

Twee dagen nadat ik Moesi mores had geleerd, hing er een tasje aan mijn deur.

Het eerste wat ik dacht: de politie bellen. Zodat ze de straat zouden komen afzetten met linten. Een explosieventeam zou het tasje controleren om te concluderen dat het inderdaad een zelfgemaakte spijkerbom bevatte.

Maar ik schraapte mijn moed bij elkaar, liep de trapportiek op en bekeek de tas waarin een handgeschreven brief zat.

Lieve Mohamed,

Hierbij willen wij onze excuses aanbieden.
Het was nooit de bedoeling om je te kwetsen.
We hadden nooit zoiets moeten doen.
Het had nooit mogen gebeuren.
We hebben spijt.
We missen je!!
We denken elke dag aan je.

We hopen dat je onze excuses aanvaardt.

En dat je gauw langskomt, zodat we de familieband weer kunnen herstellen. En dat we elkaar in de toekomst kunnen steunen.

Heel veel liefs,

Namens de familie

De brief sloeg in als een bom.

Aan het keurige, schoolse handschrift te zien en de hartjes met pijltjes onder aan de brief, kon ik zien dat mijn zus dit geschreven had. Het tasje dat aan de bronzen deurknop hing zat vol met pakjes café-noirkoekjes, zelfgemaakte Marokkaanse koekjes en een zak zonnepitten.

Het schrijven van brieven zat kennelijk in de familie.

Ik belde mijn zus na jaren op. Feliciteerde haar met haar bruiloft. Ze zei dat ze tijdens het trouwfeest vaak aan me had gedacht.

'Ik had je graag willen helpen opmaken.' Daarna bedankte ik haar voor de brief en vertelde dat ik haar ook miste.

De volgende dag bracht ze mijn vader naar mijn huis. Ze zou hem weer ophalen wanneer ik wilde.

Ik wilde de familie geleidelijk aan zien. Te beginnen met mijn vader.

Het was de eerste keer dat ik hem na drie jaar zou zien.

Het eerste wat ik zag, door de glas-in-loodraampjes van de gouden gangdeur, waren zijn geitenleren puntslippers. De schoffelende symbolen van het patriarchaat.

De oude man deed de gangdeur open, keek even op en liep de trap op. 'Bismillah.'

We vielen elkaar in de armen.

Mijn vader rook altijd naar de mierzoete muskusbaardcrème uit Mekka. Zijn zilvergrijze baard, een suikerspin van staalwol, kriebelde langs mijn rug.

Ik huilde en kon hem tegelijkertijd van de trap af smijten.

Na een minuut knuffelen liet ik hem binnen. Hij wilde zijn slippers uitdoen bij de deur, het waren de wat dikkere buitenslippers, ik vertelde dat dat niet hoefde.

Hij deed ze toch uit.

Toen hij mijn huis binnenliep, voelde het als een enorme overwinning.

Bij de eerste stap binnen zei hij met het theatrale ruimtelijke volume als van een acteur in de schouwburg: '*Salam waleikom*.'

Ik antwoordde: 'Wat wil je drinken?'

Hij herhaalde, dit keer mij aankijkend: 'Salam waleikom.'

'Wil je wat drinken of niet?'

'Wat heb je in huis?'

Ik zei: 'Bier, wijn, champagne.'

Hij lachte. 'Yek? Je wil mij boos maken?'

'Nee, hoor. Je grenzen oprekken.'

'Heb je koffie?'

'Met of zonder melk?'

'Zwart.'

Hij deed zijn jas uit, hing hem aan de kapstok achter de deur en ging zuchtend op mijn grijze bank zitten – hij probeerde wat witte vlekken weg te vegen. Terwijl ik in de keuken een kop koffie zette, bekeek ik hem.

Hij keek knikkend om zich heen. Pakte uit zijn puntcapuchon een kleine tube crème, deed wat op zijn handpalm en stopte 'm weer terug. Hij masseerde de crème in zijn baard alsof hij een uier molk. De zon scheen ineens fel, waardoor de zandkleurige gordijnen oplichtten en ik opmerkte dat de vloer behoorlijk stoffig was en er eigenlijk goed en grondig zou moeten worden schoongemaakt.

Ik bracht hem zijn koffie, ging naast hem zitten op de bank.

'Plafond is heel hoog.'

Ik zei: 'Kan ik lekker ademen.'

Hij keek naar de verschillende vertalingen van mijn debuutroman op de schouw.

'Heb jij die boeken allemaal geschreven?'

Ik schudde lachend het hoofd. Door de opgehoopte spanning moest ik ineens heel hard lachen.

'Ja, pa. Allemaal. Ik heb al die boeken geschreven.'

Mijn vader durfde me niet aan te kijken. Sinds hij binnenkwam, had hij me nog geen enkele keer in de ogen gekeken. Bleef maar voortdurend naar de visgraatvloer kijken of naar de open haard.

Hij wees ernaar: 'Doet-ie het?'

'In dit huis doet alles het. Niks is kapot hier.'

'Dat is mooi. Maar al deze dingen zijn onbelangrijk.'

'Voor jou misschien.'

'Geloof en gezondheid.' Hij verzuchtte: 'Ik ben blij dat het goed met je gaat.'

'Het gaat heel goed.'

Ik haalde mijn hand door mijn haren. Hij had een gat in zijn zwarte sok.

Hij zei: 'Je ziet er goed uit.'

'Jij ook,' loog ik. Hoe vaak had hij aan mij gedacht? Had hij spijt? Hoe zou hij nu over mij denken?

Ik vroeg: 'Hoe gaat het met je hart?'

'Beter.' Hij wees naar het plafond: 'Hij heeft me genezen.'

Vader nam een slok van zijn dampende koffie.

'Nog steeds dat palmblad op je hoofd?'

Ik zei: 'Je ziet het.'

'Palmbomen zijn veerkrachtig,' begon hij terwijl hij naar buiten blikte. 'Ik zag laatst op het journaal beelden van zo'n orkaan. Alles vloog in de rondte: auto's, daken, dieren, mensen maar mijn blik viel op een palm aan zee, die verduurde de voortdurende windstoten, barstte niet maar boog met de orkaan mee.'

Het opnoemen van één of ander natuurverschijnsel leidde altijd tot verhalen waar geen einde aan kwam. Zeker een uur lang praatte hij over duizend-en-één dingen. Dat de reis naar Mekka die hij onlangs met moeder maakte hem flink tegenviel. Dat de bedevaart een grote ongeorganiseerde bende was. Dat ze in stoffige, snikhete tenten werden gestopt, urenlang in de zon in de rij moesten staan om naar de smerige wc's te gaan. Dat de verwarming thuis het niet deed – alsof ze die ooit aandeden. De onbekwame monteur al tig keren langs was geweest. Hij had het over de ongeregeldheden in Marokko – hij stipte zelfs de hoge tomaatprijzen in Tétouan aan, alsof dat de reden was voor de volksopstanden in de grote steden. Hij vertelde wie er in de buurt was gestorven en wie geboren. Zelfs van wie onzeker was of hij dood of nog in leven was.

Kleine Mo, met wie ik op de basisschool zat, was naar Syrië vertrokken om zich aan te sluiten bij het front. Zijn moeder, die caissière was bij de Albert Heijn in de Beethovenstraat, scande soms huilend de producten van de klanten tot de manager haar weer naar huis stuurde. Al maanden kon ze geen slaap vatten. Zijn vader had het plan om zijn zoon te redden. Maar de mensen in de moskee praatten altijd op hem in, zeiden dat hij geduld moest hebben en dat God hem slechts testte. Zijn kinderen verstopten voor de zekerheid zijn paspoort.

Ook vertelde hij dat de vader van Moesi opgepakt was door de politie omdat-ie een koekenpan uit de Blokker had willen jatten. Dat Abdullahs zoon geliquideerd was in de drugsoorlog tussen twee meedogenloze Marokkaanse bendes. Zevenendertig kogels verwijderden de chirurgen van het AMC uit zijn iele lijf. 'Er bleef niets van die arme jongen over. Verkruimeld, als gehakt dat uit de vleesmolen valt.'

Ze hadden in de Al Rahman-moskee voor de arme jongen gebeden. Een kordon aan politieagenten bewaakte de boel buiten én binnen, omdat de familie bang was voor represailles, in Gods huis nota bene. 'God behoede ons voor de hebzucht van Satan.' De agenten wilden hun schoenen eerst niet uitdoen, de moskeemannen eisten dat in het Arabisch. Ze begrepen elkaar niet. Dus moesten de zonen eraan te pas komen om te vertalen.

Vader tetterde door. Met mijn kin in mijn hand luisterde ik naar hem. Op het moment dat hij mij eventjes aankeek, luisterde ik niet meer maar verwonderde ik me over deze man. Hoe de zon op zijn bebaarde gezicht viel, de wollige wenkbrauwen en de huidplooien vlak onder zijn ogen.

Mijn vader.

Mijn lieve vader.

Mijn eeuwig verhalen vertellende vader.

Nu pas begreep ik hem. Al die jaren wilde ik het niet begrijpen. Ik haatte hem niet. Ik haatte het softwareprogramma dat zich, door zijn omgeving, in zijn hoofd had genesteld als een vervelend virus. Waarschijnlijk dacht hij net zo over mij.

Terwijl hij gepassioneerd bleef vertellen, kwamen de helse herinneringen weer naar boven.

Ik werd onrustig. Balde mijn vuisten. Knarste mijn kaken.

Toen rees de hamvraag op.

Midden in zijn gezwets vroeg ik: 'Waarom hebben jullie mij uit het huis gegooid op het moment dat ik jullie het hardst nodig had?'

'Nou, mijn zoon. Wat kan ik anders zeggen dan de waarheid?'

'En dat is?'

'Moet je horen, wij zijn –'

'Waar zijn mijn boeken trouwens?'

'Nou, die zijn weg.'

'Weg?'

'We hebben ze verkocht.'

'Wat zeg je?'

'Aan de kringloopwinkel in de Rijnstraat.'

Ik liep onthutst naar de keuken om een glas water te pakken. Liet de kraan een paar seconden lopen tot de waterstraal koud genoeg was, waste mijn gloeiende gezicht even, hield toen mijn glas eronder en vulde het tot de rand. Ik dronk het snel op.

Vader zei: 'Ja, het was dat of bij het vuilnis. Wat kregen we er ook alweer voor? Bijna honderd euro? In ieder geval... We hebben daarmee boodschappen gedaan.'

'Ongelofelijk.'

Vader vervolgde: 'Moeder was ook geschokt...'

'Waarvan?'

'Ze was blij dat we er zoveel voor kregen. Het is toch mooi weer honderd euro.'

Woedend zei ik: 'Ik pís op honderd euro. Dat verdien ik elke tien minuten op dit moment. Hoeveel dagen moest jij daar smerige ruimtes voor schrobben en schoonmaken?'

'Ik begrijp dat je boos bent, zoon.'

'O, je begrijpt eindelijk eens iets? Weet je wat ik niet begrijp? Wat jullie mij geflikt hebben.'

Hij stak zijn handen op, liet zijn handpalmen zien.

'Deze handen hebben heel hard gewerkt om ervoor te zorgen dat jíj te eten had.'

'Wat de fuck heeft dat er nou mee te maken? Waarom hebben jullie mij het huis uit gezet?!'

Hij schraapte zijn keel, slikte een paar keer terwijl hij zijn gebedskraal tevoorschijn toverde. Alsof hij de duivel in mij wilde verdrijven.

'Luister, mijn zoon. Een jaar geleden zijn we naar een speciale imam gegaan. In Brussel. Schuin tegenover Gare du Midi, niet ver van waar al die verschrikkelijke mensen langzaam langs die halfnaakte vrouwen rijden, moge Allah hen leiden.'

Ik bedaarde en zei: 'Goede plek trouwens voor zo'n vrome moslim om zijn kantoor te situeren.'

'Je moeder had via via gehoord dat deze imam gebroken families weer samenbracht.'

'Moesten jullie hem betalen?'

'Ja, natuurlijk.'

'Natuurlijk.'

'Dus wij gingen naar hem toe. Lieten foto's van je zien. Hij vertelde allemaal rake dingen over jou. Over ons. Die hij nooit geweten zou kunnen hebben. Hij communiceert met engelen.'

'Hij communiceert met engelen...'

'En hij zei dus...' Vader dronk zijn inmiddels koude koffie op, zette het kopje op de vloer en vervolgde: 'Hij zei dus dat wíj jou niet uit het huis hebben gezet.'

'O. Wie dan wel?'

'Bepaalde krachten.'

'Ben je een natuurkundige geworden?'

'Hij vertelde dat andere families ónze familie uit elkaar wilde drijven. Hij vertelde... Hou je vast... Dat iemand zwarte magie op ons heeft uitgeoefend, mijn zoon.'

Ik keek hem aan.

'Ongelofelijk, hè? Jouw moeder en ik waren net zo geschokt als jij toen we het hoorden.'

'Dus jullie hebben niets gedaan?'

'Wíj hebben niets gedaan! Echt niet. Waarom zouden wij zoiets doen? Wie wil zijn zoon zoiets aandoen? Als ik ook aan die dag denk, is het één grote waas. Mistig. Die tijd was heel mistig.' Hij boog voorover op de bank, wees naar het raam en fluisterde: 'Dát is de betovering van die vuile satanisten, die zieke liefhebbers van de afgoderij. Snap je het nu? Degenen die hiervoor verantwoordelijk zijn, mijn zoon, hún dag komt nog wel. Als ze zich moeten verantwoorden voor Allah op de dag des oordeels worden ze netjes naar voren geleid, als gevangengenomen misdadigers, en zullen ze niet meer kunnen ontkomen. God weet alles en houdt alles en iedereen in de gaten. En zal de rechtvaardigen in het hiernamaals rijkelijk belonen.'

Ik wist niet hoe ik hierop moest antwoorden. Enerzijds wilde ik hem meedogenloos hard in elkaar slaan. Anderzijds wilde ik hem in de Herengracht werpen, erachteraan springen en hem laten verzuipen.

'Maar laten we over iets anders praten,' zei hij. 'Het verleden ligt in het verleden. Laten we over mooie dingen praten. Een goed onderwerp. Iets moois. Want het is een heugelijke dag vandaag.'

De denkwijze van mijn vader zou ik nooit maar dan ook nooit kunnen beïnvloeden. Ik zou eindeloos in discussie kunnen gaan maar dat zou ons nog verder van elkaar brengen dan we al stonden. Dus besloot ik voor mezelf op deze dag, hier en op dit moment, de strijdbijl voor eeuwig en altijd te begraven.

Ik zei: 'Oké, vader. Het is al goed. Laten we van nu af aan alleen maar over de mooie dingen van het leven praten. Mag ik je crème even?'

'Je hebt nauwelijks een baard.'

'Geef even.'

Hij gaf me de tube. Ik smeerde mijn handen met de crème in, keek in de spiegel en modelleerde mijn haren.

Ik zei: 'Nu ruik ik net zoals jij.'

Vader kwam naast mij staan.

'Jij bent precies zoals toen ik jong was. Een vurige jongen.'

Vader legde zijn hand op mijn schouder. Masseerde mijn nek. Het voelde fijn.

'Zoon, al heel lang wil ik je iets vragen...'

Ik bloeide even op. Iedere vorm van vaders nieuwsgierigheid was een zeldzaamheid die ik koesteren moest. Ik knikte hem toe via de spiegel.

Lachend vroeg hij: 'Wanneer ga je een huis voor ons kopen in Marokko?'

De geur van de trappengang bij mijn ouders was onveranderd gebleven. De onzorgvuldig geplaatste fietsen van de buren verkocht ik op gepaste wijze een trap. Ik liep na drie jaar weer de trappen op – sloeg als vanzelf één tree over. Langs de deuren van de buren. Terwijl ik naar boven liep, draaide ik me naar onze huisdeur.

Ze stond daar.

Mijn moeder.

In een mintgroene djellaba. Met haar aftandse roze leren portemonnee en een netjes opgevouwen Albert Heijn-tas in haar hand. Ze stond op het punt om boodschappen te gaan doen. De dagvangst van de viskramen op de Albert Cuyp met een kritische blik te bekijken. De nieuwe lading opgerolde meterslange stoffen bij de stoffenwinkel te keuren. Om op de weg terug nog even op bezoek te gaan bij een vriendin, om elkaar op de hoogte te stellen van de laatste buurtroddeltjes.

Toen mijn moeder me zag, liet ze het portemonneetje vallen. Munten rolden alle kanten op. Ik had haar nog nooit zo zien stralen.

Ze vroeg: 'Is dit echt? Is dit echt? Dit is een droom.'

Moeder liep op mij af, ik op haar en we knuffelden elkaar.

Ze kneep mij fijn, probeerde me op allerlei manieren te voelen, kussen en strelen.

Moeder zei zachtjes snikkend: 'Wat een dag, wat een mooie dag, mijn zoon. Mijn liefde. Mijn leven. Mijn lieve zoon. Mijn gebeden zijn verhoord.'

In elkaar omstrengeld huilden we hardop. Het voelde alsof ik weer in haar buik zat. De genegenheid waar ik jarenlang naar zocht, vond ik vandaag terug in een omhelzing.

'Mijn zoon, mijn zoon, mijn zoon. Je hebt mijn dag verguld. Je hebt mijn leven verguld. Kom binnen, kom binnen. Ik maak iets te eten voor je. Je hebt vast al die tijd verschrikkelijk gegeten.'

'Valt best mee, moeder.'

Ze wilde me niet loslaten. We zaten aan elkaar vast als een Siamese tweeling.

Ik schopte mijn schoenen uit, liep het huis binnen.

'Wie is er thuis?'

'Alleen Allah. Iedereen is buiten.'

Het huis leek veel kleiner. De gangmuren waren onlangs gewit, het rook nog naar verf. De woonkamer was compleet verbouwd en opnieuw ingericht: nieuwe zilverkleurige Marokkaanse banken met bijpassende hoektafeltjes en poefjes die mijn moeder ongetwijfeld na maffia-achtige onderhandelingen gekocht had. Een nieuwe televisie van Samsung. Nieuwe zwarte vloerkleden, spotjes in het plafond die op de nieuwe zilver-zwarte schilderijtjes met Koranverzen schenen.

Ik liep rustig de trap op terwijl mijn moeder mij bleef vasthouden.

Lachend zei ik: 'Ik wil eventjes naar boven.'

Moeder zei: 'Kom meteen weer terug! Ik maak snel iets voor je klaar.'

'Hoeft niet.'

Ze zei: 'Jawel, je hebt honger. Je bent dun geworden. Ik zie dat toch.'

De trapleuning was tot mijn verbazing gefixt. Ik liep langs de dichte kamerdeur van mijn broer.

Naar mijn oude kamer.

Mijn bed was weg. Het bureautje stond er nog. Er lagen pakken meel op. Mijn kamertje was een opslagplaats geworden: stapels pakken Darna-couscous, schalen met grote stukken suiker, twaalf tweeliterflessen El Ouazzania Marokkaanse olijfolie. Flessen Coca-Cola, Fanta en spa rood. Een ijskast met bevroren stukken vlees, voor als er onverwachts familie kwam en een week lang bleef.

Ik deed het raam helemaal open. De vleermuizen scheerden nog steeds laag tussen de daken. Het geroezemoes van de buren. Een televisie waarvan het geluid te hard stond.

Ik draaide me weer om naar binnen. Liet het tochten door de kleine kamer.

Het was onwerkelijk om er weer te zijn. Het voelde vreemd en vertrouwd tegelijk.

Hier begon het allemaal: de ijverige nachten toen ik huilde en lachte en nog een hoop van de wereld verwachtte.

De zoektocht naar mijn waarheid was hier begonnen.

De muren van boeken die mij bescherming boden. De schrijvers die me in mijn eenzaamheid gezelschap verschaften.

Het was allemaal verdwenen.

Ik ging op de kamervloer zitten. Bekeek bedrukt de plek waar mijn jeugd zich had afgespeeld, het voelde alsof ik die had verspeeld.

Mijn moeder kwam de kamer binnen met een kleine tajine met lamsvlees, pruimen, abrikozen en amandelen.

We zaten op de grond, aten het stomende gerecht samen op en vertelden elkaar verhalen.

Mijn broer kwam thuis.

Ik stond op, liep de kamer uit.

Moeder zei: 'Niet vechten, alsjeblieft.'

'Ik kan je niks beloven, moeder. Je hebt er een zoon bij vandaag maar de andere zou zomaar weg kunnen vallen.'

Omar schrok toen hij me zag.

Hij vroeg: 'Ben je wel aan het juiste adres?'

'Moet je horen wie het zegt: wordt het niet eens tijd dat jij vertrekt uit het ouderlijk nest?' vroeg ik lachend.

We schudden elkaar de hand.

Hij deed zijn jas uit en hing die op aan het kapstokje van hertenpoten achter de deur. Terwijl hij op zijn telefoon keek, zei hij: 'Ik zag je trouwens nog op dat boekenfeest.'

'Ik zag jou ook. Je zwaaide.'

Hij zei: 'Ik was je een beetje aan het uitdagen. Maar je hebt een verstandige vriendin.'

'Ja, nu jij nog.' Ik bekeek mijn knokkels en zei: 'Je weet wel dat je op die rode loper gestorven zou zijn, toch?'

'Dan zou het tenminste op tape staan.'

We stonden op de gang. Ik merkte op dat de plek waar ooit de intercom zat mooi glad geplamuurd was en gewit. We liepen naar de woonkamer, gingen zitten op de harde bank terwijl hij het journaal opzette, verveeld langs wat kanalen zapte en bij een boekenprogramma stopte waarin ik fanatiek vertelde over de symboliek in *De avonden*.

Hij vroeg, dit keer met gemeende interesse: 'Ben je al bezig met een nieuw boek?'

Ik antwoordde: 'Sorry nog, voor die afzichtelijke kutcomputer van je.'

'Ach, joh. Meteen weer een nieuwe van werk gekregen. Hij was goed verzekerd tegen "valschade".'

Ik zei: 'Waren we dat allemaal maar.'

'Zeg,' begon Omar, 'ik zat zo te denken. Misschien zou je me met iets kunnen helpen.'

De grote broer had eindelijk de hulp nodig van zijn broertje.

Hij zei: 'Ik heb een heel goed idee...'

'Vertel.'

Op dat moment eindigde het boekenprogramma, er werd lang en luid door het publiek geapplaudisseerd terwijl ik een slokje water nam.

'Een boek.'

'Een boek?'

Toen zei hij: 'Ja, ik heb een heel goed idee voor een boek.'

'Je hebt een heel goed idee voor een boek?'

Hij zei: 'Ik ben een tijdje geleden begonnen met schrijven. Zeg, zou je me in contact kunnen brengen met jouw uitgeverij?'

Nadat ik me met mijn familie had verzoend, kreeg ik te horen dat Evelien was teruggekomen uit Azië. Haar ouders hadden me gebeld om te vragen of ik meeging om haar op te wachten met een feestelijk welkomstcomité op Schiphol. Om daarna gezellig met een groep uit eten te gaan. Of ik even een tafel voor twaalf man kon reserveren in het sushirestaurant waar ik gewerkt had.

Ik vertelde dat ik er heel graag bij had willen zijn maar dat ik een lezing had in Berlijn.

19de druk

Hi,

Ik wilde even zeggen dat ik terug ben, dat het goed met me gaat en dat ik verliefd ben geworden op iemand anders. Ik hou nog steeds van je. Dat zal nooit weggaan. Maar ik voel me heel erg thuis bij Philippe. Hij is mee naar Nederland gekomen, we wonen samen. Ik vond dat ik je dat moest vertellen. Hoop dat het goed met je gaat. En dat je lekker aan het schrijven bent.
Als je wil afspreken of bellen, laat het maar weten.
Liefs Evelien

Bij een kapperszaak op het Koningsplein liet ik iedere week mijn haar knippen, wassen en föhnen. Alex gaf me zelfs een uitgebreide schedelmassage. Ik had ergens gelezen dat je je haar maar één keer in de week hoefde te wassen voor een gezonde, mooie uitstraling.

Thuis aangekomen zag ik dat mijn paleisje niet goed was schoongemaakt, terwijl Gerrit, de schoonmaker die ik net in dienst had genomen, toch echt twee uur bezig zou zijn geweest.

Ik belde Gerrit op, vertelde dat hij niet meer terug hoefde te komen en dat hij de allergrootste oplichter was die ik in tijden had ontmoet, dat hij zich moest schamen als hij dit schoonmaken noemde en dat een orde van schoonmakers in het leven zou moeten worden geroepen om hem uit de schoonmaakbranche te schrappen.

De vuile dief.

Ik vroeg mijn buren of ze een bekwame poetser kenden. Ze gaven me het nummer van Solaiman, 'een fidele Marokkaanse meneer die je huis zal laten stralen als zijn glimlach'.

Toen hij de volgende dag met een grote grijns binnenkwam, omhelsden we elkaar als familie.

In de namiddag werd ik door mijn Colombiaanse uitgever gebeld. We hadden het over de lezingentour in Cartagena, Medellín, Cali en Bogota, bespraken zaken en ik vroeg of ik mijn royalty's uitbetaald kon krijgen in cocaïne. Hij vertelde dat het Hay Literature Festival in Cartagena graag wilde dat ik kwam spreken ter ere van de vijftigste verjaardag van *Honderd jaar eenzaamheid* van Gabriel García Márquez.

Terwijl ik voor mijn deur stond te bellen, een paardenkoets met verveelde toeristen langs hobbelde, zag ik tot mijn verbazing een sloep die mij akelig bekend voorkwam.

Het was het bootje waar ik een tijdje geleden in geslapen had.

'Señor Naranjo, can I call you back in a few momentos?'

Na wat navraag bij de buren bleek de boot van een overbuurman te zijn.

Ik kocht de sloep voor een schijntje, liet hem volledig opknappen door Marcel, de dikbuikige bootreparateur die over alles wel iets te zeggen had. Hij wees op het 'rattengat' in de boeg, wist niet of de romp 'een romp of een ramp was' en adviseerde een nieuwe fraai gelakte plankenvloer 'want de ouwe was zo rot als de kut van een hoer met pensioen'.

Toen Marcel me vanuit de scheepswerf van Jachttechniek Ouwe Dibbes belde en vertelde dat de boot geverfd en vaarklaar was: 'Vroeg ik me eigen af welke naam de boot mot krijgen.'

Ik zei: 'Renaissance.'

'Renne-wat?'

'Ik app het je wel even, gap.'

Op het moment dat ik wilde schrijven, lichtte mijn telefoon weer op.

Vijf meisjes appten me binnen vijf minuten of ik pizza wilde eten, zin had om naar de film te gaan, om langs te komen 'want mijn bloemetjes zijn dorstig en moeten flink besproeid worden', om gezellig een wijntje te drinken en om een drugs-en-seksavondje te houden.

Ik kreeg een geweldig idee voor de openingsscène van mijn tweede roman, kraakte mijn nek en begon te typen.

Ik stuurde de meisjes allemaal hetzelfde bericht: 'Gezellig! 21u stipt bij mij. Zin om je te zien!'

Die avond belden de meisjes één voor één aan. Ik deed gastheerlijk mijn deur voor ze open, verwelkomde ze kussend en knuffelend tot ze alle vijf binnen waren.

In mijn balzaal zaten ze elkaar aan te staren.

Ik begon: 'Sophie, jij wilde pizza eten, laten we Domino's bestellen. Iedereen: dit is Sophie. Als jullie fitnesstips willen, vraag haar het hemd van het lijf.'

Daphne papte meteen met Sophie aan. Die twee leken elkaar gevonden te hebben.

Ik vervolgde: 'Iedereen: dit is Daphne, ze heeft vorig jaar in de *Playboy* gestaan. Daphie, jij wilde drugs? Op de schouw achter mijn boeken liggen zakjes coke, M en X. Je flesje G ligt trouwens nog in de koelkast. Wie van jullie wilde ook alweer naar de film?'

Sarah stak haar hand op.

Ik gooide de afstandsbediening van de beamer in haar handen: 'Zoek een film uit via Netflix. Of zet porno op. Sarah is onze stagiaire vanavond, dus wees extra lief voor haar.'

Ik vervolgde terwijl ik wees: 'Haar naam is Lente. Lente zit in de sproeisystemen.'

Ze zei: 'Mohamed!'

'Ze heeft een ingebouwde sprinkler.'

Sophie zei: 'Ik ook, hoor.'

Ik zei: 'Maar niet zoals zij. Ze heeft een fucking supersoaker. Ze kan er bosbranden mee blussen.' Ik blikte naar Lente, 'Ze moeten je eigenlijk in zo'n helikopter mee laten vliegen en door mij onder handen laten nemen zodat we Californische vuurzeeën kunnen doven.'

Daphne zei: 'Ik ben benieuwd. Wil het wel zien.'

Sarah zei: 'Waar hébben jullie het over?'

Lente vertelde: 'Squirten, schat.'

Roos liep langs me naar de koelkast terwijl ze me met haar vingertopje streelde: 'Ik pak de wijn al, Fellini.'

'Goed zo, schatje.' Ik riep: 'Dit is Roos.'

De actrice telde hardop hoeveel wijnglazen ze moest meenemen.

Daphne stond op het dierenvel terwijl ze haar pinknagel in een envelopje stak. Ze snoof wat en zei een tikkeltje teleurgesteld: 'Ik wilde een drugs-én-seksavond.'

Ik wist wel dat ze een beetje traag van begrip was, dus vertelde ik: 'Dit wordt helemaal jouw avondje.'

Ik vroeg: 'Sophie, neem jij geen likje?'

Ze zei: 'Jij bent mijn drugs vanavond.'

Roos riep: 'We zijn met z'n zessen. Een sextet!'

Ik zei: 'Ik voel een monoloogje aankomen.'

Roos nam een teug van de fles, schonk lachend de wijnglazen in en antwoordde: 'Meer een dolkomisch blijspel.'

'Steekspel.'

Toen deed ik de deur op slot, stopte de sleutels in mijn zak en zei luid: 'Oké, jullie je zin. Nou ik. Trek allemaal jullie fucking kleren uit.'

Ik belde mijn uitgever op, vertelde laaiend enthousiast over mijn nieuwe boek.

'Wat wordt de titel?'

'*Renaissance*.'

'Mooi,' hij vervolgde: 'Ik laat de aanbiedingsbrochure alvast drukken. Elke boekhandelaar moet weten dat je tweede eraan komt. Wanneer is het af?'

'Over drie maanden,' hoorde ik mezelf zeggen.

Mai zei: 'Goed zo, knul. Ik ga het meteen regelen.'

20ste druk

Cher ami,

Je contactgegevens gekregen van je uitgever, zijn naam is heilig.
Ik heb De proleet *gelezen.*
Man, o, man.
Ik voel hete adem in mijn nek.
Zullen we een keer uit eten gaan?
Toscanini aan de Lindengracht?
Hou je hoe dan ook sterk,
Alle goeds van hier,
Courage,
Tommy W.

De volgende dag ging de bel rond etenstijd. Ik deed zenuwachtig de deur open. De lange, kale koning van de literatuur liep naar binnen, glimlachte saluerend en zei: '*Compadre, compadre.*'

'Tommy, godverdomme. En ik maar denken dat het een *catfish* was die me mailtjes stuurde.'

Hij torende boven mij uit.

'Kom hier, knul.'

We omhelsden elkaar als kameraden.

Terwijl we elkaar verhalen vertelden, kwam de serveerster vier keer langs om te vragen wat we wilden bestellen. Met een leesbrilletje op zijn neus, het servet keurig in zijn kraag, tuurde hij over de glazen en zei: 'Excuses, mevrouw. We hebben het behoorlijk gezellig.' Hij vertrouwde haar toe: 'Als ik met m'n vrouw was geweest, dan had ik je nu al om de rekening gevraagd.'

De hele avond spraken we als schooljongens over schrijven.

'Wat mij het meest raakte in je boek,' vertelde hij, 'was je totale onbevangenheid. Onbevangenheid, Mohamed. Zorg dat je dat nooit kwijtraakt.'

Ik verslikte me.

Daarna vroeg Tommy iets waarvan ik bijna van mijn stoel viel.

'Binnenkort komt er weer een boek van mij uit. Ik vroeg me af... Zou jij het eerste exemplaar willen ontvangen?'

Het model dat inmiddels 575.000 volgers op Instagram had en zelf 120 mensen volgde, volgde mij ineens. Ze likete zelfs een paar foto's. Gala Couturier stuurde mij een berichtje.

'Ik zat met een depressie in Zuid-Afrika... *Mohamed, de proleet* heeft me er best wel doorheen gesleept. Wilde even zeggen dat het me spijt dat ik zo vreselijk tegen je deed. x Gala.'

Ik antwoordde: 'Da's een poos geleden. Ik snap het. Al die fucking druk. Het is oké. Ben je nu verder chill?'

Ze zei: 'Ik ben heel chill. Het is nog net niet uit met mijn vriendje. Maar als ik van hem af ben, ben ik gelukkig.'

'Zet hem op met lozen!'

'Thanks, *dear*.'

Elf minuten later stuurde ze: 'Ben weer door de LINDA. aan het bladeren. We waren wel een killerduo, zeg.'

Ik liet die zin op mij inwerken. Antwoordde: 'Spreek je de fotograaf nog wel eens?'

'Ik zie hem over twee weken in New York. Een shoot voor Tommy Hilfiger. Daarna zijn verjaardag vieren.'

'Cool. Doe je hem de warme groeten van me?'

'Zal ik doen. Zou je trouwens mijn boek willen signeren?'

Ik vroeg: 'Wat schuift het?'

'Haha, een kopje koffie?'

'Hmm. Dat is niet genoeg.'

'Nee?'

Ik zei: 'Zeker niet. Dacht je echt dat ik me liet paaien met een kopje koffie?'

Ze vroeg: 'En als ik nu met een lekkere takeaway dirty chai latte naar je toe zou komen?'

Ik bekeek haar vraag, sloot mijn ogen en typte blindelings: 'Dat zou heel gezellig zijn.'

Ze antwoordde: 'Ik kan nu wel wat goed gezelschap gebruiken.'

'#metoo. Herengracht 666.'

Ze belde aan, ik deed open.

'Hé, schrijver.'

Ze zag er ongelofelijk goed uit. Zelfs met ingevallen wangen, een wat wittere huid en de lichtblauwe wallen die veroorzaakt werden door de toevoer van zuurstofarm bloed.

Ik vroeg: 'Waar is mijn dirty chai latte?'

Ze overhandigde me een zakje chocolade-kaneelamandelen van de Marqt.

'Doen we morgenochtend wel.' Ze kuste me op de lippen, kwam binnen en keek met een makelaarsblik om zich heen terwijl ze goedkeurend knikte en haar vestje uitdeed. 'Mooi huis. Ik kan wel op je bank crashen, toch?'

'Mooie trui.'

'Cool, hè? Ik woon in kasjmier truien tot het weer warm wordt.'

Ik zei: 'Love it.'

'Maar mag ik nou op je bank slapen, mister spanningsboog?'

'Ik vrees dat je niet gaat slapen vanavond.'

'Dat klinkt veelbelovend.'

We raakten elkaar die nacht met geen vinger aan maar hadden wel urenlange *mind sex*. We praatten over het leven, de liefde en haar modellenwerk – er werden geen woorden vuilgemaakt aan de literatuur, dat was bevrijdend. Het klikte tussen ons. Allebei waren we een beetje vervreemd van de realiteit en in dat grijze gebied vonden we elkaar. Terwijl ze aan het praten was, schoot er een opmerkelijke gedachte door me heen: ik zou best wel iets met haar willen hebben.

Toen Jacques Cousteau haar midden in de nacht appte waar ze in hemelsnaam bleef, maakte ze een selfie van ons waarin ze haar tong uitstak en stuurde die op met als bijschrift: 'Op schrijfcursus, schat.'

We deden onze telefoons uit, schoven die onder mijn bank en brachten drie hemelse dagen met elkaar door.

Ze noemde het 'lekker cocoonen'.

Het ongemakkelijke maar opwindende moment waarop we allebei voor het eerst naakt waren, vroeg Gala mij: 'Waar was je? Waar was je al die tijd?'

Op de vlucht naar de Big Apple, first class, dronken we champagne, aten we gerechtjes die door een Michelin-chef waren gemaakt en schoten we een selfie die we tijdens het taxiën op JFK op sociale media deelden met een roodkleurig hartje – binnen een uur hadden we meer dan 100.000 likes, 20.000 reacties en werden we platgebeld door journalisten van modebladen, entertainmentshows én zelfs kwaliteitskranten.

Vol verrukking keek ik uit mijn beijzelde vliegtuigraampje naar het beloofde land.

Ik glimlachte van geluk.

De Amerikaanse douane pikte me eruit.

Maar ze kregen mijn lach niet van mijn gezicht af – ik gaf niemand die macht.

In een steriel kamertje vroeg een jongeman met een naambordje waarop CRUZITO stond: 'You think this is funny?'

Ik zei: 'Well, it's so sad that I have to laugh about it.'

'You think you're funny?'

Omdat ik niets te verbergen had, zei ik: 'I can be funny sometimes. If I do my best.'

De douanier, met vermoedelijk een Mexicaanse achtergrond,

bekeek mijn paspoort, hield het tegen het licht en vroeg: 'Your name is Mohamed?'

'Yes.'

'And you eat pork?'

'Sorry?'

'Just answer my question, sir.'

Hij keek me even streng aan, pakte mijn koffer erbij, haalde er BiFi-worstjes uit en zei: 'I'm confused.'

Ik zei: 'So am I, sir.'

'Muslims don't eat pork.'

Ik vroeg: 'Who says I'm a muslim?'

'What's your religion, sir?'

'Humanism.'

Hij bladerde door mijn paspoort en vroeg: 'What's your profession, sir?'

'I wrote it down in the form.'

'But I'm asking it right now.'

'I'm a novelist.'

'Did you recently visit a mosque?'

'No, man. Do you?'

Hij keek eventjes op.

'Do you have any friends or relatives in Syria?'

'No, sir.'

'Do you have something to declare?'

Ik vertelde: '"Nothing but my genius." That's Oscar Wilde's answer, when the US Customs asked him the same question – may God bless the brilliant man's soul.'

De douanier vroeg: 'Which God?'

'I don't know.'

Hij begon: 'Well you just said, may God –'

Ik zei: 'I meant it like, hoe zeg je die shit ook alweer, figuration of speech, you know?'

'Figure of speech, sir. And you call yourself a writer?'

'Not as big as J.D. Salinger and Stephen King but we might get there someday.'

Hij zei: 'You're funny.'

'I told you I could be funny.'

Hij smeet mijn paspoort op tafel.

'We have to investigate this situation, mister Zebbi.'

Hij pakte zijn Motorola-walkietalkie, bracht die naar zijn mond en noemde een numerieke code om deze situatie te omschrijven aan zijn onzichtbare collega's.

Mijn naam is een last die ik de rest van mijn leven mee moet dragen.

Als het kruis van Christus.

In New York dineerden Gala en ik bij The Spotted Pig – de beveiligers voor de deur begroetten haar kussend, vroegen hoe het met haar ging en knikten naar mij. 'So, this is your new boy?'

Reuzenhanden omklemden vriendelijk mijn hand.

'Take good care of her. Otherwise...'

Ik zei: 'I'm scared to death right now.'

'You have to. What's your name, kid?'

'Mohamed.'

Hij stak zijn handen in de lucht: 'Now you got me scared, Mohamed,' een bulderend gelach, de andere beveiliger kwam op me af en riep: 'We have to search you for explosives.'

Gala zei: 'Get your hands off of him, he's my sex bomb.'

We aten vegetarische gerechten en dronken veel te veel Vouvray Renaissance, een verfijnde en elegante witte wijn.

Toen we stomdronken naar het hotel terugkeerden, vroeg een bedelaar in een grote legerjas ons voor het sterrenrestaurant of we iets konden missen.

Ik vroeg: 'How much do you need?'

'Just a few bucks, sir.'

Gala trok aan mijn fluwelen Armani-jas.

Ik vroeg: 'What are you going to buy? Tell me the truth and don't you fucking lie.'

Hij glimlachte, krabde om een etterend zweertje op zijn pols en zei: 'I'm going to buy me something sunny.'

Ik pakte het honderddollarbiljetje met Benjamin Franklin uit mijn zak, gaf het hem en zei: 'We all need some sunshine from time to time. Go ahead, bro. Enjoy yourself.'

In de lobby van het Ritz-Carlton pakte Gala mijn ongedragen NY Yankee-petje van mijn hoofd, zette het achterstevoren op terwijl ze knipogend zei: 'Staat mij veel beter.'

'Wel verdomd, je hebt gelijk.'

We wandelden vol verwondering en verliefdheid door de snelle stad.

Brachten een bezoekje aan het MOMA op 53rd Street, het Guggenheim op 5th Avenue en daarna slenterden we iets verderop naar de New York Public Library maar bij binnenkomst wilde ik meteen weg.

In de drukke Barnes & Noble stonden rijen mensen voor een auteur die bezig was met signeren.

Gala vroeg: 'Zullen we even naar binnen?'

'Ander keertje.'

Het was New York Fashion Week, dus nam Gala me mee naar de grote modeshows. We zaten op de eerste rij van de catwalks waar bevriende modellen stoer swingend liepen in de nieuwste collecties van grote modeketens. Om daarna de verhitte dames en heren in hun kleedkamers op te zoeken en te complimenteren.

We dronken koffie in Dumbo, maakten foto's van de Brooklyn Bridge vanaf precies dezelfde plek als waarvan de zwart-witfoto op mijn bureau gemaakt was.

Een jongeman op de fiets van Uber Eats bezorgde twee volkoren pizza's terwijl we in kleermakerszit op de koude reling van de Brooklyn Bridge van het geweldige uitzicht genoten. Onder de wirwar van stalen kabels aten Gala en ik slice voor slice elkaars pizza's op, kerfden met haar nagelvijl onze initialen in de ijzeren constructie en kusten elkaar – ik likte wat pizzameel van haar bovenlip.

Ik vroeg: 'Ben je gelukkig?'

'Heel erg gelukkig. Jij?'

'Ik ook. Ik denk zelfs dat ik van je hou.'

Toen de avond viel, doken we nog snel even Central Park in. Op zo'n rotspartij befte ik Gala tot ze bijna klaarkwam. Toen stopte ik. En we neukten elkaar zachtjes terwijl de joggers nietsvermoedend voorbij sjokten.

De volgende morgen had Gala haar fotoshoot voor Tommy Hilfiger.

De fotograaf kwam rokend op ons af, kuste en knuffelde ons: 'Jullie twee zijn echt ongelofelijk. Ik zei nog, minnaars voor één dag. Ik zag het meteen al. Meteen. Arme Jacques.'

Ze zei: 'Arme zak, ja.'

Die nacht vierden we de verjaardag van de fotograaf in zijn prachtige loft in West Village, die uitkeek op rode bakstenen gebouwen met z-vormige brandladders.

Raakten aan de praat met Paco, een kledingontwerper die heel graag in Amsterdam wilde wonen – hij stond op pumps met sleehakken. Ik vertelde dat ik heel graag in New York wilde wonen. Dus wees de fotograaf met de onderkant van zijn bierflesje naar ons en vroeg: 'Waarom doen jullie geen woningruil?'

Op de terugvlucht naar Amsterdam verwelkomden de piloten en stewardessen ons aan het einde van de vliegtuigslurf.

Martijn, de knappe oude huisgenoot was één van de piloten.

Hij vroeg: 'Waar was je nou ineens?'

Ik zei: 'Foetsie. Miste je me?'

'Krijg nog huur van je.'

Ik fluisterde in zijn oor: 'Je kan 50 procent van mijn dikke, besneden lul zuigen.'

We lachten.

Te midden van zijn collega's stelde ik Gala aan hem voor: 'Dit is Martijn, voormalig huisgenootje met, ik citeer: "Hele dikke, gemene wratten op zijn Duitse helmpie," dus hem zou ik maar geen handje geven.'

Ik wees naar de knalrode kop van Martijn en vroeg de andere piloot: 'Heeft deze ramppiloot wel een blaastest gehad? Anders stappen wij niet in.'

De deadline voor mijn tweede boek was vorige week verstreken.

Mai wilde dat ik het tweede boekcontract kwam tekenen.

Terwijl ik van mijn huis naar het nieuwe pand van de uitgeverij wandelde, kreeg ik een vervelend voorgevoel.

Een medewerkster rende huilend de uitgeverij uit.

Mai riep haar na: 'Het werk dat je aflevert, is ook om te janken!'

Ik vroeg wat er aan de hand was.

Hij had haar stante pede ontslagen omdat 'het mens niet eens fatsoenlijk kon kopiëren'.

Mai schudde me krachtig de hand, zag er zoals altijd onberispelijk uit en vroeg: 'Goede vlucht gehad?'

'Aan één stuk door geslapen.'

'Terwijl jij slaapt, wordt hier keihard gewerkt. Kom binnen.'

Alle medewerkers die we tegenkwamen tijdens de rondleiding vroegen hoe het met mijn tweede boek ging.

'Goed!'

'Wanneer lever je in?'

Mai keek me iedere keer eventjes aan.

'Binnenkort. Nog even de puntjes op de i zetten.'

De pr-dame, die nu ook de afdeling buitenlandse rechten beheerde, vertelde dat ze contact had met een redacteur van een Amerikaanse uitgeverij. En dat er interesse was voor *Mohamed, de proleet*. Ze zei: 'Ik ben hem zachtjes aan het inmasseren.'

Ik werd enthousiast, glunderde en zei: 'Luister, desnoods doe je het met hem. *Take one for the team!*'

'Heb ik al gedaan, schat. Weet je waar ze wel naar vroegen? Wanneer je tweede boek verschijnt. Wanneer lever je in?'

'Wanneer wij gaan seksen.'
'Nooit dus?'

Het nieuwe pand was nog groter dan het vorige. Zes verdiepingen op de Herengracht.

Onderweg naar Mai's kantoor vroeg ik hem: 'Welke etage heb je van *De proleet* kunnen kopen?'

'Niet eens het ketelhokje. Hoe gaat het met het tweede boek, Mohamed?'

'Heel goed.'

'Jij denkt zeker dat ik een idioot ben.'

'Ik denk het niet. Ik weet het.'

Hij deed de deur van zijn kantoor dicht.

Mijn hartslag versnelde, mijn handen begonnen te zweten. Maar ik probeerde het te maskeren.

'Dacht je dat ik na al die jaren het auraatje van een schrijvertje niet kon raden? Vorige week was je deadline.'

Ik ging zitten, lachte en zei: 'Een beetje schrijver neemt het niet zo nauw met deadlines.'

Mai vroeg: 'Weet je waarom ik een horloge van een halve ton om mijn pols heb?'

'Nou?'

'Iedere keer dat ik ernaar kijk, herinnert het me eraan dat tijd heel kostbaar is.'

Ik liet de zinnen even bezinken, keek naar zijn kale kantoor met verhuisdozen en zei: 'Jezus christus, Evelien had gelijk. Wat een proletenpraat voor een literaire uitgever.'

Hij haalde een groen doosje uit zijn la tevoorschijn. Schoof het naar me toe op tafel. Er stond met gouden lettertjes ROLEX op.

'Maak maar open.'

Ik bekeek het horloge.

Hij pakte het, wees ernaar en lichtte toe: 'Een roségouden Rolex Day-Date Presidential. Saffierglas, *blue lume*-verlichte Romeinse cijfers en zwevende wijzer. En dit is waar ik opgewonden van werd: een olijfgroene wijzerplaat.'

Ik zei: 'Blikvangertje, hoor.'

'Kortom, een spectaculair staaltje Zwitsers vakmanschap. Weet je waarom ze het een Presidential noemen? Omdat presidenten, staatshoofden en dictators dit ding om hebben. Obama draagt er eentje. Poetin ook. Steek je hand eens uit.'

Ik stak mijn linkerhand uit, hij schoof het koude horloge om mijn hand en vouwde met een vloeiende beweging de vlindersluiting klikkend dicht.

Mai zei: 'Past perfect om je pols. Het is van jou, Mohamed.'

'Is het voor mij?'

'Ja.'

'O, man. Dat had niet gehoeven! Wat te gek. Ik sta versteld.'

Mai zei: 'Niet doen. Gewoon doorschrijven nu. Hoe gaat het ermee?'

'Als het komt, zal het snel gaan. Een kleine blokkade die als een zwak stuwdammetje door alle opgehoopte kracht vroeg of laat zal moeten bezwijken.'

'Zet er pressie op, Mohamed,' hij vroeg: 'Nog steeds *Renaissance* als titel?'

Ik knikte.

Mai schoof het tweede boekcontract naar me toe.

Voordat hij begon met onderhandelen, schoof ik hem een blaadje toe met daarop een bedrag van het voorschot dat ik wenste.

Hij kraste het lacherig door, schreef er iets onder en schoof het mijn kant op.

Ik lachte, dacht even na en zei: 'Volgens mij ben je wat nulletjes vergeten.'

Hij zei: 'Grapjas. Wat dacht je dat dat klokje kost?'

'Jij bent echt ongelofelijk.'

Ik kraste zijn voorgestelde bedrag door, schreef wat cijfers op en gaf het hem.

Hij bekeek het, sloeg zijn armen stram over elkaar en zei: 'Ik ga niet aan dit stomme spelletje van je meedoen. Zo'n mooi aanbod afslaan. Wie denk je wel dat je bent, jochie?'

Ik pakte uit mijn binnenzak de vijf visitekaartjes van de uitgevers die ik tijdens het Boekenbal met mijn dronken kop verzameld had, legde die als een royal flush op het blaadje en schoof het nog verder zijn kant op.

'Mohamed fucking Zebbi.'

Hij pakte de visitekaartjes, bekeek ze met het nodige dedain en gooide ze één voor één op mij.

'Je hebt maar één boekje geschreven. Wie zegt dat je het nog een keer kan?'

We keken elkaar lang aan.

'Misschien ben je het wel voor altijd kwijt, Mohamed. Je zal niet de eerste zijn.'

Iets knakte in mij. Hij trapte het kleine, zwak pompende schrijvershart dood.

Hij lachte schouderophalend, schreef zijn laatste bod op het blaadje en schoof het naar me toe.

Ik bekeek het voorstel.

We schudden elkaar de hand.

Toen klikte hij de sluiting van de Rolex open, pakte het horloge van mijn pols en stopte het terug in de doos.

'Die krijg je als je het manuscript inlevert.'

Hij gaf mij lachend zijn gouden pen aan.

Terwijl ik mijn handtekening onder het tweede boekcontract zette, vroeg ik: 'Hoe gaat het trouwens met De Drie Gebroeders?'

Mai vroeg: 'Welke gebroeders?'

Ik zei: 'Ehm, ik bedoel met je broer in Colombia.'

'Goed.'

Ik vroeg: 'En hoe is het met het paard, Prometeo?'

Mai keek naar de schilders die de buitenkozijnen aan het beschilderen waren, legde zijn handen op elkaar en zei: 'Dat beest had een lage weerstand, werd doodziek en leed veel, dus hebben ze hem meegenomen naar de heuvels en daar afgeschoten.'

'O, man. Wat fucking erg.'

Ik schoof het getekende contract naar hem toe.

Hij zei: 'Nou ja, dat is hoe het soms gaat. Soms wed je op het verkeerde paard.'

De brieven die ik naar Evelien had verstuurd, vond ik in mijn brievenbus terug. Ze waren in een pakketje gebundeld. Er was iets misgegaan. De postcodes klopten niet. Klotepostbedrijf.

Gala was inmiddels bij me ingetrokken maar we zouden voor onbepaalde tijd naar New York verhuizen. Na de Tommy Hilfiger-campagne kreeg Gala er tientallen modeklussen aangeboden. En ik had een grondige tyfushekel aan Amsterdam gekregen.

Vanavond zouden Gala en ik een afscheidsfeestje geven bij mij thuis. Ze had wat vrienden uitgenodigd, ik ook.

Toen ik even de laptop van Gala pakte om ons adresje in New York te googelen, een fijn appartementje op de 34ste verdieping in Two Bridges, op loopafstand van de Brooklyn Bridge en Manhattan Bridge, zag ik iets in het balkje wat mij nogal verbaasde.

Ik wilde 'Monroe Street' intypen maar bij de eerste twee letters verschenen blauwgekleurde, reeds opgezochte zoekopdrachten.

Mohamed Zebbi vermogen
Mohamed Zebbi huis
Mohamed Zebbi auto
Mohamed Zebbi vriendin

Er waren zelfs zoekopdrachten naar de samenvattingen van mijn roman. Dus vroeg ik Gala terloops of ze de sadistische Koranlerares in *De proleet* ook zo'n kutwijf vond.

Gala zei: 'Vreselijke vrouw!'

Er kwam helemaal geen Koranlerares in het boek voor.

Twee ingehuurde studentes maakten alvast hapjes en drankjes in de keuken klaar. Solaiman lapte bedreven de ramen nog even. Gala stak de kaarsjes in de woonkamer aan.

Ik vroeg haar: 'Babe, heb je –'

'Babe?'

'Ja, babe.'

Gala zei: 'Ik ben je biggetje niet.'

'Doe eens aardig, jij.'

'Als jij ophoudt met mij babe te noemen.'

'Oké. Maar hé. Ga jij Jacques uitnodigen?'

'Die komt met zijn nieuwe vlam.'

Ze peuterde aan een onhandelbaar klein kaarslontje. Probeerde het steeds tevergeefs aan te steken.

Ik pakte de kaars, gooide die over van mijn ene hand in de andere en zei: 'Oké, dan vraag ik of Evelien en haar vriendje ook langskomen. Maar dat doet ze toch niet.'

Ze zei met het nodige venijn: 'Is goed, *babe*. Is toch de laatste keer dat we ze gaan zien.'

'Precies.'

'Hé,' vroeg ze, 'hebben we wel genoeg hapjes?'

'Denk het wel. En anders bestellen we toch lekker sushi?'

'Goed idee!'

Ik dook de keuken in, vlak langs de lekkere kontjes van de studentes en smeet mijn gore gedachten en de klotekaars in de elektrische prullenbak.

Ik raapte al mijn moed bij elkaar, liep naar de trapportiek en belde Evelien.

Het was fijn om haar stem weer te horen.

Ik vertelde haar over vanavond.

Ze wist niet of het een goed idee was.

Ik zei dat ik het snapte. Maar mocht ze van gedachten veranderen, dan kon ze altijd even langskomen. 'Met je nieuwe lover.'

Ze lachte, liet een stilte vallen en vroeg: 'Ik ga kijken, oké?'

'Mocht dit je over de streep trekken,' grapte ik, 'er is verschrikkelijk goede wijn.'

In kleermakerszit maakte ik een piramide van houtblokken, houtspanen en aanmaakblokjes.

Ik stond op, gooide de stapel teruggekeerde brieven met 'Lieve Evelien' in de haard en stak de boel met een aansteker in de hens.

Een vlammenzee vergeelde, verzwartte en verteerde de brieven tot ze volledig verasten – de aanblik verwarmde mijn gezicht en handen.

Ik pakte mijn eerste boekcontract uit de kast, gooide het erbij, het krulde razendsnel op. Het witte overhemd dat ik tijdens de boekpresentatie droeg, smeet ik er ook in. Greep alle vertalingen van *Mohamed, de proleet* van de schouw, twijfelde twee tellen en kieperde die in het vuur.

Het vuur verzwakte eventjes, leek te doven maar laaide al snel weer op.

Met een vurige blik staarde ik naar het gefik.

Ik fluisterde: 'Kankerboeken.'

Wandelde naar mijn bureau, pakte het tweede boekcontract en keek naar de titel terwijl het vuur flink siste en knetterde, afspringende vuurdeeltjes kwamen nu zelfs op het dierenvel.

Ik maakte er een propje van en smeet het in de allesverslindende vlammen.

De roze en witte magnoliabomen in de tuin bloeiden volop. Het leek alsof er een Japanse tuin door de balzaal groeide. De gasten druppelden binnen.

Het was warm, druk maar gemoedelijk. Robert Vuijsje stond met Kluun te kletsen terwijl ze de toastjes met vitello tonnato naar binnen werkten. Kluun knikte naar mij en wees met zijn ogen naar Daphne – ik gaf de man mijn zegen, wees hem mijn slaapkamer.

Maar hij had zijn geliefde meegenomen.

Ik vroeg: 'Dus?'

Jacques zat op mijn bureaustoel een jointje te draaien met op zijn schoot een prachtige, donkere dame – de klootzak koos zijn meisjes wel goed uit. Met haar enorme afro, zwarte coltrui en militante blik leek de chick op een Black Panther-lid. Jacques mocht van Daphne niet aan de muziek zitten op Gala's laptop – The Weeknds 'The Zone' stond op. Het donkere meisje, wier naam mij even ontschoten was, gaf Daphne een high five omdat ze The Weeknd 'voelde'.

Ik bracht de knappe knul en zijn vriendin flesjes bier, gaf haar een boks en zei: 'We moeten je homie even cultureel opvoeden. The

Weeknd is de ruigste nigger die ik ken maar wel een met een engelenstem.'

Ze zei: 'Snap je, dus dat!'

'En we moeten Jacques ook leren hasj kruimelen, want zo te zien kan-ie het beter overlaten aan een mocro.'

Gala's vriendinnetjes op de bank keken met hijgerige bewondering naar Vinn die de perfecte uitvoering van de squats demonstreerde: 'Ass to the grass, dames.'

Gala hield me glimlachend in de gaten.

Alle jongedames waren namelijk van de partij, ze stonden bij de ramen en verneukten met hun hoge hakken mijn gewaxte vloer – but who gives a fuck. Ik vermoedde van Paco, de kledingontwerper die in mijn huisje zou gaan zitten, dat hij een grote voorliefde zou hebben voor high heels, vrouwenkleding en verkleedpartijtjes.

Roos en Sarah zaten op de vensterbank te paffen terwijl Lente en Daphne wijn dronken. Ze luisterden aandachtig naar een verhaaltje dat Sophie aan het vertellen was.

Tot ze allemaal keihard lachten.

Alle aanwezigen keken even hun kant op.

Ik ving de woorden op: 'Nee, echt waar?!'

Sophie vroeg daarna iets aan Gala.

'Mohamed,' vroeg Gala, 'Sophie heeft last van haar keel. Hebben we honing in huis?'

Waarna de meiden weer hard lachten.

Als ze wisten dat mijn tweede boek zou openen met een seksscène waarin ik ze allemaal bij elkaar had gebracht, zou het lachen ze snel vergaan.

Maar dat tweede boek zou er nooit komen.

Er werd aangebeld.

'Sophie heeft een pak rammel nodig.'

Ik deed de deur open zonder te vragen wie het was.

Evelien kwam binnen, we keken elkaar een beetje onhandig aan en omhelsden elkaar. Man, wat voelde ze fijn aan, niet te lang vasthouden, niet doen.

Loslaten nu.
Ik zei: 'Hé.'
Ze zei: 'Hoi.'
Ik zei: 'Hoi.'
Ze zei: 'This is Philippe.'
Ik bleef haar aankijken, wuifde naar haar vriendje en zei: 'Hé Phillipe.'
Evelien zag er een stuk volwassener uit, vrouwelijker, krachtiger.
Gala kwam erbij staan, stelde zich voor aan Evelien en toen aan Philippe. Na enige tijd pas bekeek ik de bebaarde jongeman. De harige hippie had een kleurige haarband om.
Ik vroeg Evelien: 'Leeft zijn kapper nog? Wat doet hij? Laat me raden. Hij speelt gitaar? En wacht, hij is ongetwijfeld kunstenaar?'
Ze sloeg me zachtjes.
'Hij is hard op zoek naar een baan. Komt uit Kaapstad. Speelt inderdaad banjo. Maakt haarbanden, verkoopt ze online en is creatief. En heel lief. Maar wat woon je supermooi, babe.'
Gala keek even op.
'Kom, ik geef je een rondleiding.'
Gala zei: 'Mo, de hapjes zijn bijna op. Kan je even sushi bestellen?'

Een uur later kwam de sushibezorger. Ik liep door de gang, deed de deur open.
Hij zei: 'Neeee! Mohamed Zebbi?'
'De enige echte, ouwe.'
'Wat fucking cool! Ik heb uw boek voor school gelezen, man! Had een mondeling tentamen Nederlands. Kreeg een dikke 8!'
'O, dope. Je mag "je" zeggen, hoor. Hoe heet je?'
'Troy, aangenaam. Het is serieus het eerste boek dat ik ooit in mijn leven heb uitgelezen.'
'Goed om te horen, gap.'
'Ik wil nu ook schrijven. Heb echt vet lijpe verhalen.'
'Gewoon doen. Ik werkte drie jaar geleden ook in een sushitent.'
Hij wierp een blik op de marmeren hal en zei: 'Mooi, man. Het is

je gegund.' Zijn blik veranderde: 'Is het goed gekomen met je familie?'

Ik knikte en wees naar de twee tassen in zijn handen.

'Echt waar? Wauw, daar ben ik echt blij om.'

De jongeman gaf mij ineens een knuffel.

Hij vroeg: 'Zou je alsjeblieft naar mijn teksten kunnen kijken? Ik weet dat je druk bent. Maar ik zou het heel tof vinden om feedback van jou te krijgen.'

Ik zei: 'Cool.' Gaf hem mijn mailadres.

Toen pas overhandigde hij mij twee tassen vol hemels Japans.

Ik rekende af, gaf hem twintig euro fooi en een knipoog.

'Wow,' zei hij terwijl hij dankbaar vooroverboog, 'mag ik nog een selfie met je knallen voor Insta?'

'Ja, tuurlijk.'

Ik stak een peaceteken op.

Hij vroeg: 'Kunt u, ehm, misschien een middelvinger opsteken? Voor de haters?'

'Tuurlijk, pik. Ik steek er zelfs twee op voor die teringlijers.'

We staken glimlachend onze middelvingers op voor de haters. Hij maakte wat foto's.

'Kan niet wachten tot je volgende boek verschijnt.'

Ik lachte, gaf de knul een boks en zei: 'Mooi. Hou je goed, Troy.'

Hij liep de trapportiek uit, stak toen een peaceteken op en zei: 'Thanks voor de fooi, *bestsellerboy*.'

Evelien kwam met haar jas om haar arm de gang in lopen. Ik snoepte alvast van de sushi, Evelien snaaide mee. Ik ging buiten op het stenen stoepje zitten.

'Kom er lekker bij.'

Ze stak een sigaretje op terwijl ze naast me kwam zitten.

Gekleurde, lichtgevende ballen dreven op de gracht terwijl een witverlicht spinsel, als een bedauwd web boven het water gespannen was. Een overblijfsel van het Amsterdam Light Festival.

'Hoe is het met je?' vroeg ik.

'Goed. Wel weer even wennen. Was liever daar gebleven.'

'Snap ik. Heb je het wel fijn gehad?'

'Superfijn. Het was echt geweldig. Had ik veel eerder moeten doen. Na het gym al, in plaats van meteen studeren. Zo stom. Maar goed. Ik woon in een klein, schattig appartementje aan het Sarphatipark. Hoe ga jij?'

Ik gaf Evelien een zalmsashimi met een likje wasabimayonaise, wat zeewier en een drupje sojasaus.

'Ik wil je zoveel vertellen, ik weet niet waar ik moet beginnen.'

'Same here,' ze lachte, 'wie zijn al die meiden binnen?'

'Lieve vriendinnen.'

'Gala is echt prachtig.'

'Is die gast wel lief voor je?'

'Ja, hoor,' ze nam een trekje, de punt gloeide gelig op, ze blies de rook de andere kant op, 'soms te lief.'

'O jee. Ik hoor het al. Dit gaat fout. Heb je nog last van rammelende eierstokken?'

Ze lachte en zei: 'Ja, nee...'

'Vertel.'

'Naja, Philippe... heeft last van lui zaad.'

Ik zei: 'Aah, arme schatten. Zal ik anders bijspringen? Mijn zaadjes marcheren als strijdlustige soldaatjes.'

'Dat is lief van je. Maar ik hoef voorlopig nog geen baby. Eerst carrière maken.'

'Waarom wilde je nou zo graag een kindje?'

Een groepje Engelse toeristen slenterde zingend langs ons.

'Waarschijnlijk omdat ik bang was –'

'Me kwijt te raken?'

Ze knikte, nam een trekje van haar sigaret, kneep haar ogen dicht terwijl de rook langs haar prachtige gezicht krulde.

Ik kon mezelf niet tegenhouden: 'Wat ben je fucking mooi.'

Verlegen zei ze: 'Hou op, ik zie er niet uit.'

We zaten in stilte naar het gekleurde water te staren. In de verte klonken de klokken van de Munttoren.

Ik vertelde: 'Laatst, het was nacht, ik lag in bed, miste ik je zo erg dat mijn schouder er helemaal heftig van ging trillen. Heb me nog nooit zo naakt in mijn leven gevoeld. Alsof ik in een eindeloze vrije val zit. Ik mis je vreselijk, lieve Evelien. Het was zo godverdomme grauw zonder jou. Maar ik ben nu op het punt gekomen dat het pijnlijke besef erin is geslopen dat ik je voor altijd kwijt ben en we nooit meer bij elkaar zullen komen. En ik hoop met heel m'n hart dat je intiem kunt zijn met die knul uit Kaapstad of wie dan ook. Iemand die je leuk en fijn vindt, bij wie je jezelf kan zijn. Met wie je plezier zal beleven en die jou alles zal geven wat je nodig hebt. Maar die jou vooral verdient. O, man, ik had gewild dat ik hem kon zijn. Je bent het allermooiste meisje van de wereld.'

De bel van een vertrekkende tram klonk. Het optrekkende tramgeluid weerkaatste tussen de kades over de gracht en klotste onze gehoorgangen in.

Evelien zei: 'Wat moet ik in godsnaam hierop zeggen?'

'Je hoeft niks te zeggen.'

Na tien tellen zei ze: 'Ik ben ongelofelijk trots op je, Mohamed.'

'Ik heb alles aan jou te danken.'

Het zwevende lichtspektakel bewoog door de wind. Een wit plastic zakje zat verstrikt in een boom, het ritselde. Haar been raakte het mijne. Ik bekeek de zijkant van haar gezicht: de lichtkunst weerscheen op haar wang, lippen en ogen.

Ze droeg het licht godverdomme met zich mee.

Ik vroeg: 'Voel je dit ook?'

Ze keek me aan.

En knikte.

Ik slikte.

'Kom.'

Ik stelde het me levendig voor: 'We kunnen nu weggaan. Ik start mijn Vespa. En we rijden naar jouw huis. Ik doe het. Zonder een moment te twijfelen. Laten we gaan. Opnieuw beginnen. Een schone lei voor ons allebei.'

'En Philippe dan?'

'Die redt zich wel.'

'En je vriendin dan?'

'Daar kijk ik nu naar.'

Ik vouwde mijn handen in de hare.

Ik haalde mijn scootersleutel uit mijn broekzak, klikte het alarm uit, waardoor de lichtjes van mijn splinternieuwe Vespa oplichtten, en startte het ding.

Evelien sprong achterop.

Terwijl ze me stevig omarmde, reden we de Amsterdamse nacht in.

Naar haar huis.

Haar slaapkamer.

Haar bed.

Ze zette James Blakes 'Retrograde' op.

Ignore everybody else,
We're alone now
We're alone now
We're alone now

We kleedden elkaar uit, omhelsden elkaar en kusten.

'Beloof me één ding,' zei ze tussen het vrijen door.

Ik antwoordde: 'Nooit meer, nooit meer...'

We beloofden elkaar nooit meer los te laten.

Ergens, waar precies weet ik niet meer – mijn geheugen laat het soms afweten op vijfentwintigjarige leeftijd –, las ik dat je brein het actiefst is tijdens een orgasme, wat eigenlijk ook vrij logisch is. Het moment dat cruciaal is voor het voortbestaan van de mens moet natuurlijk flink worden beloond door de miljarden neuronen. Het is ook het enige moment dat alle hersendelen gelijktijdig oplichten.

En het schijnt zelfs dat op het moment van de bevruchting een lichtflits vrijkomt.

Een feest van verlichting.

Een fucking feest van verlichting.

21ste druk

Mijn schrijven ging als een speer: het groeide even hard als Eveliens buik.

Op de tweede boekpresentatie waren onze families voor het eerst in dertien jaar in dezelfde ruimte.

Contact.

Eveliens vader liep lachend naar mijn vader.

Mijn vaders schudden elkaar de hand.

Mijn moeders kusten elkaar.

Er werd beleefd geknikt, de moeders aaiden betraand de buik van Evelien.

Het was de mooiste dag van mijn leven.

Mai vertelde trots dat *Renaissance* een absolute mijlpaal zou zijn in de Nederlandse literatuur. Dat het even had geduurd maar dat het het wachten waard was. Nadat Troy, de sushibezorger, best wel briljante stukken via de mail had gestuurd, vond ik het een tof idee om hem het eerste exemplaar te overhandigen.

Ik begon mijn speech: 'Als we de jeugd ons vertrouwen niet schenken, zijn we gedoemd te mislukken.'

Het hele mediacircus begon weer van voren af aan.

Ik vlamde als de hel.

Renaissance kwam na drie dagen op nummer 1 binnen op de bestsellerlijsten – het stootte J.K. Rowling van de troon.

Mijn grote droom kwam uit: HarperCollins Publishers bood een flink bedrag op de Engelse vertaalrechten van *Mohamed, de proleet* én *Renaissance.*

Maar het allermooiste geschenk zag het levenslicht een week na de boekpresentatie.

Onze dochter is geboren!

Eefje Aïsja Zebbi

14.14 uur 21 maart 2018

49,3 cm 3179 gram

Mohamed

Evelien

Herengracht 666
1017 CJ Amsterdam

Ik kon niet slapen. Nachtenlang niet. Fucking jetlag. En die dromen, ze teisterden me. Dat mijn tweede boek af was en in de schappen lag. Evelien en ik weer samen waren. Dat we een kind hadden. En dat mijn vader en moeder daar blij mee waren.

Het leek levensecht.

Waarin verschilde ik van mijn ouders? Zij zochten hun waarheid in religie. Ik zocht de mijne in fictie. Het is in feite hetzelfde, want elke godsdienst is gebaseerd op fictie. Zij geloven in een boek dat door God is geschreven en door een engel aan Mohamed werd geopenbaard toen hij in een grot zat te mediteren.

Vaak vroeg ik me af waarom ze in jezusnaam naar Nederland waren gekomen als ze zo hardnekkig bleven vasthouden aan waar ze vandaan kwamen. Waarom dompelden ze zich niet onder in hun nieuwe omgeving? In een nieuwe taal?

Zij hadden ooit dromen, om hiernaartoe te komen. Waagden samen toen ze twintig waren die immense sprong over de Straat van Gibraltar, waar velen in vielen en verdronken.

Waarom zetten ze niet door?

Het enige antwoord wat ik daarop kreeg, was dat ze dachten dat Nederland nooit hun paradijs zou worden.

Met het voorschot van mijn tweede boek kocht ik dat huis voor ze in Tétouan.

Mijn telefoonscherm lichtte op.

Vlot het schrijven?
Kom op, Mohamed.
Laat mensen niet nog langer wachten.
Anders schrijven ze je af.
Dat tweede boek moet echt dit jaar af.
Je hebt genoeg gekloot.
Ik wil niet op sociale media zien dat je loopt te lanterfanten daar.
En hou eens op met die selfies op de eerste rij van die modeshows.

Wil je de Paris Hilton van de literatuur zijn?
Aan het werk, jij!
Mai

Ik las het appje, blokkeerde en wiste zijn nummer.

'Liefje,' ze kwam binnen met een tasje met daarop CC's Cafe, gaf mij een kartonnen koffiebeker en zei: 'De dirty chai latte die ik je beloofd had.'

Ze blies in het schuim van haar koffie, wees met het kopje naar het raam en zei: 'Wát een prachtig uitzicht, hè?'

Ze zette het hete bekertje op de tafel neer.

'Niet te doen, hè? Gesticht door reislustige Nederlanders.'

Ze vouwde haar handen in de mijne, legde haar gezicht op mijn borst en zei: 'Ik ben zo blij dat we hier zijn.'

Ik sloeg mijn arm om haar heen, dronk een slokje en voelde de hete vloeistof door mijn keel en in een rechte lijn naar beneden branden.

Ik zei: 'De wereld ligt aan onze voeten, babe.'

'Jij met je babe.'

'Wen er maar aan.'

Kuste haar voorhoofd.

Ze zei: 'Je hart klopt supersnel, gaat het wel?'

'Deze stad windt me op.'

Ik blikte van links naar rechts alsof ik een panoramafoto probeerde te maken van wat ik zag.

Ze vroeg: 'Is het hoe je het je had verbeeld?'

'Fuck mijn verbeelding. Fuck de verbeelding. We leven in het nu.'

Gala zei: 'Je hebt gelijk, babe.'

Zachtjes blies ik op het raam tot het besloeg. Ik veegde de condens weg.

De stad schitterde nu nog scherper.

De eindeloze lanen leken op geultjes tussen de gigantische gebouwen. Vol met mensen, auto's en taxi's die, ieder voor zich, een weg door de drukte probeerden te banen.

Ik fluisterde: 'Waar is het ventje vol verzinsels en verhalen?'

Gala fluisterde terug: 'In een stad heel ver van huis.'

Ik lachte, voelde de tranen opwellen: 'Maar thuis. Maar wel thuis.'

Het werd langzaamaan ochtend.

Toen gebeurde er iets.

'Wauw, zag je dat?' vroeg Gala.

De straatverlichting in New York viel uit, alsof God met een vingerknip besloot dat het mooi was geweest.